U.G.E. 10|18
12, avenue d'Italie - PARIS XIIIe

Du même auteur
dans la collection 10/18:

LES MERS DU SUD, n° 1907
LA SOLITUDE DU MANAGER, n° 1908
LA ROSE D'ALEXANDRIE, n° 2134
LES OISEAUX DE BANGKOK, n° 2163
MEURTRE AU COMITÉ CENTRAL, n° 2197
LES THERMES, n° 2198
TATOUAGE, n° 2243
HISTOIRES DE POLITIQUE FICTION, n° 2298

HORS JEU

PAR

MANUEL VÁZQUEZ MONTALBÁN

Traduit de l'espagnol
par Claude BLETON

10 18

"Grands Détectives"
dirigé par Jean-Claude Zylberstein

CHRISTIAN BOURGOIS ÉDITEUR

Titre original :
El delantero centro fue asesinado al atardecer

ISBN 2-264-01457-1

« Le mythe universel du héros, par exemple, se réfère toujours à un homme très puissant, ou à un homme-dieu, qui triomphe du mal incarné par des dragons, des serpents, des monstres, des démons et libère son peuple de la destruction et de la mort. La narration ou la répétition rituelle de textes sacrés et de cérémonies, et le culte du héros comprenant danses, hymnes, prières, sacrifices, inspirent à l'assistance des émotions numineuses (comme le ferait un charme magique) et exalte l'individu jusqu'au point où il s'identifie au héros. »

L'Homme et ses symboles,
C. G. Jung.

La chambre pue encore la pharmacie ou je ne sais quel truc bizarre, ronchonna-t-elle intérieurement en tendant son nez comme une trompe mobile prête à capter l'âme profonde de cette infection. Je ne veux pas d'odeurs de ce genre dans ma maison. Une maison décente ne sent pas si fort. Elle avait refait le lit et feuilleté les journaux de sport éparpillés dans la chambre. Elle avait retourné le linge de son hôte parfumé, soigneusement rangé dans les tiroirs de la commode, fouillé dans les poches de ses costumes, et n'en avait tiré aucune information. L'éclairage clignotant de l'enseigne de la pension montrait en clair-obscur la tempête agitant le visage de doña Concha. La lumière révélait une perplexité irritée, l'ombre soulignait une profonde méfiance. Si ça se trouve, il se pique. J'en ai ras le bol. Il y a assez de merde dans ce quartier et dans cette maison. Mais il n'avait pas l'air d'un obsédé de la seringue, on aurait plutôt dit un homme en forme et en bonne santé, parlant peu, toujours impeccable. De la chambre voisine, elle avait entendu avec inquiétude les douches innombrables et incessantes sur un corps ruisselant, à croire que ce locataire avait décidé de lui faire payer une note d'eau astronomique. Si tous les clients étaient aussi propres que lui, elle pouvait fermer boutique, rien qu'à cause des factures. Elle sortit sur le balcon pour effeuiller les géraniums, caresser le lierre tombant d'un pot et contempler avec ravissement le panneau apposé trois mois auparavant, qui proclamait qu'elle était propriétaire de cette affaire, but de toute sa vie. Donne-moi une pension, Pablito. Donne-moi une pension, tu ne vas pas toujours être fou de mes lolos, et le jour où tu ne les aimeras plus, bonsoir et merci, je ne te connais plus ! Et moi, je n'aurai plus qu'à faire le trottoir comme une vieille paumée. Pablito se moquait de cette peur de vieillir, mais de moins en moins, jusqu'au moment où il avait attrapé cet asthme et lui avait refilé l'oseille presque *in articulo mortis*. Elle se signa et récita un petit bout du Notre Père en hommage à l'amant le plus respectable qu'elle ait jamais eu. Tu me manques, Pablito ! Tu me manques ! En réalité, pas du tout. Pour être sincère, Pablito ne lui manquait fichtrement pas : c'était bien assez d'avoir supporté son poids de pachyderme pendant presque vingt années, ce qui ne l'empêchait pas de verser sa larmette en l'imaginant seul dans son cercueil. De son balcon, elle regarda le paysage sali par le crépuscule et les ombres irréversibles des édifices en ruine. Trois bars à putes, une laiterie archéologique, deux pensions, quatre cages d'escaliers déglinguées où survivaient *sudacas*[1] et vieux bougnouls sénégalais et, pour le reste, des maisons décrépites sombrant dans l'abandon et l'oubli. Elle aurait aimé avoir une pension dans l'Ensanche, mais Pablito se devait aussi à sa famille : il avait été déjà bien bon de se souvenir d'elle

1. Terme péjoratif désignant les Sud-Américains. *(N.d.T.)*

et de lui laisser le nécessaire pour rénover ces deux étages de la rue San Rafael. L'avocat était un chaud lapin, du genre sinistre. Il riait devant ses nichons et lui conseillait d'être reconnaissante aux manières désuètes de monsieur Pau Safón.

— Dans cette ville, personne n'a fait un cadeau pareil à sa maîtresse depuis au moins le Congrès eucharistique.

Très drôle. La ronde des villageois et des quinquagénaires sortait de la pénombre du couchant, indécise, jusque devant les bars à putes. Les hommes. Tu les prends par le *piu* [1], tu les mènes où tu veux et c'est la dégringolade ! Et plutôt deux fois qu'une : aujourd'hui, il n'y a plus aucune limite ni mesure, les tapineuses sont droguées jusqu'aux yeux et vous refilent une saloperie qui vous cloue au mur. Comme cette pauvre fille crasseuse et déguenillée couverte de colliers qui racolait à son compte, montant et descendant la rue San Rafael en proposant aux mecs de « tirer un coup littéraire ».

— Et qu'est-ce que tu leur dis, petite ?

— Ça ne vous regarde pas !

— Simple curiosité, ma fille.

— S'ils veulent tirer un coup littéraire.

— Ah ! Et qu'est-ce que c'est, un coup littéraire ?

— Un sale truc. Enfin, je me comprends.

— Mais pas eux, petite. Ils viennent tous de la terre ou du bâtiment. De Matadepera ou de Santa Coloma. On dirait que tu as appris le boulot à Pedralbes.

Elle était revenue, cette pauvre fille. Marta, elle s'appelait. Elle avait essayé de s'arranger la tignasse et s'était mis du rouge à lèvres et du rimmel : depuis,

1. La verge, en catalan. *(Note de l'auteur.)*

ses yeux entraient dans la catégorie des étoiles féroces en deuil. Elle faisait pitié, elle paraissait plus accrochée à sa came qu'un singe à sa banane et avait toujours au train un maquereau merdique plus flippé qu'elle. La fille relevait la tête de temps en temps et regardait le balcon de la pension Conchi, feignant de se sentir agressée par le va-et-vient du néon, mais aussi pour voir si doña Concha était accoudée à sa balustrade. Elle monterait un peu plus tard prendre un sandwich aux sardines ou à la mortadelle et le petit café au lait que doña Concha lui servait chaque fois qu'elle le désirait.

— Un sandwich et un crème, quand tu veux. Chez moi, il y a toujours un sandwich et un crème pour ceux qui ont besoin d'un sandwich et d'un crème. Mais de vice, pas question.

Elle avait pitié de cette fille qui avait fait des études, cette paumée qui assommait les marins en bordée de grandes considérations en anglais. Un ivrogne ventripotent lui avait même balancé son poing en pleine figure, persuadé qu'elle se moquait de lui quand elle lui avait proposé :

— Monsieur, auriez-vous la curiosité morbide de caresser de petits seins surmontés de deux mamelons violacés rappelant ceux des héroïnes adolescentes des romans des années cinquante ?

Le mec lui flanqua deux taquets. Et quatre de plus. Six au total. Alors, son petit maquereau de merde jaillit d'une porte en poussant des cris d'hystérique, brandissant un couteau comme ceux qu'on utilisait autrefois pour tailler les crayons. Doña Concha descendit et couvrit l'ivrogne d'injures, le traitant de tous les noms qu'une femme doit balancer à une grosse barrique pour lui mettre les couilles en berne : cocu, pédé, fils de pute et fasciste. L'ivrogne fut surtout impressionné et déconcerté par le *fasciste*, car il battit en retraite comme une armée vaincue à plate couture. Même soûl, il n'avait pas perdu son sens de l'actualité et nous vivions une époque démocratique. C'est ce soir-là qu'avait commencé le cérémonial du sandwich aux sardines et du crème.

— Si tu ne manges rien, tu n'auras même plus la force de te piquer.

L'argument était convaincant. Après le deuxième café au lait, le climat était à la confiance et elle lui demanda :

— Dis donc, tu sens quelque chose quand un mec te monte dessus ?

— Ça dépend de mon état. Si je suis dans un trip, ça m'est égal. Sinon, j'ai l'impression qu'on me colle un lavement.

— Et qu'est-ce que tu connais aux lavements, petite ? De mon temps, on collait un lavement aux gens dès qu'ils avaient le dos tourné.

— On m'en a fait un lors d'une cure de désintoxication, parce que j'étais constipée.

— Quand même, drôle de façon d'exercer le métier ! Moi, j'ai commencé sur le trottoir et j'ai connu Pablito et deux ou trois autres, parce qu'avec Pablito tout seul je n'aurais jamais pu joindre les deux bouts. A l'époque, on écartait les jambes et on laissait faire, mais avec un intérêt poli, car un homme qui lit l'indifférence sur le visage d'une femme a fini de se sentir un homme et adieu la fête, le pourboire et le client. Je suis sûre que tu n'as jamais eu deux fois le même client.

— Je ne m'en souviens pas et je m'en fous.

Elle était là, la grognasse. Attendant un client incertain et un sandwich assuré. Préoccupée par Marçal, le maquereau déglingué qu'elle portait à bout de bras comme un devoir de charité, à moitié endormi sous un porche, dans la chaleur froide de la dernière dose. Un jour, on la trouverait morte dans un W.-C., la seringue pendue à sa veine, et même pas le W.-C. de chez elle. Doña Concha se signa et au moment de baiser ses doigts croisés, son locataire apparut au coin de la rue. Belle prestance, on ne pouvait dire le contraire. Les jambes un peu écartées et la tête penchée en avant comme pour flairer, mieux voir ou peut-être annoncer son arrivée. Ce corps solide n'exprimait aucune menace, on sentait une certaine retenue, le contrôle permanent de sa propre faculté de mouvement : il connaissait son poids et son volume comme d'autres connaissent leur caractère et leur destin. Il passa devant la grognasse et sourit quand elle lui lança sa proposition avec l'air de balancer un seau d'eau dans les pattes d'un passant. Doña Concha s'effaça à reculons, caressa le lierre dans son pot, referma la fenêtre, vérifia qu'elle avait tout remis en place dans la chambre et courut dans le couloir jusqu'à son fauteuil à bascule posté devant sa télé en couleurs. Coïncidence : le professeur Perich apparut sur l'écran en même temps que son hôte sous le chambranle de la porte. Ce dernier la salua d'un léger mouvement de tête et d'un sourire ; elle, en revanche, déploya son visage et son corps comme si elle lui offrait l'ampleur d'une patrie. Il s'enferma dans sa chambre et elle feignit d'être captivée par la philosophie quotidienne du professeur Perich.

— Le pire qui puisse arriver à une boîte aux lettres est d'attraper un rhume.

Elle était secouée de rire mais sa tête suivait le sillage de l'homme et cherchait un prétexte pour le rejoindre et obtenir une explication sur ses étranges odeurs médicamenteuses. Enfin, elle parut avoir trouvé un plan. Elle sauta en marche de son fauteuil à bascule, se donna la contenance d'une maîtresse de maison souriante et serviable qui va offrir à son hôte le meilleur de son hospitalité, arriva devant la porte close de la chambre et frappa.

— Don Alberto ? Je vous dérange ?

La porte s'ouvrit : l'homme rougeoyait à intervalles réguliers sous les feux de l'enseigne et sa musculature tendait le tissu de sa chemise blanche. Il paraissait à la fois appuyé contre et écrasé par l'encadrement.

— Bien vrai, don Alberto, je ne vous dérange pas ?

— Non, pas du tout. Entrez, je vous en prie.

Il avait un joli sourire bronzé et les yeux de doña Concha papillonnèrent, par un acte réflexe hérité — à en croire les vieux du cru — de cette grâce coquette propre à sa tante Amparo, choriste dans la revue Tina Jarque avant la guerre civile.

— J'ai tournicoté dans votre chambre parce que j'ai cru sentir une odeur de gaz. Vous direz que je suis folle. Une odeur de gaz avec un chauffe-eau électrique ! Mais ça sentait bizarre et je me suis dit : voyons s'il est arrivé quelque chose à don Alberto.

En parlant, elle se rendait compte que l'odeur ne venait pas seulement de la chambre. Elle émanait aussi du corps de l'homme, comme une substance invisible et néanmoins consistante.

— C'est une odeur de... médicament... je ne sais pas...

L'homme souleva ses bras, les sentit et émit un rire discret.

— C'est vrai, madame, ça y ressemble. C'est le liniment.

Les yeux de doña Concha essayaient d'épouser la rotondité des surprises totales.

— Le liniment ? Toute ma vie j'ai senti le liniment Sloan et ce n'est pas pareil.

— Ce n'est pas le liniment Sloan. J'ai pris l'habitude d'utiliser celui-ci au Mexique et il ne me gêne pas, mais il peut en indisposer certains. Excusez-moi.

— Fichtre, et pourquoi tout ce liniment ? Vous avez une hernie, vous souffrez ?

— Pas du tout. Je cours. Je fais de l'exercice...

Quelle sorte d'exercice pour tant de liniment ? s'interrogea avec méfiance le cerveau de doña Concha tandis que ses lèvres brandissaient comme une bannière un sourire imperturbable.

— Je suis footballeur.

— Footballeur.

Elle confirmait et doutait à la fois de ce qu'elle venait d'entendre. Plus tard, quand la pauvre fille vint prendre son café au lait et son sandwich aux sardines, le client s'esquiva, comme s'il voulait se fondre dans la nuit et la rue. Doña Concha ne tenait pas non plus à crier sur les toits qu'elle offrait le refuge de sa cuisinc à une petite putain ; elle le laissa donc partir, le suivant d'un regard secrètement dubitatif.

— Dis. Tu crois qu'un homme de plus de trente ans peut être footballeur ?

— Comment veux-tu que je le sache ?

— Tu crois qu'un footballeur, avec ce qu'il touche, viendrait vivre dans un quartier comme celui-ci ?

— Comment veux-tu que je le sache ?

Sale journée pour notre femme de lettres. Elle mâchonnait son sandwich sans plaisir, avachie sur sa chaise en métal et plastique, jambes écartées gainées de bas trop larges. Rien n'est plus attristant qu'une femme qui a les bas qui plissent, songea doña Concha et elle détourna les yeux de ce spectacle affligeant.

« Parce que vous avez usurpé la fonction des dieux qui en d'autres temps guidèrent la conduite des hommes, apportant la thérapie du cri le plus irrationnel sans le réconfort du surnaturel : l'avant-centre sera assassiné en fin de journée.

« Parce que vous utilisez l'avant-centre pour vous sentir des dieux générateurs de victoires et de défaites, carrés dans vos confortables bergères de césars à la petite semaine : l'avant-centre sera assassiné en fin de journée.

« Parce qu'à l'heure où le soir tombe, les biorythmes de l'enthousiasme décroissent, l'hallali et le râle final résonnent comme une musique truculente et mélancolique : l'avant-centre sera assassiné en fin de journée. »

Carvalho termina sa lecture et releva les yeux sur le visage de ce jeune homme grave et compassé qui était assis depuis une demi-heure dans son bureau, jambes croisées sans effort apparent, comme deux appendices légers faits l'un pour l'autre et qui profitaient des changements périodiques de position pour échanger des caresses furtives. Les mouvements de ses bras n'étaient pas moins aériens, élégants, c'est le mot, songea Carvalho quand il voulut attribuer une qualité esthétique à cette simple impression sensorielle de légèreté. Elégant. Et moderne. A en juger par la coiffure à la gomina et une toilette où la nonchalance rivalisait avec l'alpaga, le jeune directeur des Relations publiques du club de football le plus puissant de la ville, de la Catalogne et de l'univers, voulait montrer que la nouvelle direction récemment nommée était animée d'un esprit nouveau, loin des rusticités antiques, des improvisations et des prémodernités qui avaient caractérisé les précédents dirigeants du club.

— De quel avant-centre s'agit-il ?

Le jouvenceau haussa un sourcil et composa un sourire à la fois aimable et perplexe.

— Vous ne lisez pas les journaux ?

— Depuis que je n'ai plus besoin d'emballer mes sandwichs, je n'achète plus de journaux.

— Vous ne regardez pas la télévision ?

— Ça m'endort. Je la regarde avec les meilleures intentions du monde mais je me mets à dodeliner de la tête et je m'endors comme une souche. C'est peut-être l'âge.

— Je vais vous faciliter les choses. Tout le monde parle d'une nouvelle recrue du club. La direction sortante nous a laissé une équipe déséquilibrée et plutôt brûlée. Nous nous sommes mis en tête de la restructurer et il nous manquait un joker, une grande figure internationale qui redonne confiance au public. Jack Mortimer. Soulier d'or.

— C'est une métaphore.

— Non. Un prix. Au meilleur footballeur européen.

— On lui donne un soulier en or ? Massif ?

Il n'était pas homme à s'impatienter facilement, mais il n'était pas doué pour la pédagogie et n'ajouta pas un mot à ses explications, attendant que Carvalho choisisse un nouveau terrain de conversation.

— Pourquoi veut-on vous tuer un avant-centre aussi cher ? Les concurrents ?

— Je ne les vois pas préparer l'assassinat de notre

avant-centre. Ils veulent sûrement obtenir quelque chose et ils ne nous ont pas encore dit quoi. Ou alors il s'agit d'un maniaque admirateur et follement jaloux à la fois d'une grande figure. Dans le style de l'assassin de John Lennon.

— Mais je suppose que vous devez recevoir des milliers de lettres anonymes de ce genre. Alors pourquoi avoir retenu celle-ci plutôt qu'une autre ?

— Nous en avons touché deux mots à la police, en exigeant la discrétion vu l'éventuel effet amplificateur d'une nouvelle qui affecte un club de plus de cent mille membres répondant, sur le plan social, à l'attente de millions de personnes. La police a entamé des recherches discrètes et nous a confié qu'il y avait du vrai dans cette menace. Après consultation de ses indicateurs, elle est en mesure d'affirmer qu'il y a anguille sous roche. La police continue son travail, mais avec une prudence compréhensible. Le club croit nécessaire que, parallèlement à cette enquête, vous en meniez une autre ; vous aurez les coudées plus franches, sans l'appareil qui accompagne le moindre déploiement policier.

— Un club de football n'est pas une société anonyme. Vous avez cinq cents journalistes devant votre porte, tous les jours, qui attendent patiemment de récolter une information. Comment allez-vous leur cacher ma participation ?

— Je suis ravi que vous nous posiez cette question.

— Moi aussi, et je découvre avec plaisir que vous êtes ravi qu'on vous l'ait posée.

Une expression ressemblant vaguement à un sourire mélancolique dissipa la gravité du visage de ce messager impeccable.

— Nous devons travailler en étroite collaboration. Nous pouvons être amis.

S'il avait eu la bouche pleine, Carvalho aurait avalé de travers. Mais elle était vide et le vide lui resta en travers de la gorge. Il en perdit la voix, bouche bée.

— Je serai votre intermédiaire. Il vaut mieux que les journalistes ne sachent pas que vous êtes en rapport direct avec les dirigeants. Mais nous devons trouver un prétexte qui vous permettra de circuler dans le club en toute liberté.

— C'est par vocation qu'on devient attaché de presse d'une grande équipe de football ?

— Si on voulait utiliser le mot vocation dans son sens strict, on l'appliquerait à des métiers qui touchent aux dieux. Curé, par exemple. Ou religieuse. Les dieux vous appellent et vous vous sentez convoqué. Au fait, seriez-vous détective privé par vocation ?

— Il me faut un papier, un document, une autorisation quelconque pour circuler dans les locaux du club.

— La psychologie vous intéresse ?

— Noire. Si elle est noire. Les grandes connaissances ne m'intéressent que si elles sont noires. Les chats, la magie...

— Psychologue, ça pourrait coller ?

— C'est le métier idéal pour coller.

Il posa une enveloppe sur la table et laissa Carvalho l'ouvrir, en sortir un document à en-tête du club et le lire.

— Je suis autorisé à faire une étude sur « la psychologie de groupe et les entités sportives ».

— Avec cette carte, vous pourrez parler, sans éveiller les soupçons, avec tous les gens concernés par notre club, de près ou de loin.

Cet élégant jeune homme adorait poser des choses sur le bureau ; maintenant, c'était une carte de visite qu'il tira d'un portefeuille en cuir hors de prix, avec l'onction d'un curé prenant une hostie dans le ciboire. « ALFONS CAMPS O'SHEA, RELATIONS PUBLIQUES. » Carvalho lut la carte et examina son propriétaire. Il y avait une certaine adéquation entre le nom et l'aspect physique du personnage qui décroisa suavement ses jambes — deux longues lames d'une paire de ciseaux dans un fourreau molletonné — et reprit sa position verticale. Il s'en allait.

— Etudiez cette affaire. Nous connaissons vos tarifs et il n'y aura pas de problème.

— Quels tarifs connaissez-vous ? Je n'accorde pas les mêmes conditions à tous mes clients. Je vous ferai un prix proportionnel aux sommes touchées par ceux qui signent chez vous.

— Vous êtes avant-centre ?

— Quasiment. Je suis un *soulier d'or* dans ma profession.

Camps O'Shea embrassa du regard tout l'espace du bureau, puis le planta dans les yeux de Carvalho : il paraissait avoir fait un inventaire ironique et complet.

— Il ne faut pas se fier aux apparences.

— Ne vous inquiétez pas. Les apparences resteront entre nous. Faites un devis et proposez un plan d'action.

Il boutonna sa veste d'alpaga et en enveloppa son anatomie avec la douceur qui l'aidait sans doute aussi à parler et à exister. Il avait une carcasse de luxe. La question de Carvalho l'arrêta sur le seuil :

— Le football vous intéresse ?

Monsieur Relations publiques se retourna et calcula les éventuelles conséquences de sa réponse.

— En tant que sport, je le trouve d'une stupidité lamentable. En tant que phénomène sociologique, je le trouve fascinant.

Et il s'en alla définitivement, sans prendre le temps d'entendre ce que Carvalho disait presque pour lui-même :

— Sociologue. Il ne manquait plus que ça.

Carvalho songea aux questions qu'il aurait dû poser. Ses réflexions furent interrompues par l'arrivée de Biscuter portant tous les paniers de ce bas monde au bout de ses deux seuls bras. Le petit homme soufflait comme un phoque, soulevant jusqu'au ciel les quatre longs cheveux blonds qui lui restaient sur le crâne.

— Cet escalier aura ma peau, chef.

— Tu as dévalisé tout le marché de la Boquería ?

— Le frigo était vide, chef. Je préfère descendre et monter cet escalier une bonne fois pour toutes. J'ai acheté des *cap-i-pota* et je vais vous faire des *farcellets* de *cap-i-pota* [1] à la truffe et aux gambas. Ne vous inquiétez pas. J'irai mollo. Pas trop de graisse, mais quand même un minimum pour le corps, sinon il grincerait comme une porte rouillée. Ensuite, je vous ferai des figues à la syrienne. Farcies aux noix et cuites dans un jus d'orange. Basses calories. Je mettrai du miel à la place du sucre.

— Tu lis trop, Biscuter.

— Vous devriez jeter un coup d'œil sur l'*Encyclopédie gastronomique* que je me suis achetée à crédit. L'esprit humain est infiniment plus compliqué qu'on ne croit. Qui aurait imaginé de farcir des figues aux noix et de les cuire dans un jus d'orange ?

— Un Syrien, sans doute.

1. Sorte de pieds paquets. *(N.d.T.)*

A la fin de la vidéo, la lumière revint. Il y eut un feu nourri de conversations et de commentaires ; les ombres furent définitivement balayées par le tumulte des mots et des gestes. Derrière la tribune présidentielle trônaient les dirigeants dominés par le buste du président Basté de Linyola ; au centre géométrique, illuminé comme un animal sélectionné, se trouvait Jack Mortimer, soulier d'or et boucles d'or sur la tête, au-dessus d'un visage couvert de taches de rousseur et de sourires. Le directeur des Relations publiques, Camps O'Shea, prit la parole pour rappeler aux journalistes les raisons de cette réunion, brutalement éclairé par des projecteurs de plusieurs chaînes de télévision qui enregistraient l'événement exceptionnel de la présentation publique de la nouvelle recrue. Camps O'Shea en personne s'offrit pour traduire ce que dirait Mortimer.

— Il a suivi un cours intensif de castillan mais il n'ose pas encore se lancer dans une conversation, surtout avec des gens impossibles dans votre genre.

Quelques gloussements saluèrent le bon mot de monsieur Relations publiques et les premières questions fusèrent au milieu des rires.

— Il apprendra aussi le catalan ?

— *Of course ! També ! També*[1] *!*

Telle fut la réponse de Mortimer quand on lui eut traduit la question ; il récolta une poignée d'applaudissements et des rires approbateurs.

— Quelle impression éprouve-t-on à être recruté par un club aussi puissant ?

1. Bien sûr ! Aussi ! Aussi ! *(Note de l'auteur.)*

— Etes-vous conscient du fait que les footballeurs anglais n'ont jamais pleinement triomphé en Europe ?

— Connaissez-vous la signification sociale et nationale du club où vous avez signé ?

— Maintiendrez-vous la moyenne de trente buts annuels que vous avez atteinte dans le football anglais ?

— Attendez-vous qu'on vous serve les balles ou préférez-vous aller les chercher ?

— Mortimer, vous vous êtes marié il y a peu de temps et vous attendez un enfant. L'appellerez-vous Jordi si c'est un garçon ou Núria si c'est une fille ?

Cette fois-ci, Camps O'Shea répondit directement sans traduire la question.

— Monsieur Mortimer peut opter pour un nom catalan, mais il n'est pas obligé de choisir Núria ou Jordi. Il y en a d'autres.

— Lesquels ?

— Montserrat et Dídac, par exemple.

— Votre enfant s'appellera-t-il Dídac ou Montserrat ?

— J'ai dit qu'il pourrait s'appeler Montserrat ou Dídac, mais évidemment il pourrait aussi s'appeler Núria et Jordi, Pepet et Maria Salut, ou Xifré, Mercè...

Des journalistes s'impatientaient du manque de précision de cette onomastique et Mortimer assistait, déconcerté mais souriant, au choix du nom des enfants qu'il n'avait pas encore.

— Monsieur Mortimer, avez-vous déjà goûté au *pan con tomate* ?

Camps O'Shea décrivit patiemment à Mortimer la recette catalane du pain frotté à la tomate : *bread, oil, tomato, salt. That's all? Yes, that's all.* Mortimer réfléchit au plat qui lui était proposé et affirma sans enthousiasme qu'il ferait l'impossible pour incorporer le pain frotté à la tomate à son régime, avant d'ajouter, péremptoire, avec la véhémence catégorique et désespérée d'un élève en première année de castillan :

— J'aime beaucoup la paella.

— Vous préférez la paella catalane ou valencienne ?

Camps O'Shea demanda au journaliste d'expliquer à son interlocuteur les différences fondamentales entre la paella catalane et la paella valencienne mais le journaliste répondit qu'il avait fait une plaisanterie. Monsieur Relations publiques resta de marbre.

— Pas d'autres questions ?

— Mortimer, en tant qu'avant-centre, êtes-vous du genre à aller chercher le ballon ou à ne jamais quitter la surface de réparation ? Croyez-vous que votre vraie place est dans la surface de réparation, en tout cas dans le camp adverse ?

Après traduction, Mortimer réfléchit et répondit :

— Un véritable avant-centre ne devrait presque jamais sortir de la surface de réparation.

Camps O'Shea se leva : la conférence de presse était terminée. Les photographes mitraillaient comme s'il y allait de leur vie ou que les pellicules avaient pris feu dans leurs appareils. Camps fraya un passage à Mortimer et aux dirigeants précédés par le président Basté de Linyola, et les conduisit vers une pièce voisine. Après le départ des photographes et des journalistes, Mortimer avait perdu cette aura de dieu des stades et ressemblait à un adolescent qui se serait trompé de salle et de compagnie. Surtout si l'on regardait Basté de Linyola, chef d'entreprise et expoliticien pour qui la présidence du club constituait son avant-dernier acte social. Il avait failli être ministre du gouvernement espagnol, conseiller du gouvernement autonomique de Catalogne et maire de Barcelone. A l'approche de la soixantaine, il découvrit soudain la fatigue : allait-il devoir, à cause d'elle, renoncer à la vie publique qu'il n'avait jamais quittée depuis que, sous le franquisme, le patronat démocratique avait fondé en lui ses espoirs de renouveau ? La présidence du club était l'antichambre de la retraite qui rendait le pouvoir factice, et il aimait le pouvoir comme seul antidote à l'autodestruction. A soixante ans, tu as le pouvoir ou tu te suicides, se disait-il chaque matin devant le miroir implacable reflétant le visage fatigué d'un autre qui grandissait en lui et promettait de devenir son pire ennemi. Occuper la présidence après une longue période d'hégémonie sur des patrons barbares et primaires lui semblait une tâche agréable et bien assortie à son titre d'ingénieur et de *master* des Beaux-Arts de l'université de Boston, une schizophrénie culturelle qui lui avait permis d'étoffer autrefois son *curriculum vitæ*.

— Avec nous, le club revient à la maison, déclara-t-il dans son discours d'intronisation, et la phrase avait fait mouche, comme celle où il avait proclamé que ce club était plus qu'un club, rien de moins que l'armée symbolique de la Catalogne.

Il se permettait maintenant d'observer Mortimer avec curiosité, non sans une certaine tendresse populiste. Le joueur aurait pu être un jeune ouvrier de son usine du Vallés, un de ceux qui excitaient sa verve poétique d'entrepreneur éclairé et le rendaient jaloux, comme tout richard un peu cultivé face à ceux qui se tracent une voie et tiennent leurs engagements.

Son anglais était meilleur que celui de Mortimer, une véritable provocation pour le professeur du *Pygmalion* de Shaw, et devant cette évidence, le soulier d'or du football européen se tassait sur lui-même, comme s'il s'adressait, du bas de l'échelle sociale, à un représentant des maîtres de toujours. Basté de Linyola lui tendit un étui et l'invita à l'ouvrir. Il contenait les clés d'un appartement de trois cents mètres carrés situé dans un quartier résidentiel de la ville, près du stade, où Mortimer pourrait mener une vie de famille pendant les quatre années qui le liaient au club. Le premier vice-président, le jeune banquier Riutort, en cheville avec des investisseurs arabes et des industries de puces japonaises, lui offrit un autre étui dans lequel brillaient, d'un éclat qu'on pourrait qualifier d'impropre, les clés d'une Porsche exigée par Mortimer au titre des clauses contractuelles. La direction unanime applaudit et Basté de Linyola considéra qu'il incombait au responsable des Relations publiques de prononcer les banalités requises par l'événement. Camps O'Shea mit les mots à la hauteur de l'événement :

— Maintenant, Mortimer, tu es un citoyen de plus à Barcelone.

Le jeune homme était content et caressait la clé de la voiture comme s'il s'attendait à l'apparition miraculeuse du véhicule dans le salon. On déboucha une bouteille de *cava* [1] et un garçon dota chaque membre de l'assistance d'un verre plein ; Basté de Linyola choisit ce moment pour porter un toast. Sa mémoire disposait d'une collection complète de

1. C'est le nom donné au vin champagnisé produit en Catalogne. *(N.d.T.)*

toasts qu'il avait révisés avant de sortir de chez lui. Il appréciait tout particulièrement celui qu'il avait prononcé à l'occasion de l'hommage rendu par les jeunes chefs d'entreprise barcelonais à Juan Carlos quand ce dernier n'était encore qu'un prince protégé par l'ombre de Franco.

— Altesse, veuillez voir dans ces bulles l'impatience d'un peuple avide d'accéder à la modernité.

Il n'était pas mécontent non plus du toast offert au président de la Generalitat reconstituée, alors qu'il venait d'accéder à la présidence de la Chambre de commerce et d'industrie.

— *Honorable, el cava és el nostre símbol. Ha estat necessari batejar-lo de nou, però continua essent el mateix* [1].

Les toasts de Basté de Linyola étaient largement commentés par ce qu'on appelait la classe politique, ils étaient même, disaient certains, d'un écrivain connu, régulièrement invité sur son yacht. Basté de Linyola était au courant de cette calomnie et l'entretenait, comme ses pièces de théâtre secrètes ou ses compositions musicales inédites qu'il interprétait dans la solitude de son bureau, avec la volupté onaniste de l'enterré vivant qui connaît le jour et l'heure de sa résurrection. S'il la souhaite. Mais en attendant, les regards l'obligeaient à se prononcer, à prononcer son toast, même le visage grêlé et souriant de Mortimer l'attendait, les lèvres prêtes à reproduire les sons étranges qu'il devinerait sur celles de monsieur le président.

— Mortimer, marque de nombreux buts. Derrière

1. Votre Honneur, le *cava* est notre symbole. Il a fallu le rebaptiser, mais il est toujours le même. *(Note de l'auteur.)*

chacun d'eux palpite le désir de victoire de tout un peuple.

Profitant des applaudissements, Camps O'Shea se pencha vers l'oreille la plus proche de Mortimer et lui traduisit les propos du président. Le footballeur opina avec une volonté affirmative plutôt excessive car son enthousiasme tranchait sur celui de la salle où chacun s'inventait une excuse pour s'éclipser ; d'ailleurs, Basté de Linyola donna l'exemple après avoir recommandé à voix basse au directeur des Relations publiques de ne pas quitter le footballeur d'une semelle.

— Les premiers pas sont décisifs, Camps. En attendant que sa femme arrive, tu devras le border au lit.

Le président lança un coup d'œil sur un buveur silencieux, appuyé contre une affiche glorieuse de l'histoire du club, le rattrapa au vol et le planta dans le regard de Camps O'Shea.

— C'est lui ?

— Oui.

— Sa présence ici n'est pas un peu risquée ?

— Elle n'a étonné personne. C'est notre psychologue.

— Dieu fasse que nous n'ayons jamais besoin d'un psychiatre.

Camps suivit du regard le départ de son président accompagné des deux derniers dirigeants et il prit Mortimer par le bras.

— Je connais un endroit où la paella est excellente. J'ai réservé.

— On peut y aller dans ma Porsche ?

— Naturellement. Un ami va nous accompagner.

Carvalho se redressa et emboîta le pas au footballeur et à monsieur Relations publiques. Il remâchait silencieusement des injures incongrues contre lui-même, s'en voulant d'avoir accepté cette mission. Partager une paella avec un fils à papa et un veau anglais couvert de taches de rousseur... Il pressentait un désastre.

— Non, elle n'a pas laissé d'adresse.

Seul un rétrécissement fugace de ses yeux trahit la contrariété de l'homme et désarma un tantinet le concierge qui rechignait à poursuivre une conversation déjà entamée à contrecœur. D'abord, il avait cru avoir affaire à un représentant mais, ayant constaté qu'il avait les mains vides, l'homme avait prêté une oreille distraite aux questions sur Inma Sánchez, la locataire du dernier étage droite, et son fils. L'inconnu avait dû lui arracher une par une toutes ses négations. Non, elle n'habitait plus là. Non, elle n'était pas partie seule. Forcément, puisqu'elle ne vivait pas seule ! L'enfant aussi était parti avec eux.

— Non, elle n'a pas laissé d'adresse.

C'était la fin de la conversation, mais il devina le trop-plein de chagrin de son interlocuteur et il baissa sa garde de concierge d'immeuble semi-luxe d'un quartier semi-standing, à mi-chemin entre l'Ensanche et les flans du Tibidabo, avec ascenseur de service pour des appartements qui n'en avaient pas besoin et des places de parking que tous les locataires n'avaient pas pu acheter.

— L'enfant avait l'air d'aller bien ?

— Ma foi, oui. En tout cas, il descendait les marches quatre à quatre.

— Quatre à quatre.

Le concierge avait un bon souvenir de l'enfant.

— Un brave garçon. Et bien élevé.

— Bien élevé.

L'inconnu redressa sa carcasse pour dissimuler la trace d'humidité qui affleurait à ses yeux, comme s'il tentait de retrouver une position vertébrée que le chagrin l'empêchait de conserver. Dans un état de tension presque athlétique, dans une attitude de gymnaste, l'inconnu prit son portefeuille dans la poche-revolver de son pantalon, sortit une photographie et la montra au concierge.

— Il avait beaucoup changé ?

Le concierge prit ses lunettes dans la poche de poitrine de sa veste d'uniforme et examina la photo attentivement. Il reconnut la gentille fille du dernier étage, l'enfant et l'inconnu avec qui il parlait. En voyant sa photo, une image fulgurante s'interposa devant son regard.

— Vous, je vous ai déjà vu. Vous passez à la télé ?

— Non. Plus maintenant.

— Mais on vous y a vu. Je vous ai vu à la télé.

— Il y a des années, je passais de temps en temps. Et l'enfant, il a beaucoup changé ?

— Oh oui, c'est presque un homme. Là, il devait avoir sept ou huit ans ; maintenant, il doit approcher les treize ou quatorze ans. C'est votre fils ?

— Oui.

— Et pourquoi vous passiez à la télé ?

— Je jouais au football.

— Ballarín ! s'écria le concierge comme s'il venait de franchir une étape dans sa mémoire, l'étape de ses rêves, sûrement. C'est vous, Ballarín !

— Non. Palacín.

— C'est ça, Palacín. J'y étais presque. Ça alors, qui m'aurait dit que j'allais rencontrer Palacín aujourd'hui !

— J'ai écrit plusieurs fois.

— Je ne regarde pas l'adresse de l'expéditeur. Pas toujours. D'ailleurs, je me souviens de votre nom, mais pas de votre prénom.

— Alberto. Alberto Palacín.

— Merde, alors. Palacín ! Des avants comme vous, on n'en fait plus. Maintenant, il y a beaucoup de brasseurs d'air et de centre-mon-cul. Mais votre façon d'aller vous coller devant la cage et d'y loger la balle, malgré le goal et tout... Des gens comme ça, on n'en fait plus. Et maintenant, où en êtes-vous ? A la retraite, rentier, dans les affaires ?

— Dans les affaires. Les rentes, pas vraiment.

— Allons, il doit bien vous rester quelque chose. Remarquez, vous êtes demeuré longtemps sans jouer, je ne me souviens plus de ce qui s'est passé. Ah oui, une blessure. Vous avez été blessé par cet assassin. Comment s'appelait ce défense centrale, une vraie gueule de brute ?

— Quelle importance ?

— Comment, quelle importance ? Le mec vous a cherché. Je le revois encore. Ils l'ont passé à la télé. A l'époque, j'avais un téléviseur en noir et blanc, mais c'est gravé dans ma mémoire en technicolor. Il vous a mis le genou en bouillie. Qu'est-ce que c'était ?

Il répondit sur un ton presque inaudible, comme s'il en avait assez de toujours donner cette réponse :

— Fracture du ménisque, déchirure du ligament interne et antérieur droit.

— La merde. Autant s'acheter une nouvelle jambe.

— Exactement. Autant s'acheter une nouvelle jambe.

Le concierge examinait les siennes d'un œil critique.

— Pourtant, je ne vous ai pas vu boiter.
— Je ne boite pas.
— Pas de chance. Maintenant, vous seriez plein aux as. C'était le bon temps, pas comme maintenant. Tous millionnaires et pour la plupart rien dans le cigare. Le jour où ils veulent jouer, ils jouent, sinon, ils se cachent derrière l'arbitre ou les barres. Vous avez vu ce Butragueño ? On dirait un orphelin... Et l'autre, Lineker... un rigolo... Quant au bouseux qui vient de signer, Mortimer, les assassins qui rôdent sur nos terrains vont le caresser à coups de crampons et lui faire perdre l'envie d'enfiler ses chaussures.
— Ils sont bons. Ils sont tous bons.
— Personne ne vous arrive à la cheville.
— Non. Ce n'est pas vrai.
— Aucun, Ballarín, aucun !
Le concierge l'avait pris par un bras et lui conseillait affectueusement de ne pas le contredire. Il avait encore la photo à la main et l'examina encore, débordant de sympathie et d'envie de l'aider.
— Un sacré gars, votre fils. Ils n'ont pas laissé d'adresse, mais les filles de l'institut de beauté du coin doivent la connaître. La dame y passait sa vie. Il y a de tout là-bas, gymnase, salon de coiffure, sauna... Elles savent sûrement quelque chose.
La voix du concierge interrompit la retraite d'Alberto Palacín :
— Vous n'avez pas de quoi me dédicacer une photo ?
L'interpellé sourit et se palpa le corps pour montrer qu'il n'avait pas les moyens de combler ses désirs.
— Il y a des années que je n'ai plus de photos sur moi. J'en avais au Mexique, mais ici...
— Sacrément dommage, mon vieux. Mon petit-

fils aurait été ravi. Il a une photo dédicacée de Carrasco.

Palacín retrouva sa solitude, sur un trottoir presque désert, à l'ombre d'arbres ravagés par un mois de septembre trop long, des arbres aussi jeunes que le quartier et les plantes grimpantes des terrasses jardinées. « Beautiful People. Esthétique », proclamait la pancarte à cinquante mètres de là, mais sa montre à son poignet lui rappelait une urgence connue de lui seul. Il tourna le dos à l'enseigne. En fin de compte, il savait ce qu'il ferait demain, pendant ses heures de liberté, dans une ville qui s'était remise à l'ignorer.

Le pire, c'était le goût d'huile de friture qui faisait le fond de cette paella, préparée par un spécialiste en sciences naturelles qui avait juré de rameuter dans un seul plat le ban et l'arrière-ban de la botanique et de la zoologie. Mis à part le foie gras, il y avait de tout dans cette paella et chaque espèce répandait dans sa bouche la saveur de son agonie avant de se dissoudre sous l'effet des sucs gastriques. Les tendances anthropologiques de Mortimer remontaient loin et celui-ci dégusta la paella comme s'il dévorait l'âme de son pays d'adoption ; Camps y goûta du bout des lèvres, raffiné et distant, tel un major anglais aux Malouines. Carvalho profita des extases de Mortimer pour l'assaillir de questions dignes d'un théoricien en psychologie sportive.

— Vous étiez une idole dans votre pays ?

— Oui, plutôt.

— Y a-t-il eu des protestations populaires quand vous avez décidé de signer pour un club étranger ?

— Oh, non. Là-bas il y a beaucoup d'avants-centres et mon club a fait une affaire. Mon club est une société anonyme et le produit de ma transaction lui permettra d'afficher un bénéfice dans son bilan annuel.

— Vous a-t-on extorqué votre décision ? Une mafia sportive a-t-elle exercé un chantage sur vous ?

— Non.

— Aucune menace par lettre ? Par téléphone ?

— Si, une fois, quand nous disputions une finale de Coupe avec Manchester. Il y avait parfois des menaces de fanatiques. Mais c'est sans conséquence. Ils s'entre-tuent sur les gradins et laissent les joueurs tranquilles.

— Avez-vous eu des conflits particuliers avec d'autres joueurs ? D'une équipe rivale, naturellement ?

— Hors du terrain, on oublie tout. Toute une saison, j'ai eu un duel à mort avec Forrest, l'arrière de Liverpool... Mais en définitive, après chaque accrochage, que ce soit lui ou moi le responsable, nous nous envoyions un clin d'œil. Nous sommes des pro. Le football est notre pain. Les joueurs les plus dangereux sont les plus jeunes, ou les plus vieux. Les jeunes parce qu'ils veulent être respectés le plus vite possible, et les vieux parce qu'ils veulent démontrer qu'ils sont toujours en forme. Les vieux défense centrale sont très dangereux. Il y en a un, une fois, qui m'a ouvert la joue d'un coup de coude — et Mortimer se mit debout au milieu du restaurant de la Barceloneta, proposant à Carvalho de reproduire l'épisode. Sautez. Sautez comme si vous alliez reprendre de la tête.

Camps baissa les paupières pour l'inciter à entrer dans son jeu. Carvalho se contenta de se lever, les mains appuyées sur la nappe. Mortimer se colla à lui, sauta, dégagea en même temps de la tête un ballon imaginaire et lança son coude gauche vers son visage.

— Vous voyez ? Ils peuvent vous laisser K.O. et l'arbitre n'y verra que du feu. Les coudes, c'est le pire, car on repère les coups de pied tout de suite, mais les arbitres ne voient ni les coups de coude ni les coups de tête. Stiles, l'arrière central de Tottenham, avait une tête en béton et d'un coup de bille il vous envoyait sur le carreau.

Il crevait d'envie de lancer sa tête rousse contre celle de Carvalho ou de Camps, mais ces derniers se laissèrent aller sur le dossier de leur siège pour couper à la reconstitution.

— Je mangerai de la paella tous les jours, se promit Mortimer à lui-même.

Et il demanda à Camps s'il existait des paellas en surgelé car Dorothy n'aimait pas faire la cuisine.

— Sauf les gâteaux, car les Anglais adorent ça. Mais elle n'aime pas cuisiner.

— Vous êtes mariés depuis longtemps ?

— Un an.

— Votre femme ne risque pas de s'ennuyer dans une ville qu'elle ne connnaît pas ?

— Elle travaillait comme vendeuse chez Marks and Spencer, mais elle est ornithologue à ses moments perdus. Elle veut mettre en fiche tous les oiseaux de Barcelone. On lui a dit qu'il y en avait des quantités à Barcelone. J'en ai vu beaucoup sur les Ramblas.

— C'est un marché. Ils sont dans des cages. Rien à voir avec des oiseaux indigènes.

Camps corrigea la remarque décourageante de Carvalho :

— Ne vous inquiétez pas, il y en a aussi des

quantités qui ne sont pas en cage. Si Dorothy aime ça, elle aura de quoi faire.

— Je l'espère bien. Elle tient aussi ma comptabilité. Elle est douée pour les chiffres. Moi, c'est l'inverse. Je joue au foot. Je sais où va aller un ballon rien qu'à la façon dont le pied va le frapper. C'est instinctif. La presse anglaise disait que je sais où va aller la balle.

— Admirable ! s'écrièrent en chœur Camps et Carvalho.

Mais la différence des tons échappa à la perspicacité de Mortimer.

Monsieur Relations publiques profita de ce que le jeune homme avait un besoin naturel à satisfaire pour demander ses impressions à Carvalho.

— C'est de la bidoche baptisée. Un simple d'esprit.

— Il a la naïveté d'un jeune animal. Il n'a pas encore reçu assez de coups de pied.

— En ce qui nous concerne, il n'a pas amené d'ennemis dans ses bagages. Ces lettres anonymes viennent d'ici et veulent provoquer un effet ici.

— Il faut être prudent, mais je ne leur accorde pas trop d'importance. Un fou qui se taira dans quelques semaines ou qui persistera jusqu'à ce qu'on parle de lui, si c'est la notoriété qui l'intéresse.

— Certains fous tuent les idoles.

— Aux Etats-Unis. Les mythomanes européens sont plus civilisés. A tout hasard, cherchez de ce côté-là.

— Je ne tirerai rien de plus de ce gamin. Avec cette paella, j'ai eu ma dose.

— Vous n'avez pas aimé la paella.

— Non. Le riz est une petite bête très délicate, monsieur Camps. En apparence, on peut en disposer à sa guise, mais son âme nucléaire est très sensible. On ne peut le comparer ni avec la pomme de terre, ni avec la *pasta* italienne, simples véhicules qui prêtent aussi leur volume et leur texture à toutes sortes de saveurs. Le riz requiert une saveur fondamentale ou doit être servi à part pour épouser toutes les saveurs. Voilà pourquoi on ne peut le préparer qu'avec des produits ayant un même père et une même mère ; avec viande et poisson, il faut du riz blanc, cuit en solitaire, égoutté puis mélangé à d'autres solitudes. Les Valenciens et rien qu'eux sont les inventeurs du riz cuit en compagnie, mais pas de cette truculence que beaucoup de restaurants baptisent paella au poulet et aux fruits de mer. Les Chinois et les Asiatiques sont les maîtres du riz solitaire, mélangé ensuite à ce qu'on voudra, ce qui peut donner trois, quatre ou cinq mille mets délicieux. Mais il est intolérable qu'on vous serve une paella comme celle d'aujourd'hui, dans laquelle le riz a été mijoté dans un demi-litre d'huile qui a été employée à frire et brûler les poissons en tout genre. Ce n'était pas de la paella, c'était un sous-produit d'hôpital pour grands brûlés.

Camps ouvrait une bouche de plus en plus grande. Il avait d'abord écouté le monologue de Carvalho avec sa condescendance habituelle, car il niait toute valeur aux pensées et paroles d'autrui, mais l'irritation et le savoir de Carvalho avaient fini par l'intéresser.

— Etonnant. Vous vous y connaissez en cuisine.

— Je ne connais rien d'autre. Mais je ne suis pas non plus une lumière.

— Est-il indispensable de s'y entendre en cuisine pour être détective privé ?

— Non. Mais pour un psychologue du social, si.

— Intéressant. Expliquez-vous.
— Je ne suis pas un orateur.
— J'avais plutôt l'impression du contraire.
— Les discussions à table m'excitent.
— Quel rapport entre cuisine et psychologie sociale ? Expliquez-moi cela.
— L'homme est un cannibale.
— Ça commence bien.
— Il tue pour se nourrir et appelle ensuite la culture à la rescousse pour se forger des alibis éthiques et esthétiques. L'homme primitif mangeait de la viande crue, des plantes crues. Il tuait et mangeait. Il était sincère. Ensuite, il a inventé le *roux* [1] et la béchamel. Place à la culture. Maquiller des cadavres pour les dévorer, en préservant l'éthique et l'esthétique.
— Vous êtes crudivore ?
— Non. Quand il s'agit de manger, je mets en veilleuse mon mépris global pour la culture comme masque. Le seul masque que j'accepte volontiers, c'est la cuisine.
— Et le sexe ?
— Avec un masque, le sexe est stupide et nocif.
Comme Carvalho se taisait pour allumer un Rey del Mundo spécial qu'il avait réclamé au garçon, Camps attendit la fin de la cérémonie pour entendre la suite de l'exposé. Mais Carvalho se contentait de fumer son cigare avec des lèvres gourmandes, les yeux plissés.
— Poursuivez. Ce que vous disiez m'intéresse beaucoup. Vous êtes un philosophe.
— Je ne sais rien d'autre. Je vous ai dit tout ce que je savais et je suis même surpris de vous en avoir tant

1. En français dans le texte. *(N.d.T.)*

dit. Je vieillis. J'essaie de découvrir le mobile de mes actes — et comme s'il venait de recevoir un ordre intérieur, il se mit debout. Je vous laisse avec votre pupille. Il faut que je me remue. Je trouve mes informateurs à l'heure du café.

C'est la meilleure heure pour les cireurs de bottes, songea Carvalho en sortant du restaurant de la Barceloneta, vacillant sur des jambes un peu flageolantes, mal remises des deux bouteilles de Brut Barocco qu'il avait dû descendre entre un Camps presque abstinent et un Mortimer qui n'absorbait pour ainsi dire pas d'alcool, pas même le *cava* par lequel Camps essayait de l'introduire au cœur de la Catalogne essentielle : le pain frotté à la tomate, le *cava*, les *seques amb butifarra,* l'*escudella i carn d'olla* [1]... avait déclamé Camps comme s'il récitait un poème patriotique. Des corps bronzés prenaient le soleil sur le sable populeux de la plage de la Barceloneta, avec la complicité de l'atmosphère polluée. Sa mémoire intérieure vit défiler deux images pâles de son enfance sur cette plage et il faillit s'attendrir, mais l'odeur de têtes de gambas décongelées frites à l'huile était un mauvais agent conducteur pour les attendrissements intimes et il chercha un taxi sur la promenade Maritime ensablée dans le temps et l'espace, attendant d'être prolongée jusqu'au Village Olympique. Au loin, les maisons détruites pour édifier la cité des athlètes ressemblaient au décor d'un film sur le bombardement de Dresde ou de toute autre ville amplement pilonnée par les bombes. Cette ville nouvelle n'aurait presque plus rien à voir avec la sienne, enfermée dans des repères simplistes : le Tibidabo au nord, la mer de la

1. Haricots blancs à la saucisse et potée catalane. *(N.d.T.)*

Barceloneta au sud. Le taxi le déposa sur les Ramblas, au pied du monument à Pitarra, sur la place de l'Arc-du-Théâtre. Les jeunes putains à la mine innocente étaient alignées sur le trottoir de l'*Amaya* et du palais Marc, siège du secrétariat à la Culture du gouvernement de la Generalitat de Catalogne. En face, l'église Santa Mónica étalait la chirurgie esthétique qui l'avait transformée en musée d'Art contemporain de Catalogne ; dans son dos, le marteau-piqueur s'attaquait au quartier du Raval pour ouvrir des chemins par où évacuer les remugles de la drogue et du sida, l'immigration maghrébine et noire. Tant qu'il y aura des putes jeunes, l'art contemporain existera, se dit-il, et il eut ainsi la preuve qu'il avait atteint le niveau désiré de surréalisme éthylique. Bromure n'était pas en train de cirer les chaussures des clients du *Cosmos* ; il tourna dans la rue Escudillers, cherchant le vieillard chauve et décati à genoux devant un homme somnolent. Pourquoi les femmes ne faisaient-elles jamais appel aux cireurs ? Il trouva Bromure dans un autre restaurant spécialisé en paellas et calamars à la romaine : il s'escrimait sur les chaussures d'un individu content de lui qui avait l'air d'un Suisse ou d'un riche Catalan de Vich.

— Un peu de patience, Pepiño [1]. Après ce monsieur, j'en ai encore un autre.

— Tu ne connais pas le chômage, Bromure.

— Je touche du bois.

Il s'accouda au bar et compléta sa fête intérieure par un whisky pur malt, sec et sans glaçon. Il était pressé de débrancher sa capacité de self-control, mais il ne comprenait pas pourquoi. Bromure expédia ses

1. Diminutif galicien de Pepe. *(N.d.T.)*

clients et s'attaqua aux chaussures de Carvalho en s'excusant d'être si débordé.

— Les gens se remettent à cirer leurs pompes, Pepe. Les cireurs ont un regain de prospérité, surtout les jeunes, car moi, je me fais trois ou quatre clients par jour maximum, et encore, des habitués. Pourquoi les gens se remettent-ils à cirer leurs chaussures, Pepe ? Tu as déjà réfléchi à cette question ? Alors qu'est-ce que tu attends ? Tu en as dans le cigare et ça mérite qu'on s'y arrête. Je vois un changement. Partout. Et je ne te parle pas d'un changement comme celui des années quarante ou cinquante, ou celui des années des vaches grasses, dans les années soixante ou soixante-dix jusqu'à la mort de Paco [1]. Il s'agit d'un autre changement. Et tu vois, je m'en suis aperçu par les chaussures. Pendant dix ans, les gens avaient honte de vous mettre leurs chaussures sous le nez et de vous dire : Allez, cirez-moi ça. Ils allaient se faire détartrer la mâchoire chez le dentiste à bouche que veux-tu. Mais ils entretenaient le tartre de leurs chaussures à coups de cirages merdiques qui ont causé bien du tort aux cireurs dans mon genre. Il fallait être démocrate à fond la caisse et solliciter les services d'un cireur de bottes n'était pas démocratique. Tu me diras, je ne vois pas le rapport ! Aujourd'hui, on a perdu toute décence. Pour nous, Pepe, c'est la belle vie, mais dans d'autres domaines, je ne pourrais pas en dire autant. Qu'en penses-tu ?

— Tu connais des mecs qui veulent se faire un avant-centre ?

— Schuster ?

— Non, lui, ce n'est pas un avant-centre, et il n'est plus ici.

1. Diminutif de Francisco, prénom du général Franco. *(N.d.T.)*

— Tu veux dire un avant-centre, avant-centre ?

— Oui.

— Je ne vois pas.

— Mets-toi au parfum.

— Plus bas, Pepe, ici, même les Coca-Cola ont des oreilles.

— De quoi as-tu peur, Bromure ?

— De tout.

— Qu'on te mette du bromure dans l'eau pour que tu ne puisses plus bander ?

— Ça, ce n'est plus la peine. Aujourd'hui, la peur est partout. Tout le monde a peur. Moi aussi. Ce n'est plus ce que c'était, Pepiño. Je serai à ton bureau dans deux heures et nous pourrons bavarder tranquillement.

— Un verre de vin. Un verre de vin, s'il te plaît.

Comme s'il devait faire front à la soif urgente d'un naufragé à peine rescapé des flots bleus, Biscuter courut chercher à la cuisine ce que lui demandait Bromure et revint avec une bouteille et trois verres. Il remplit à moitié celui de Bromure et le lui tendit. Le cireur de bottes respira son bouquet, l'éloigna de ses yeux pour en vérifier la transparence à contre-jour, et plissa le nez.

— Ce n'est pas que je me méfie, mais c'est une appellation contrôlée ?

— Tu n'as pas vu l'étiquette sur la bouteille ? Valduero. En ce moment, le chef goûte aux vins des rives du Duero. L'un après l'autre. Le mois dernier, c'étaient ceux du León. Pour parler poliment — et ce n'est pas parce que vous êtes là, chef —, ces derniers temps, il a plus de manies que jamais. Le chef a décidé, qu'il me corrige si je me trompe, de goûter tous les bons vins avant de mourir.

— Et pourquoi tu n'as pas rempli mon verre ?

— Le chef a dit qu'on ne doit pas remplir un verre de vin à ras bord.

— Tu as dit ça, Pepiño ?

— Tu peux remplir celui de Bromure, Biscuter. Il n'a pas les mêmes mœurs.

Biscuter paraissait s'être levé du pied gauche : il grommela que Bromure n'avait qu'à se servir et s'en alla vers la petite cuisine située à côté des w.-c. après avoir claqué discrètement la porte, manière d'exprimer ses tempêtes intérieures, libre aux autres de les déchiffrer.

— Le nabot est de mauvais poil, et je l'appelle nabot par affection, tu le sais, Pepiño, parce que j'aime bien Biscuter. Mais tu viens de dire une chose qui m'a fait mal, Pepe.

— Qu'est-ce qui t'a fait mal, Bromure ?

— Tu as dit que je n'avais pas les même mœurs.

— Ce n'était pas du mépris de ma part.

— Je le sais, Pepe. Tu ne t'adresses pas à une chochotte maniérée et fleur bleue. Tu parles à un légionnaire, à un membre de la Division Azul qui a fait la campagne de Russie. Voilà le drame. Avec toi, je peux encore parler de la campagne de Russie, même si tu es ou as été un rouge, parce que tu as de la mémoire. Mais je ne comprends plus le monde qui m'entoure, Pepiño. Les gens ont perdu la mémoire et ne veulent pas la retrouver. Comme s'ils la trouvaient inutile. Inutile ? Si tu m'ôtes mes souvenirs, que reste-t-il de moi ? Tu ne crois pas à une conspiration de ces fripouilles de socialistes ? La seule chose qui les intéresse, c'est que tout passe par eux. Et ils sont comme les autres. Je ne reconnais plus rien. Je te l'ai déjà dit et je te le répète avec toute la rogne qui me bouffe le foie depuis quelque temps. Pepiño, on est encerclés.

— Si tu le dis...

— Enfin, je parle pour moi. Je ne voulais pas en discuter en public car les murs ont des oreilles. Je ne me sens plus à l'aise nulle part, même là où je me sentais bien auparavant. Autrefois, je connaissais tous les truands de cette ville, Pepe, sans exception. Ils faisaient partie de la famille. Ils entraient et sortaient de la prison Modelo, se débrouillaient comme ils pouvaient et Bromure tenait leurs archives là-dedans : j'avais dans la tronche toute la merde de la ville. Et maintenant, Pepe, c'est à pleurer. Ils nous ont colonisés.

— Tu parles du fameux impérialisme américain ?

— Mon cul. Je parle des nouveaux caïds. Il n'y a pas un seul caïd espagnol, Pepe. Ici, tout est réparti entre nègres, *sudacas* et bougnouls ! Les truands du coin n'ont qu'à se mettre à leur service et malheur à qui veut s'établir à son compte. Tu te souviens de Marteau d'or, ce barbeau si distingué que je t'avais présenté ? Figure-toi qu'on l'a retrouvé il y a deux mois, crevé comme un chien, dans un terrain vague. Il était barbeau de vocation et n'a pas su comprendre la situation. Et ne va pas croire que ces Noirs ou ces Arabes qui roulent des mécaniques en ville soient aussi ceux qui travaillent dans les chantiers ou à la terre. Ce sont des mafiosi qui débarquent bien sapés, avec des relations, et qui font tourner la police en bourrique. J'en parlais l'autre jour avec un flic très sympa, très dans le coup, un compatriote ; il s'appelle Valverde, José Valverde Cifuentes. Et il m'a dit : Bromure, c'est vraiment la merde car tous ces nègres et tous ces bougnouls, c'est la même salade. Quand il y a un coup, le premier boulot, c'est de les identifier. Tu peux identifier un mec de Calahorra, de Marbella, de Stockholm, mais si on te balance dix nègres et dix ratons, il faut un physionomiste de première pour désigner l'auteur du coup. Et s'il y arrive, tant pis pour sa pomme, ils lui font sa fête et la maison Poulaga ferme les yeux parce qu'elle ne veut pas savoir. Et si elle les ouvre, ça n'est pas le Pérou : un passage au tribunal ! Et quant à les expulser du pays, ça coûte plus cher de les mettre dans un avion ou en prison que de les laisser dans la rue. Ils font comme si de rien n'était, ils préfèrent, ou ils cherchent un accord avec les caïds : vous ne nous cassez pas les couilles et en échange on ne vous casse pas les couilles. Tu comprends, Pepe. Si *El Macareno, El Nen* ou *La Mapi* font un coup, ils ont les flics au cul et se retrouvent en cabane comme deux et deux font quatre. Mais les étrangers, personne n'ose leur marcher sur les pieds. Et c'est là que j'interviens, avec mon problème. Qu'est-ce que j'ai à voir là-dedans ? Rien. Horriblement rien. J'ai déjà reçu la visite de ces petits bronzés, sapés comme dans les revues de mode, avec plus d'or sur le corps que Lola Flores, et ils m'ont mis en garde : Toi, tu cires les pompes et tu la boucles. Si on m'avait dit cela il y a quatre ou cinq ans, j'aurais balancé une boîte à la figure du mec et je lui aurais montré ma poitrine avec tous mes tatouages du temps de la Légion et de la Division Azul ; regarde, bébé, lis, tu sais à qui tu parles, à un légionnaire. Mais maintenant, si je fais ça à un mec, il va me rire au nez. Même les flics me rient au nez. Avant, ils se mettaient au garde-à-vous parce qu'un soldat de Franco, même obscur et sans grade, ça leur en bouchait un coin. Mais les caïds et les flics d'aujourd'hui ne savent même plus ce qui s'est passé.

Ils n'ont pas de mémoire. Et ils se la foutent au cul. La leur comme la nôtre, Pepe. Tu te rends compte ? Alors tu comprends, quand tu viens me demander un tuyau, Pepiño, tu me fous les boules. Je ne demanderais pas mieux que de te le donner, surtout que je ne crache pas sur tes pourboires. Mais je ne peux vraiment pas. Je ne sais rien.

— Tu sais qui peut savoir.

— Ça, oui.

— Présente-moi.

— Je ne m'y risquerais pas, Pepe. Ils me laissent tranquille parce que je fais l'âne, mais si je vais dire à ces *sudacas* ou à ces basanés : Vous savez, j'ai un ami qui veut vous parler, ils sont capables de me rentrer dedans, Pepe, je les connais, ou de me conseiller de ne pas fourrer mon nez partout. Nous sommes colonisés. Les Espagnols ne sont plus bons qu'à faire le trottoir pour ces gens-là et à la boucler. C'est triste d'être aux ordres, même ici. Au lieu de vadrouiller à travers le monde, Felipe González ferait mieux de veiller à ce qu'on soit volés et étripés par des voyous espagnols. J'ai toujours été patriote et je ne supporte pas qu'on vende l'Espagne. L'autre jour, des grosses têtes, tu vois le genre, ces cerveaux qui parlent jusqu'à plus soif, dégoisaient à la télé : l'Espagne était à vendre, n'importe qui pouvait venir investir ici parce que ça rapportait du fric à la pelle et patati et patata. Pardi ! Je veux bien le croire ! Ils ont même vendu des places de la pègre. Il y a des mecs qui ont une chaise sur la Plaza Real et qui n'y renonceraient pas pour deux millions, il leur suffit de rester assis toute la sainte journée pour ramasser une fortune. Les uns, c'est la coke, les autres... Enfin. Que veux-tu que je te dise. Pour les putes présentables, il faut voir côté *sudaca*. Le barbeau autochtone de haut niveau est en voie de disparition. Les radasses, c'est pour les maquereaux espagnols, mais quand arrive une belle gonzesse à dix mille ou plus la passe, c'est pour les étrangers. Il nous faudrait un Franco. J'aimerais bien voir ce qui se passerait si Franco relevait la tête et le sabre. On verrait où iraient tous ces salopards d'étrangers. S'il faut voler, qu'on vole, mais que ça reste en famille. D'ailleurs, personne ne peut nous donner de leçons, même dans le domaine du banditisme, on l'a prouvé. Mais c'est toujours le coup classique : qui a inventé l'hélicoptère, Pepe ? Et le sous-marin ? Des Espagnols ! Qui a tiré profit de ces inventions ? Les Yankees. Eh bien, pour les truands, c'est le même tabac. Ici, on a toujours tué et volé, mais à notre manière particulière, nationale, et maintenant ces Martiens viennent nous donner des leçons et empocher le butin. Même les nègres nous enlèvent le pain de la bouche. Même les nègres, Pepe ! Il faut que tu te mettes ça dans le crâne. Je ne suis plus au courant de rien. Ce bas monde se divise en deux races : les mafiosi qui contrôlent tout et les paumés de la drogue qui suivent leur bonhomme de chemin, contrôlés par personne. Et au milieu, le vieux Bromure, plus ratatiné qu'un chien déplumé plein de puces. J'ai perdu beaucoup d'influence et j'ai tout le temps un pet de travers. Un jour, c'est le foie, le lendemain c'est les reins. J'ai du mal à pisser, Pepe, j'ai même du mal à pisser : elle ne me sert même plus à pisser et quand je me la secoue, j'ai l'impression de secouer du bois ! D'ailleurs, je me demande pourquoi je me la secoue car je n'ai plus entre les jambes qu'un tuyau qui marche au goutte à goutte. Et je peux la secouer pendant deux jours, ça sera toujours le goutte-à-goutte.

Carvalho l'avait laissé parler ; au début, il n'était

pas très attentif, mais il avait fini par s'intéresser à ce discours qui traduisait le pessimisme grandissant du vieux. Ce n'était pas le premier de ce genre qu'il entendait ces dernières années, mais il le trouvait moins rhétorique aujourd'hui et croyait reconnaître une expression sincère reflétant une impuissance d'un nouveau genre, plus profonde, car les gestes du vieux désignant le siège de ses douleurs étaient ceux d'un homme malade osant à peine effleurer l'endroit douloureux où maintenant, juste là, il avait peut-être réellement mal.

— Les médecins, ça existe, Bromure.

— Et ils te trouvent de tout, Pepe. Avant, j'allais en voir un très bon, à la Sécu, et il me disait toujours : Vous voulez que je vous trouve quelque chose ? Non. D'accord, bonsoir et à la prochaine. Et je repartais aussi sec. J'ai eu la santé pendant soixante années de ma vie. Mais ce médecin a pris sa retraite et je n'y suis pas retourné. Ou plutôt si, j'y suis retourné une fois et le remplaçant m'a examiné. Un vrai gamin. Au premier coup d'œil il s'est mis à égrener toutes les maladies que je pouvais avoir. Il y en avait des vraies, mais d'autres étaient de son invention et j'ai profité de ce qu'on l'appelait au téléphone pour me tirer. Si tout ce qu'il avait déduit rien qu'en me voyant était vrai, je devrais être mort depuis longtemps. Et puis ça ne me dit rien d'aller seul chez le toubib.

Carvalho s'entendit déclarer :

— Je t'accompagne.

Bromure le regarda comme s'il avait du mal à le reconnaître, et il déglutit.

— Ça ne me dirait rien d'aller avec toi chez le toubib. Ah, si j'étais marié... Là, ça vaut le coup d'être marié. J'ai toujours rêvé d'aller chez le docteur avec ma femme, et tu vois, j'ai toujours rechigné à me marier. Maintenant, ça me plairait bien. C'est chouette d'aller chez le médecin avec sa moitié.

De nouveau Carvalho s'entendit déclarer :

— Charo t'accompagnera.

Les rides crasseuses du visage du cireur de bottes s'émurent et ses yeux s'illuminèrent.

— Charo ferait ça pour moi ?

— Charo a besoin d'un père à accompagner chez le médecin.

— Pepe, tu te fous de moi.

— Je te parle sérieusement.

Bromure vida son verre et savoura le bouquet du vin, agitant une langue en liberté dans une bouche délivrée de presque toutes ses dents.

— Tu as gagné. Je vais te trouver un contact. Mais fais gaffe.

Carvalho lui glissa mille pesetas dans la poche de son gilet et Bromure ferma les yeux en sentant le contact du billet contre sa peau.

Juan Sánchez Zapico s'était fait lui-même et avait su s'entourer de gens incapables de voir qu'il n'avait pas fait grand-chose. Quatre immeubles construits dans le quartier, six entrepôts de ferraille étendaient sa propriété jusqu'aux confins de Pueblo Nuevo et de San Adrián, une petite usine de dragées et d'amandes pralinées, adaptée aux *technologies* les plus modernes — comme il se plaisait à le répéter à qui voulait l'entendre —, avaient fait de lui un homme assez riche pour pouvoir consacrer une partie de ses loisirs à la présidence du Centellas, équipe historique d'un quartier historique, capable, au début du football catalan, de disputer la première place au Barça, à l'Europa, à l'Espagnol ou au San Andrés ; mais depuis la guerre civile ce club était devenu l'ombre de lui-même, survivant grâce à ses supporters inconditionnels et au titre de propriété d'un terrain de football occupant une position clé pour l'expansion de la ville. Depuis les années cinquante et soixante, l'association fondatrice du Centellas avait résisté à toutes les tentations de vendre le terrain situé en pleine zone d'expansion urbaine, et maintenant les chasseurs de la future spéculation des abords du Village Olympique commençaient de lui faire les yeux doux. Situé en troisième ou quatrième ligne face à la mer, presque aux limites de San Adrián, le terrain du Centellas serait un jour englouti par une Barcelone appelée à s'agrandir en partant du noyau centrifuge du Village Olympique, transformé en immeubles destinés à une nouvelle bourgeoisie post-olympique contrastant avec la population voisine et aborigène : résidus de Catalans prolétaires et immigrés venus de couches archéologiques diverses.

— Il y a un temps pour tout, disait parfois Sánchez Zapico quand les membres les plus impatients de l'association ou du comité directeur lui faisaient valoir l'intérêt des offres d'achat.

D'autres fois, sa réponse était plus épique ou plus élégiaque :

— Moi vivant, le Centellas vivra. Privez le Centellas de ce terrain, et c'est la mort.

« Le Centellas, c'est son terrain », s'écria-t-il à la fin du discours de présentation de Palacín à l'équipe, à deux cents supporters répartis sur les douze gradins délabrés par toutes sortes d'érosions et à trois journalistes intérimaires frais émoulus de la faculté des sciences de l'information qui couvraient les événements de second ordre avec des magnétophones de troisième main achetés parmi d'autres trésors au marché aux puces de la plaza de las Glorias.

— Palacín a signé chez nous pour remplir le stade. Ce n'est pas seulement un nom, il a tout d'un avant-centre, « avec une paire de couilles là où il faut ».

Les journalistes notèrent « avec une paire de couilles là où il faut », mais leurs journaux ou leurs stations de radio se contentèrent de souligner que, de l'avis de monsieur Sánchez Zapico, Palacín les avait bien accrochées. La nouvelle recrue eut droit à une simple photographie qui ne fut pas publiée, mais en dernière page de gauche des informations sportives, dans l'angle inférieur, des titres en tout petit essayaient de créer l'événement autour de la réapparition d'Alberto Palacín. « Le Centellas prend la prochaine saison au sérieux, presque au-dessus de ses moyens, comme le démontre le recrutement d'Alberto Palacín, cet avant-centre qui, dans les années soixante-dix, fut salué comme le nouveau Marcelino avant de disparaître à la suite d'une grave blessure. Plus tard, il se distingua dans le football yankee avant de devenir l'idole des supporters d'Oaxaca (Mexique), et l'un des marqueurs les plus réguliers de la Ligue mexicaine. A trente-six ans, Palacín a déclaré qu'il espérait aider le Centellas à monter en troisième division avant de se retirer. Ses mouvements sur le terrain ont démontré qu'il est en forme, même si le poids des ans n'est pas un vain mot. » L'article avait été écrit par un journaliste de vingt-deux ans, autant dire un journaliste sans âge, se dit Palacín en relisant l'encadré et il se souvint vaguement du jeunot qui lui avait offert pendant quelques minutes le rôle de vedette.

— Ne fais pas attention à la presse. Moi, je n'y fais

jamais attention — lui recommanda le président qui songeait que l'allusion à son âge avait pu le blesser. Un journaliste, c'est comme un type armé d'un pistolet. Avec un stylo-bille à la main, il est persuadé d'avoir plus de couilles que toi. Tu parles ! A toi de mettre les tiennes dans la bagarre ! Sans couilles, il n'y a pas de foot.

Justo Precioso, l'entraîneur du Centellas, avait les mêmes critères ; il était comptable d'une des entreprises du président et entraîneur titulaire après avoir mené une obscure carrière de joueur de seconde division comme arrière droit au début et libero à la fin. C'était un homme maigre, triste et chauve, à la barbe drue et mal rasée, affublé d'une pomme d'Adam qui paraissait être un troisième testicule, vu ses efforts pour égaler monsieur le président dans ses références métaphoriques à des organes aussi symboliques.

— Toté, mets-y des couilles ! criait-il à l'arrière central. Pérez, couilles en tête, hurlait-il à l'avant-centre titulaire des saisons précédentes, maintenant replié en position d'inter depuis l'arrivée de Palacín.

De temps en temps, il utilisait un vieux tableau pour programmer certaines phases de jeu mais quand il y avait de la craie — ce qui n'était pas toujours le cas —, elle grinçait à en donner la chair de poule aux joueurs les plus endurcis. Son truc, c'était l'enseignement concret, sur la pelouse. Là, on voit l'intelligence et les burnes, disait-il devant la cage sud pour laquelle on avait réservé un éclairage minimal, le reste du terrain étant plongé dans l'ombre, tel un paysage spectral pour courses de fond de footballeurs noctambules en survêtement.

— Je ne peux pas forcer ma jambe, l'avertit Palacín.

— Aujourd'hui ou définitivement ? s'enquit le *mister*, la pomme d'Adam en position d'affolement.

— Ça dépend. Aux changements de climat. Mais après l'échauffement, tout va bien.

— Je l'espère. Joue à ton rythme. Mais à fond de couilles. Ne les marchande pas. Les arrières centraux de promotion sont plus assassins que ceux de troisième ou deuxième division. A côté d'eux, Pontón est un enfant de chœur — et il lui adressa un clin d'œil parce qu'il venait de nommer l'assassin historique de son genou.

Pendant ce premier entraînement, les joueurs regardaient autant qu'ils jouaient. Palacín était l'objet de leur appréciation discrète et, en se disputant le ballon, il y avait autant de respect que d'envie de lui prouver qu'ils n'étaient pas éblouis par les reliefs de sa splendeur passée. Surtout Toté, l'arrière central, collé à son corps comme une arapède, à son dos et à son cul : si Palacín ralentissait, Toté couvrait la balle, s'appuyait sur une jambe pour pivoter et déplacer son marqueur, le déséquilibrait du coude et risquait de le faire tomber d'un coup de genou dans la cuisse. Lors d'un de ces contacts, le genou de Toté rencontra le genou fragile de Palacín ; celui-ci s'électrisa comme un fauve, oublia le ballon, fonça sur son partenaire, le saisit par le maillot et l'approcha de son visage comme s'il allait le dévorer du regard.

— Tout doux, morveux.

— Toi-même. Ici, on ne joue pas comme des gonzesses.

— Mais qu'est-ce qui vous prend ?

L'entraîneur se précipita sur eux, bras écartés, pour les séparer.

Ce fut inutile. Les deux joueurs avaient retrouvé leur calme et fouillaient du pied le terrain lourd. Le *mister* passa un bras sur les épaules de Toté et l'attira vers l'angle du terrain où il le soumit à une confession à voix basse. Puis il s'approcha de Palacín en train d'examiner son genou d'une main prudente.

— Je regrette. Ce type n'est pas un arrière central, c'est un légionnaire.

— C'est moi qui lui ai demandé de jouer comme un légionnaire ?

— Ne te fâche pas. Il est bon comme le bon pain.

— Bon, mais plutôt dur.

— Allons ! Au trot ! Hop ! Hop ! Hop !

Les joueurs figés comme des statues partirent à la course en file indienne ; ils sautaient en s'appuyant tantôt sur une jambe, tantôt sur l'autre et agitaient le cou et les bras comme s'ils étaient désarticulés. L'entraîneur courait à côté du serpent de survêtements et avançait ou reculait pour avoir une vision d'ensemble de l'ardeur à la course de la troupe. Il avait interdit les montres aux entraînements mais des joueurs en dissimulaient une sous une manche et la consultaient en attendant le sifflet marquant la fin de la séance.

— Quels culs, mais quels culs ! On dirait que vous courez assis ! Vous devez sentir vos couilles, vous devez les sentir danser ! Hop ! Hop !

Son cri se dissipait, son souffle s'épuisait et il émit le coup de sifflet tant attendu. La file se dispersa, quelques-uns accélérèrent pour arriver les premiers au vestiaire. Il n'y avait pas toujours de l'eau chaude pour tout le monde, bien que Sánchez Zapico ait offert au club un puissant chauffe-eau à gaz propane après avoir invité à l'inauguration l'équipe et le personnel au grand complet, les dirigeants, leurs épouses et les enfants les plus jeunes. Le chauffe-eau était le seul élément d'avenir dans ce vestiaire plein de gouttières et de taches d'humidité sur les murs décrépis, où les armoires fermaient si elles le voulaient bien, selon un caprice mystérieux qu'aucun menuisier n'était parvenu à maîtriser pendant ces dix dernières années. Palacín dénoua ses chaussures et les laissa tomber par terre. Les deux douches étaient occupées et il garda son survêtement sur lui pour ne pas se refroidir.

— Excuse-moi, lui lança Toté en passant à côté de lui complètement nu, et il tendit une main que Palacín accepta.

— C'est un mec régulier, l'avertit un garçon blond qui s'assit à côté de lui et commença à se déchausser. Il n'avait rien contre toi, mais son contrat expire en juin et il fait du zèle.

— Ouais.

— Mon père m'a dit que tu étais un phénomène.

L'adolescent le buvait des yeux comme s'il était encore l'élixir de sa gloire.

— Non. Juste un peu au-dessus de la moyenne.

— Il t'a vu marquer un but à l'Atlético de Madrid où tout le stade s'est levé.

— On s'est aussi levé pour me siffler.

— Il a de beaux restes, m'a dit mon père. D'après lui, tu avais un cou comme un vrai ressort. Zing, zing, et la tête partait comme un boulet vers le ballon. Tu dégageais aussi fort de la tête que du pied.

— C'est impossible, mon gars.

— Je le sais. Mais c'est ce qu'il m'a dit. Moi, je joue demi-centre.

— J'ai vu.

— Qu'en penses-tu ?

— C'est très bien. Tu joues la tête haute et ça, c'est fondamental pour un demi-centre. Mais tu dois avoir l'oreille plus fine et un œil dans le dos.

— Pourquoi ?

— Un demi doit percevoir les ondes qui émanent du type qui le suit, et quand il dribble en cherchant à qui passer la balle, il doit avoir un œil dans le dos, sinon, ce laps de temps permet à n'importe qui de lui tomber dessus. Ça s'apprend avec l'âge.

— Le *mister* dit que je suis très intelligent.

L'adolescent lui envoyait un regard ouvert comme un livre plein de lettres majuscules et Palacín éclata de rire.

— Pour sûr. Ça se voit tout de suite.

Biscuter, enfermé dans sa cuisine ; Charo, en pleine crise d'indignation, réclamant des attentions ; Bromure, malade et pétant de trouille. Carvalho voyait sa famille mal partie et décida de lui consacrer un peu de temps pour la remettre d'aplomb. Il exigea que Biscuter sorte de son réduit et comparaisse devant lui ; or, quand il vit ses rares cheveux blonds et raides hérissés comme des crins sur ses pariétaux, ses grands yeux toujours baissés écarquillés de surprise, Carvalho eut une révélation : le temps n'avait pas prise sur Biscuter, et de tous les membres de cette étrange famille, il était le seul à n'avoir pratiquement pas changé depuis leur première rencontre, trente ans plus tôt, dans la prison d'Aridel. Il avait toujours cet aspect de fœtus blond et néanmoins chauve qu'une mère horrifiée par la laideur de ce qu'elle avait mis au monde aurait précipitamment abandonné. Pourtant, Carvalho avait beau tricher avec les calendriers, il devait se rendre à l'évidence : Biscuter avait dépassé la cinquantaine. Le temps n'en fait qu'à sa tête et seul le mensonge du cinéma ou des romans peut le circonvenir. Mais Biscuter, Charo, Bromure et lui-même étaient l'incarnation du temps, qui trahissait ses victimes différemment, selon le cas. Sous son action, Charo s'empâtait, Bromure pourrissait de l'intérieur, Carvalho devenait un spectateur toujours plus passif de son temps et de celui d'autrui, lequel, jusqu'à présent, n'avait pas prise sur Biscuter, qui l'avait peut-être vaincu à la minute même de sa naissance en apparaissant aussi hideux qu'aujourd'hui, comme si le temps, en le voyant sortir du ventre de sa mère, avait reconnu en lui une victime à long terme.

— Nom de Dieu, chef, ravi que vous ayez découvert que j'existais.

Carvalho se leva brutalement et donna un coup de poing sur la table.

— Toi aussi, Biscuter ? Je suis entouré de dépressifs, ma parole ! Et vous croyez que je vais passer ma vie à sécher des larmes et à vous moucher le nez ?

— Ce n'est pas ça, chef. Mais ces derniers temps vous ne m'adressez plus la parole, même pas pour m'envoyer sur les roses. Je vous annonce l'autre jour que je suis plongé dans une *Encyclopédie gastronomique* qui m'a coûté les yeux de la tête et vous ne me demandez même pas de vous la montrer. Vous ne me dites jamais si ma cuisine est bonne, ni ce que je devrais faire. J'ai toujours été votre bras droit, chef, tout le monde le sait, même les commerçants du quartier. Ce n'est pas pour me vanter, mais j'entends partout : Ton chef en a de la chance de pouvoir compter sur un assistant comme toi. Et ce n'est pas pour me donner une médaille, mais je dois reconnaître que j'ai beaucoup appris à vos côtés.

— Va voir Charo, tu lui raconteras que Bromure

est malade et qu'il faut l'emmener chez le médecin. Et si elle te balance un truc à la tête et te crie que je n'ai qu'à le lui demander moi-même, réponds-lui que je suis dans une affaire jusqu'au cou et toujours en balade, et que je l'appellerai.

— Je n'ai pas d'assurance, chef. Vous y avez pensé ? Je ne suis pas assuré. S'il vous arrive quelque chose un jour, Dieu nous en préserve, que va-t-on faire de Biscuter ? Le coller à l'asile ?

Carvalho jura avec une violence telle que Biscuter, effrayé, évacua prudemment la pièce à toute vitesse, avec néanmoins la dignité du quidam qui a craché ses quatre vérités à son prochain. Je ne lui ai pas mâché les mots, se répétait Biscuter en descendant l'escalier, convaincu que ses paroles n'étaient pas tombées dans l'oreille d'un sourd. Carvalho était perplexe, et il avait cet état d'âme en horreur car il le considérait comme un luxe de l'esprit indigne de toute personne d'intelligence moyenne. Je ne peux rester perplexe. En tout cas, pas autant. Il ouvrit un tiroir de son bureau et en tira une bouteille, un Knockando de vingt ans d'âge, le whisky idéal pour les perplexités profondes. Il se versa trois doigts dans un grand verre et les but en trois gorgées lentes et copieuses. La triple charge et décharge d'alcool et de soupirs lui fit du bien et il était prêt à partir à la conquête de la rue quand le téléphone sonna. Avant le premier mot à l'autre bout de la ligne, il comprit à une sorte de vibration perverse que Charo accusait réception de la visite de Biscuter.

— Son Excellence monsieur José Carvalho est-elle là ? Sa Seigneurie daignerait-elle prendre la communication et permettre à sa servante de lui exprimer tout ce qu'elle prétend lui exprimer ?

Carvalho décida d'ignorer le ton outrageant et de

s'en tenir au fond du discours. D'accord pour accompagner Bromure où il fallait car Bromure n'était pas comme certains, c'était même une excellente personne, pas comme certains. Mais pourquoi diable envoyait-il un messager ? Aurait-il oublié son numéro de téléphone ? Qu'il l'ait oubliée, elle, passe encore, c'était le cadet de ses soucis, mais en oubliant son numéro de téléphone et en envoyant Biscuter, il se comportait comme une personne mal élevée.

— ... et comme un jean-foutre, pour parler clair.

Elle parlait clair.

— Je passerai te chercher cet après-midi.

— Je n'ai pas besoin qu'on me promène comme un petit chien. Je peux aller faire mon pipi toute seule.

— D'accord. Je ne passerai pas te chercher cet après-midi.

Et le voilà encore obligé d'écouter un monologue qui se résumait à un « mais qu'est-ce que tu t'imagines ? » de plus en plus geignard, entrecoupé de silences suspendus à une réponse que Carvalho ne savait pas lui donner, avant d'accepter finalement le « je passerai te chercher cet après-midi » sur un ton d'où toute angoisse avait disparu. Carvalho attendit le retour de Biscuter, un Biscuter prudent et mal remis de son excessive lâcheté, et il lui expliqua l'affaire Mortimer comme s'il devait absolument être au courant. Sans trop forcer, Biscuter se mit dans la peau du fidèle Watson et contribua par sa finesse à l'analyse de la situation.

— Encore un coup des Arabes, chef.

— Quels Arabes ?

— Les cheiks arabes. Ils raflent tous les bons footballeurs et les emmènent dans les villes du désert où ils montent des équipes invincibles à coups de millions. Ils flanquent la trouille à Mortimer pour l'obliger à signer. Parole ! J'ai entendu par hasard une partie de la conversation que vous avez eue avec Bromure et j'en ai tiré mes propres conclusions. Il ne nous a rien appris que nous ne sachions déjà. Je pensais plus ou moins la même chose ; il suffit de se promener dans ces rues pour comprendre ce qui se passe. Ces derniers temps, vous avez trop voyagé ou vous êtes trop resté là-haut, perché à Vallvidrera ! A force, vous n'avez pas remarqué les changements d'ici-bas. C'est le Far West, chef, mais avec plus de couteaux que de revolvers. Vous restez souper ? J'ai tout ce qu'il faut pour vous préparer une *brandade de daurade* [1].

— Qu'est-ce que c'est, Biscuter ?

— Une recette tirée de l'*Encyclopédie* dont je vous ai parlé. Par le plus grand des hasards, il me reste un morceau de daurade cuite de l'autre jour ; il ne me faut pas longtemps pour préparer la brandade : enlever les arêtes, ajouter de l'ail, de l'huile, fouetter la crème, sel, poivre, une goutte de tabasco et passer au mixer. Cinq minutes.

— Pourquoi pas ?

Biscuter était si content que, de sa cuisine, il minimisa le désespoir de Charo.

— Elle est furieuse, chef, mais ça lui passera. Elle m'a dit qu'il devenait impossible de trouver des michés ; à cause du sida il ne lui reste plus que les habitués, et ils se font vieux ; elle en a même un qui est mort. Un pharmacien de Tarrasa. Voilà pourquoi elle avait un peu de vague à l'âme. Vous savez qu'elle a la fibre affectueuse.

Carvalho partagea la *brandade de daurade* avec

1. En français dans le texte. *(N.d.T.)*

Biscuter, arrosée d'une bouteille de Milmanda de Torres qui réjouit le cœur de l'avorton car la présence de la bouteille était le signe d'une occasion exceptionnelle et d'une fête. Mais Carvalho se dépêcha de manger car il était pressé de sortir, de rencontrer des gens qui ne lui raconteraient pas leurs ennuis ou leurs malheurs. Son rendez-vous avec Charo était un prétexte pour quitter Biscuter et son désir de promenade lui permettrait de vérifier sur le terrain les changements diagnostiqués par son assistant.

— Attention, chef. Les choses en sont au point que j'ai lu l'autre jour dans un journal qu'ils veulent foutre en l'air la moitié du Barrio Chino, entre la rue Perecamps et les quartiers hauts, pour donner un peu d'air. Ça commence à sentir le cimetière.

Carvalho sortit, troublé par cette mise en garde. Malgré tous ses voyages, malgré l'éloignement de Vallvidrera, qui pouvait le soupçonner d'ignorer les limites du pays de son enfance ? Qui pouvait lui escamoter les points cardinaux qu'il connaissait si bien ? Ou alors les classes populaires avaient aussi attrapé la manie de dire que tout avait changé et Biscuter chantait à contretemps l'éternel requiem pour ce qui avait été et n'était plus, ce qui aurait pu être et n'avait pas été ! Il déambula, reconnut ses lieux, passa en revue les ruelles de presque toute son existence. Tout était à sa place. Il entra même dans les librairies d'occasion, respira cette culture momifiée et se souvint des touchers frémissants de son étape de drogué de la culture. Ses yeux butinèrent un passage d'un gros livre de luxe sur Barcelone dont l'étiquette dépassait, sur laquelle le bouquiniste avait exercé sa pitié réductrice en corrigeant le scandale du prix d'origine : « Le mythe de l'homme libre dans la cité libre est-il possible ? Pour le moment, Barcelone s'humanise dans chaque parcelle récupérée ou construite pour promener le corps, cette relation entre espace et temps qui nous permet de ne rien faire, rien craindre, rien attendre, et nous met dans un état que nous pourrions qualifier de *desideratum* béatifique. Ce peuple qui apprécie tant les choses gratuites, auquel un de ses philosophes promettait qu'un jour tout lui serait payé, partout où il irait, pour la simple raison qu'il était catalan, adore ramasser les escargots et les champignons, boire aux fontaines publiques et se promener en ville sans bourse délier. Les Catalans ont une relation materno-filiale avec leur ville : ils la savent femme et se sentent les fils d'une mère vierge et pute, de la Vénus de Bronze et de la Pepita au parapluie, de madame Josefina, de Reus, pour plus de précision. Par le passé, quelques-uns de ses philosophes essayèrent de les convaincre que c'était une cité de marbre, une ville-Etat ou une ville-pays sans y parvenir. Les gens savent que cette ville est une patrie que chacun possède s'il maîtrise sa propre mémoire. Beaucoup sont nés ici. D'autres sont venus de loin. Mais cette mémoire possessive a commencé le jour où, tels les antiques Chaldéens, ils ont compris que, pour l'essentiel, le monde s'achevait aux collines où s'arrêtait leur propre regard. » Il pouvait être en désaccord avec ce texte mais il ne chercha pas à le savoir. Il déçut l'espoir du vendeur en sortant de la boutique, enfin décidé à aller chercher Charo. Arrivé devant sa porte, il l'appela à l'interphone. Deux minutes après, Charo sortait comme la foudre et lui sautait dessus comme une bouffée d'essence de rose et de chair palpitante. C'était une étreinte de gare, une étreinte d'épouse de rapatrié, et Carvalho se laissa embrasser tout en lui tapotant le dos, ne sachant que faire de ses mains et de son remords. Charo allait lui faciliter les choses parce qu'elle était gaie et loquace et Carvalho voulut que la fête soit totale. Cinéma, puis Vallvidrera, si elle n'avait pas de client ce soir.

— Des clients ? Mais tu te rends compte de ce que tu dis ? Je suis plus en crise que l'industrie sidérurgique du Nord, que tous ces pauvres gens déjà bien dans la merde. Là, c'est autre chose, Pepe, cette histoire de sida a fait beaucoup de tort et même si je peux compter sur quelques fidèles, je n'arrive plus à joindre les deux bouts, je n'y arrive plus. Je ne cherche pas à me plaindre mais il faut que je prenne une décision. Je voulais t'en parler.

Elle y serait parvenue même si Carvalho n'avait pas voulu l'écouter. Elle voulait lui parler mais attendit la sortie du cinéma. Ils avaient vu un film où les gens se droguent au gaspacho et où une fille perd sa virginité en rêve, sur fond de conspirateurs chiites qui compliquent la vie à un mannequin dont les yeux de biche exprimaient toute la candeur d'un flan chinois. En remontant vers Vallvidrera, elle laissa entendre qu'elle avait des choses à lui dire, des choses qu'il devait absolument savoir. Mais ils firent d'abord le repas et l'amour, avec toute la science de Charo et la capacité de Carvalho à évoquer le souvenir d'un autre corps dont il ne pouvait préciser le visage, mais en définitive c'était le visage de Charo, d'une Charo un peu plus jeune. A l'heure de la pause — cigarette pour elle, Cerdán Churchill pour lui —, les yeux au plafond, les corps sous une couverture les protégeant de l'excessive fraîcheur automnale de Vallvidrera, Charo parla enfin. Un vieux client lui proposait un commerce. Très simple. Une pension.

— Une pension, qu'en penses-tu, Pepe ? D'après lui, je n'ai aucune situation d'avenir. Quatre sous d'économie que j'aurai vite bouffés. Que penses-tu d'une pension ?

Quand Charo était déprimée, il y avait toujours un client qui venait lui proposer de monter une affaire. Carvalho devait être mis au courant. Et la conseiller. Carvalho ferma les yeux pour ne pas voir le visage de Charo tourné vers lui quand il répondit :

— Ce n'est pas une mauvaise idée.

La rue Perecamps serait prolongée et trancherait la vieille ville dans le vif jusqu'à l'Ensanche en s'ouvrant un passage à travers les chairs vaincues et les carcasses calcifiées des architectures les plus sordides de la ville. Un gigantesque bulldozer à tête d'insecte de cauchemar transformerait définitivement l'archéologie de la misère en archéologie livresque, on démolirait les maisons, et les vieux, les drogués, les dealers, les radasses, les nègres et les ratons seraient bien obligés de s'enfuir devant la pelle mécanique et d'emporter leur misère quelque part, peut-être en banlieue, là où la ville perd son nom et ne répond plus de ses désastres. Une ville sans nom ne se montre pas, ne figure pas sur les cartes postales et ne mérite la pitié des premières pages que si son complexe d'autodestruction dépasse les limites du supportable dans notre société permissive et se tue, se viole ou se suicide avec la démesure des désespérés et des fous. Rues de vieux aux paniers presque vides, toujours entre deux petits achats et deux incertitudes : qu'ont-ils fait dans cette vie et quel jour sommes-nous ? Une nouvelle vague de putains variqueuses recensées par un ordinateur de la cinquième génération, alimentées comme leurs mères à coups de sandwich au thon, de miettes de calamar flottant dans une sauce hybride et de francforts au ketchup — unique concession à la modernité — qu'on aurait pu administrer par intraveineuse. A côté de la putain monumentale érodée par les ans et les intempéries extérieures et intérieures, l'obscure petite pute accrochée à sa seringue, le regard à la dérive comme celui des marins ivres sur une mer sans issue. Et deux sortes de maquereaux, l'éternel pachyderme reproducteur avec cul et poitrine à l'étalage, et le post-moderne anéanti par ses drogues, les doigts et les yeux humides glissant hystériquement comme des lames sur un univers hostile et délirant. Commerçants mal éclairés, le couteau suspendu au cou. Jeunes virtuoses sans travail qui traversent en hâte les rues interdites, mères exilées de l'intérieur dans des quartiers où elles ont apporté des géraniums sur les balcons depuis cinq ou six générations, et le contraste d'une pauvreté honorable. Familles de taupes maghrébines et de gazelles noires de l'Afrique profonde, locataires d'appartements abandonnés par des fugitifs de la ville lépreuse et nantis de W.-C. sans eau courante. Cadavres présumés, dans des appartements sous scellés, de vieillards délaissés par la mémoire, par le désir des uns et les souhaits des autres. Enfants perdus sans collier qui jouent à la balle sur les places, une balle dure ou molle qu'ils lancent contre les portes de vieilles églises, monuments de l'époque romane, si anciens qu'ils sont presque enterrés et peuvent se prévaloir d'un passé récent de bureau de tabac ou de coutellerie artisanale. Merdes de chien, chiens de merde aussi délavés et peureux que leurs maîtres, femmes ou gamins mûrs qui se croient obligés de promener le chien pour se promener eux-mêmes malgré l'étroitesse des rues aux trottoirs rétrécis. Et pourtant, une chose qui ressemble à la beauté de la misère est gravée sur les faces des maisons construites un peu avant et un peu après le *Manifeste communiste*, tout en l'ignorant, car cette ville déjà ancienne s'est défaite et refaite de part et d'autre des murailles médiévales rasées au milieu du XIXe siècle. Et ce n'est pas l'érudition de Carvalho qui excite sa mémoire visuelle quand, après avoir laissé Charo chez le coiffeur, il conduit sa voiture au parking du sud des Ramblas, mais le débat radiophonique sur les problèmes de « La violence dans la ville », avec la participation d'un romancier ex-nouvelle vague et d'un jésuite communiste, le premier revendiquant un certain Georg Simmel comme père spirituel, produit d'un collage de pères spirituels divers et opposés, et le second le Christ et Karl Marx. Selon Simmel, comme les villes n'ont pas les moyens de libérer l'agressivité sans prendre de risques, vu l'entassement et la complexité technologique du milieu, la canalisation de cette violence est indispensable. Une des méthodes les plus courantes est bien connue des ethnologues, c'est l'agression sur un objet substitutif.

« Imaginons, dit le romancier, qu'un lapin terrorisé décide de tuer le loup qui lui rend la vie impossible : comme il ne peut le faire car le loup est plus fort que lui, il se libère de cette pulsion d'agressivité en donnant un coup de pied à la petite souris. Il y a une longue tradition urbaine de victimes expiatoires : les persécutions et agressions contre les juifs, les Noirs, les Arabes, les Gitans, les *sudacas* ou les provinciaux permettent aux citadins frustrés et agressifs d'assener des coups aux minorités faibles et incapables de répondre. Une autre variante efficace de l'objet substitutif est le sport. La ritualisation des actes agressifs et le self-control autorisent le simulacre d'une lutte, d'une agression entre sportifs à laquelle le public participe, et les nouvelles générations ne se contentent plus de la violence simulée, elles la matérialisent dans les gradins ou hors des stades, furieuses qu'on ait commercialisé leur soupape de sécurité.

« — Vous croyez, monsieur Felix de Azúa, que si le football était gratuit, la violence actuelle des supporters disparaîtrait ?

« — C'est probable.

« — Dans votre liste, y a-t-il d'autres agressions substitutives ?

« — Oui. Le nationalisme. L'enthousiasme patriotique par la négative qui nécessite l'existence d'un ennemi extérieur. Et aussi les victimes de la circulation, les morts des autoroutes. Les sociétés industrielles acceptent de payer par des morts l'utilisation de l'automobile, mais elles n'admettent pas qu'on tue au nom d'une folie politique, religieuse ou sexuelle. Il y a des morts permises et des morts interdites. La culture urbaine génère un cadre pour une violence régie par des lois qui distinguent entre bonne et mauvaise violence.

« — Vous êtes d'accord, monsieur García Nieto ? »

Le jésuite communiste est d'accord avec la théorie du cadre et de la double vérité, mais la cause de la violence réside dans le désordre des valeurs mythifiées de la richesse et dans l'impuissance de la majorité à y accéder, impuissance de plus en plus large et profonde.

« Trente pour cent de la société espagnole vit dans des conditions de pauvreté ; comment pourrait-elle ne pas être violente ?

« — Et elle va de moins en moins au football », énonce philosophiquement le journaliste.

Carvalho coupe la radio et le contact. Devait-il monter à son bureau ou vérifier encore une fois *de visu* ce qu'il avait reconstitué par l'imagination et grâce au débat radiophonique ? Il choisit finalement le deuxième terme de l'alternative, passa sous l'Arc du Théâtre à la recherche de la future voie des bulldozers, zigzaguant dans les ruelles attristées par la nouvelle, faisant ses adieux aux édifices soudain ennoblis par leur propre condamnation à mort, car même l'étrangleur de Boston inspira de la compassion et gagna en dignité dans les heures qui précédèrent son exécution. Il remonta la rue San Olegario et déboucha dans la rue San Rafael ; à gauche, Casa Leopoldo, toute à ses préparatifs d'honnête restaurant, en face, le passage Martorell, et à droite, l'accès vers la rue Robadors avec ses bars de prostitution bon marché, maintenant endormis, des pensions comme celle d'une certaine Conchi qui s'en proclamait la propriétaire par le biais d'une enseigne lumineuse dont l'énergie électrique se libérerait à la tombée de la nuit. Tous les bistrots étaient fermés ou presque, sauf un qui reconstituait une ambiance tropicale de pays du tiers monde définitivement ruiné par sa dette extérieure. Trois vieilles putes matinales contemplaient avec philosophie leur café au lait et — sans illusion — le seul homme qui se trouvait dans le local. Carvalho s'approcha du comptoir, commanda un café arrosé et sentit au même moment la proximité d'une chaleur humaine, concentrée sur son épaule droite. Il se retourna et ses yeux découvrirent une fille si délabrée qu'elle avait l'air d'être un souvenir d'elle-même ; la peau de son visage gris était collée à des os bien répartis qui dénonçaient implacablement la présence d'un crâne. Sur le front, la croûte d'une blessure, et des yeux en deuil.

— Monsieur, à cette heure matinale n'aimeriez-vous pas tirer avec moi un coup littéraire ?

— Quelle sorte de littérature ?

— Sorte ou genre ?

— Ça m'est égal.

— Nous pourrions tirer un coup de poétique baudelairienne.

— La poésie ne me fait pas bander.

— Ce que ne peut faire la poésie, moi je peux le faire.

— De quelle faculté sors-tu ?

— De la faculté des sciences de la fellation. Savez-vous ce qu'est la fellation ?

— Il y a si longtemps que j'ai laissé tomber les études...

— Un pompier.

— Un pompier, répéta Carvalho pour lui-même, comme s'il essayait de trouver les divers sens d'un mot mystérieux.

— A cette heure-ci, ce n'est pas cher. Plus tard, les prix montent.

— Tu es mauvaise commerçante. A cette heure-ci, tu devrais prendre plus cher. Tu as moins de concurrence.

L'intellectuelle était de mauvais poil, elle se mit en rogne :

— Ne me cherche pas. Tu es d'accord, oui ou non ?

Elle ne cessait de se retourner vers un coin du bar où les yeux de Carvalho finirent par découvrir un blanc-bec avec une petite tresse qui leur lançait des regards troubles.

— C'est ton julot ?

— C'est mon père. Qu'est-ce que tu es venu chercher ici ?

— Un café arrosé.

— Tu veux de la neige ?

— Tu en as ?

— Non, mais je sais où m'en procurer.

— Et tu en récupères au passage pour toi. Tu n'es même pas une revendeuse. Ça va si mal ?

— C'est mon cul qui décide.

— Une putain professionnelle ne m'aurait jamais dit une grossièreté pareille.

— Qu'est-ce que tu connais aux putains ?

— Ma fiancée en est une.

— Ta fiancée, c'est sûrement une vraie loque.

Et elle s'éloigna en tanguant car ses jambes maigres ne lui permettaient pas d'opérer un demi-tour avec l'aplomb requis pour les belles sorties. Elle s'enfonça dans les ténèbres du fond de la salle et s'assit à côté du garçon. Dès lors, deux paires d'yeux indignés se vissèrent dans le dos de Carvalho qui finit son café avant de se retourner vers eux et de leur lancer un regard assez menaçant pour obliger les deux jeunes à feindre de contempler un autre horizon.

Dorothy arriva avec six valises et une tante qui avait été une mère pour elle. La tante buvait du whiskey irlandais dans une flasque en argent et affirmait qu'elle resterait à Barcelone juste le temps de s'assurer que sa nièce était bien installée et qu'il y avait en ville de bons spécialistes en maladies hépatiques. Depuis sa puberté, Dorothy a le foie fragile, ce qui ne l'a pas empêchée d'être une bonne sportive et la *vedette* [1] de rock des bandes de Soho avant de faire la connaissance de Jack et de se remettre les idées — et le cul — en place.

— Ainsi parlait Zarathoustra — Camps O'Shea terminait de décrire l'arrivée de Dorothy à un Carvalho qui ne lui avait rien demandé. Connaissez-vous Sarah Fergusson, une des brus de la reine d'Angleterre ?

— Je n'ai pas ce plaisir.

— Vous avez dû la voir dans les journaux et les magazines. Ah oui, j'oubliais que vous vous passez de journaux.

— Cette dame me rappelle vaguement quelque chose.

— Eh bien, Dorothy ressemble à cette Fergusson, en moins massif. Personnellement, j'ai toujours trouvé la Fergusson un peu grasse.

Le mot grasse dans la bouche de l'élégant Camps était une insulte grave.

— Quant à la tante, nous attendons impatiemment son départ car elle se mêle de tout, elle voulait même voir le vestiaire des joueurs où Jack se déshabille. On lui a raconté qu'en Espagne le virus du sida est du genre taureau, par sa dimension et sa manie de se balader en liberté sur les terrains de football et dans les vestiaires. A propos de vestiaires, nous avons mis en place un service de sécurité à toutes les entrées du stade en prétextant des vols qui auraient eu lieu par le passé pour améliorer la sécurité des joueurs en général. Et vous, ça avance ?

— Oui. Et non. En vérité, je suis déconcerté. Je savais lire dans les yeux des crapules espagnoles, mais j'ai du mal à lire dans les yeux des crapules

1. En français dans le texte. *(N.d.T.)*

d'importation. Le langage des yeux n'est pas universel. Je m'en suis rendu compte.

— Que voulez-vous dire ?

— Mes informateurs m'ont conduit à des mafias qui n'ont rien d'indigène et d'après mes conversations, ces gens-là ne savent rien de ce que nous voudrions qu'ils sachent, mais ce qu'ils savent, ils ne veulent pas que nous le sachions.

— Ça ne revient pas au même ?

— Non.

Camps lui a donné rendez-vous aux portes du stade de Montjuich et ils se promènent comme un couple de badauds devant le chantier de reconstruction : conservation du pourtour de la façade et remise à neuf de l'intérieur. Un hommage à la mémoire — servitude de la mémoire visuelle —, commente Camps sans enthousiasme.

— Non que je sois un barbare partisan d'incendier les musées et de raser le Parthénon une fois pour toutes, mais il y a des limites dans la sauvegarde du patrimoine. Si l'humanité s'était obstinée à sauvegarder le patrimoine, elle n'aurait pas dépassé la forêt habitée par les Bochimans ou la cabane lacustre. Vous trouvez que ce stade présente un intérêt ?

— Quand je me promène à Montjuich, je m'attends toujours à le voir, c'est plus fort que moi.

— Imaginez la scène il y a soixante-dix ans : la surprise des passants qui tombaient le nez dessus. J'attends les nouveaux bâtiments avec plus d'impatience. Barcelone nous donnera un échantillonnage architectonique d'une valeur universelle. La nouveauté est toujours moins sotte au début, et encore, elle naît parfois bien vieille, voire déjà morte. Cette année, en France, j'ai visité une centrale nucléaire qui n'est jamais entrée en fonctionnement. C'était émouvant, autant, sinon plus, que de se promener dans les ruines les plus saisissantes du monde. Palenque. Pompéi. Machu Picchu. Split. Etes-vous déjà allé à Split ? C'est une ville adriatique construite à partir d'un temple de Dioclétien, comme si elle avait conservé cette raison d'être originelle, comme si elle avait grandi dans les jupes de ce temple. Génial. Tenez.

Il n'avait pas l'air particulièrement affecté et pourtant le papier qu'il tendait à Carvalho contenait une nouvelle rédaction anonyme également menaçante et construite en parallèle :

« Les avants-centres ont la tête en pierre et le corps en corail rose, voilà pourquoi ils se brisent quand ils dégagent de la tête contre les falaises.

« Vous grandissez à leur ombre, vous les invalides qui jamais ne poserez pour un portrait épique, et vous renaissez dans la destruction de l'avant-centre, sur son cadavre pousse votre stature de vaincus biologiques.

« Pour toutes ces raisons vous méritez que l'avant-centre soit assassiné en fin de journée, naturellement. Et si vous me demandez pourquoi l'avant-centre doit être assassiné en fin de journée, je vous répondrai qu'il doit l'être avant que tombe la nuit et que je me retrouve seul, dans la maison des morts dont moi seul me souviens. »

— J'aime moins.

— Il inclut une citation poétique prestigieuse, figurez-vous. C'est Basté de Linyola lui-même qui l'a découverte. Regardez les dernières phrases et comparez-les avec ce passage d'un poème d'Espriu.

C'était un autre papier, manuscrit cette fois, peut-être recopié par Camps.

Potser demà vindran
encara lentes hores
de claror per als ulls
d'aquest asguard tan àvid.

Però ara és la nit
i he de quedat solitari
a la casa dels morts
que només jo recordo [1].

— Vous comprenez le catalan ?

— Assez bien.

— L'assassin a du goût. Voulez-vous rencontrer Dorothy ?

— Non. Mais j'aimerais vous parler tranquillement. Je vous invite à dîner un jour chez moi. Je vis à Vallvidrera. Il y aura aussi un gérant de mes amis qui collectionne les autographes des directeurs de Relations publiques des grandes équipes de football. Je ferai la cuisine moi-même et vous pourrez donc vous étonner de mes connaissances pratiques, puisque je vous ai vu l'autre jour un peu surpris par mes connaissances théoriques.

— Votre invitation m'honore.

Il était sincèrement honoré.

— Vous pouvez venir accompagné.

— Je n'ai pas coutume de venir accompagné pour ce genre de rencontres où il faut veiller tard. Il n'est pas toujours convenable de venir accompagné. Pourquoi cet ami homme d'affaires ?

1. Peut-être demain arriveront / encore des heures lentes / de clarté pour les yeux / de ce regard si avide. // Mais c'est la nuit maintenant / et je suis resté solitaire / dans la maison des morts / dont moi seul me souviens. *(Note de l'auteur.)*

— Il a une conversation agréable et n'a pas mes vices d'enquêteur. Je passe ma vie à faire des enquêtes.

— Je l'avais remarqué. Je dois vous transmettre une autre convocation qui vous plaira peut-être moins. Le commissaire Contreras veut nous voir. Tous les deux.

— Contreras ? Fichtre !

— Vous vous connaissez ?

— Depuis des années. C'est mon ennemi préféré. Un ennemi connu vaut mieux qu'un ennemi masqué. Avec le temps, il s'est sophistiqué. Il a débuté comme policier de film espagnol à petit budget des années cinquante. Ensuite, il a ressemblé à un policier de film noir américain. Dernièrement, son registre s'était diversifié. J'ignore quelles influences il aura assimilées car je ne suis pas retourné au cinéma depuis bien avant la crise du pétrole, mais ce n'est plus le même Contreras. Quand nous attend-il ?

— Quand nous voudrons.

— Pourquoi pas maintenant ?

Chacun arriva dans sa voiture. Carvalho dans une Renault 11 dont il payait encore les traites, et Camps dans une Alfetta. Mais ils convinrent d'entrer ensemble au commissariat central de police de la Vía Layetana. Contreras haussa un sourcil aimable à l'intention de Camps et un sourcil hostile à l'intention de Carvalho.

— Ce genre de parasites existeront tant qu'ils trouveront des païens dans votre genre pour leur payer leurs honoraires. Mais c'est la première fois que vous êtes dans la légalité, Carvalho. Il n'y a pas de cadavre. Un détective privé peut enquêter sur une menace. Mais je vous préviens, à la première goutte de sang, si je vous trouve au milieu, je vous coffre. Pourquoi ne prenez-vous pas votre retraite ?

— Je suis un panier percé. Je n'ai pas assez économisé pour mes vieux jours.

— Vous n'avez pas de mutuelle ?

— Non.

— Insensé. Un vieux détective n'est pas un détective, c'est juste un vieux. Regardez-moi : j'ai un Etat derrière moi, alors que vous, vous ne saurez même pas où aller.

— Je ne suis pas venu pour discuter de la sécurité sociale avec vous.

— Dites-moi, que pensez-vous de la deuxième lettre anonyme ? Emmerdant, non ? Des poètes anonymes dans la délinquance. Il ne nous manquait plus que ça ! Avant, il y avait peut-être moins de culture, mais plus de sincérité. On n'avait jamais vu ce genre de conneries. Je regrette l'époque où les lettres anonymes avaient des fautes d'orthographe et commençaient comme les lettres d'avant-guerre : j'espère que cette lettre vous trouvera en bonne santé. Moi, grâce à Dieu, je me porte bien.

Camps lâcha un éclat de rire déplacé et récidiva. Si déplacé que même Carvalho diagnostiqua un manque de respect et un impair hystérique. Camps devina la pensée de Carvalho et repartit à rire aux larmes, sans pouvoir se retenir.

— Si vous saviez comme j'aime les gens drôles.

Dans les yeux de Contreras brillaient les fers qu'il aurait aimé passer aux chevilles de l'impertinent. Camps eut du mal à retrouver son calme.

— Commissaire, vous êtes génial.

Ce commentaire n'était pas non plus du goût de Carvalho. On ne devait jamais dire d'un commissaire qu'il était génial, encore moins avec l'expression de profonde sincérité affichée par Camps. C'était le signe d'une neutralité face à la police qu'aucun citoyen équilibré ne devrait éprouver. On peut aimer la police quand on souffre d'un complexe d'autorité, ou être ennemi de la police quand on est un citoyen sur ses gardes, mais considérer un policier comme un personnage de spectacle n'est possible que dans les périodes troubles et dans celles où les gens ont perdu le sens de la hiérarchie des valeurs. Contreras était bien décidé à rétablir la logique de la situation et il alla droit au fait.

— Je sais ce qu'il y a derrière tout cela.

Il éveilla une surprise avide chez les deux convoqués.

— Derrière tout cela, il y a un délinquant polysémique.

— Même si l'un de vous prend un air étonné, et je sais très bien à qui je pense, apprenez que la police travaille avec des méthodes nouvelles. Le point de départ était clair. Relisez la première lettre et surtout la seconde. Que remarque-t-on ? L'annonce d'un assassinat ? Non. Que le destinataire du dol, excusez le terme technique, est un avant-centre, figure d'assassiné atypique de toute évidence ? C'est possible, mais pas vraiment, car si on a assassiné des boxeurs, il y a des limites à tout, et je le dis sans la moindre animosité à l'égard de la respectable profession de footballeur et plus spécialement de la fonction d'avant-centre qui, avec celle d'arrière central, est sans aucun doute la spécialité la plus louable et courageuse du football. Creusez-vous les méninges, messieurs. Que remarque-t-on ? La forme. La forme sous laquelle est rédigée la lettre anonyme. Vous avez beaucoup ri quand j'ai comparé cette forme avec celle des messages traditionnels et je ne m'en suis pas formalisé, car je comprends que la comparaison est en soi saugrenue, tordante, si on veut. Mais elle est vraie. L'auteur de ce texte veut se lancer dans la littérature. Il crée une atmosphère, comme dans ces films, ces comédies où on amène petit à petit le public dans une situation et soudain, crac ! le coup de théâtre. Les messages sont écrit au Letraset, une sorte de caractères utilisée par les graphistes ; cela nous obligerait à enquêter auprès de tous les graphistes de Barcelone, la cité de l'industrie éditoriale par excellence ; nous pourrions donc y consacrer la moitié de notre existence. Mais quelque chose nous met sur la piste d'un personnage qui sait écrire et veut le démontrer, il s'agit, comme dit l'inspecteur Lifante, d'un garçon brillant, dans le vent de la *movida* [1] madrilène, qui fabrique de toutes pièces une expectation littéraire, je répète, une expectation littéraire, autour d'un fait criminel qui n'existe pas encore mais qui, s'il existait, provoquerait un véritable choc de masse. Je répète. Choc de masse. On vous assassine, Carvalho, et ni vu ni connu. On m'assassine et on s'en aperçoit un peu plus. Mais si on nous assassine un avant-centre, on le saura jusqu'à Karachi. Isolez les éléments que je vous ai donnés : avant-centre, idole des masses, expectative littéraire, choc social sans limites... Un écrivain fou ? Bien. J'accepte l'hypothèse. Mais examinez les statistiques. Combien d'écrivains fous sont-ils passé de l'avertissement préalable d'un crime à son exécution, dans la vie

1. Mouvement d'avant-garde culturel des années quatre-vingt, à Madrid. *(N.d.T.)*

réelle, naturellement ? Aucun. On dirait une précampagne publicitaire, la bande annonce d'un film en exclusivité. J'imagine même le titre : *Hors jeu* ou *On assassinera l'avant-centre en fin de journée.* Un beau bordel. Sauf votre respect. La campagne publicitaire est prête. Mais faites une analyse de contenu des lettres. Il vaut mieux appeler l'inspecteur Lifante qui s'y connaît en analyses de contenu.

Il appuya sur l'interphone et hurla comme si l'appareil était cassé ou particulièrement sourd.

— Faites venir Lifante.

Et Lifante entra. On aurait dit un mannequin de chez Adolfo Domínguez : deux Lifante auraient tenu dans sa veste et ses cheveux contenaient toute la production de gomina d'une vaste zone, difficile à définir, de l'hémisphère occidental.

— Lifante, reprenez devant ces messieurs cette analyse de contenu que vous m'avez faite précédemment.

— Connaissez-vous les études de l'école de Moles sur l'analyse de contenu ? Le travail de vulgarisation de Kientz publié en Espagne ?

Il n'a rien d'un policier, grommela intérieurement Carvalho. Il maudit une organisation de la culture ou une civilisation qui disposaient maintenant d'intellectuels de la répression. Si ça se trouve, il a eu sa licence à la faculté des sciences de la répression. Mais l'attitude de l'inspecteur Lifante le captiva. Pour ce monsieur, le moyen était le message et le délit une énigme fondée sur une communication interrompue par un bruit. Il attendit qu'on lui demande de quel bruit il s'agissait, mais les autres étaient définitivement interloqués.

— Tout message comporte un émetteur et un récepteur reliés par un canal. Mais la transmission est parfois interrompue par un bruit. Or le délit est un bruit partiel. C'est un bruit transitoire qui dévie le message. Ici, on nous annonce un meurtre. On veut nous communiquer la nouvelle, j'insiste sur le mot, communiquer. En remontant par ce canal, nous pouvons arriver au communicateur, à l'émetteur, c'est-à-dire au criminel présumé, à celui qui peut devenir un criminel.

Contreras leur envoya un clin d'œil et dit :

— Suivez bien.

— Ne confondons pas l'analyse de contenu avec une analyse idéologique, quoique évidemment on puisse contribuer à établir un portrait idéologique de l'émetteur. Personnellement, je préférerais, en mettant en relation l'analyse de contenu avec la psycholinguistique, une méthode que j'ai élaborée à ma manière : le recours à la psychologie pour déterminer le type psychologique de l'émetteur, qui, une fois obtenu, nous donnera très vite le type sociologique, et la sociologie alliée à la psychologie nous permettra d'arriver à un portrait-robot de son âme. Là est le mal. Et cette âme a un visage.

— Et une carte d'identité, renchérit Carvalho.

L'inspecteur émit un rire bref.

— Je suis mal placé pour le dire, vu que je suis policier, mais la carte d'identité est le cadet de mes soucis.

— Dites donc, Lifante, vous vous foutez de moi.

— Simple supposition, chef, simple supposition. Je sais bien qu'il faut l'arrêter et pour ça il n'y a pas trente-six solutions : ou bien le prendre la main dans le sac ou par sa carte d'identité. Mais dans ma démarche scientifique, ce qui m'intéresse, c'est de déterminer un type psycho-social.

— Au fait, Lifante, au fait. Dites-nous comment on effectue cette analyse.

— Eh bien, il faut prendre les textes, isoler les items, les éléments sémantiques fondamentaux, et à partir des réitérations dégager les obsessions du personnage. Dans le cas présent, nous sommes en présence d'un message évidemment polysémique.

— Polynésique ? s'étonna Carvalho.

— Non. Polysémique. Moles l'a très bien étudié et nous a expliqué...

— A qui l'a-t-il expliqué ?

— Carvalho, n'interrompez pas Lifante.

— J'ai employé le *nous* d'un récepteur pluriel : les lecteurs de Moles. Or, donc, Moles nous a expliqué que les messages ont tendance à se diviser en deux : ceux qui ont un contenu plutôt sémantique et ceux qui ont un contenu plutôt esthétique. Autrement dit, ceux qui veillent à privilégier la signification, la communicabilité, et ceux qui introduisent la polysémie, une certaine liberté de lecture. Par exemple : « Maman, j'ai mal au ventre » est un message à dominante sémantique ; en revanche « De mes solitudes je pars, de mes solitudes je reviens » est un message esthétique. Et maintenant, tout se complique. Les messages de l'émetteur anonyme sont sémantiques et esthétiques, polysémiques à un haut niveau. Ils nous disent : je vais tuer un avant-centre, mais leur façon de le dire nous complique la révélation parce qu'ils passent par un biais esthétique. Retenez l'expression : un biais esthétique. Ça ne facilite pas l'isolement des items ni leurs connexions.

— Voyons les items, Lifante.

Tout le monde attendit que Lifante se décide enfin à aborder les items. Le jeune inspecteur posa sur la table les deux lettres anonymes et les montra de sa main ouverte.

— Voici les deux messages. J'ai essayé d'isoler des items analogues, et quel a été le résultat ?

Les regards lui réclamaient les résultats.

— Le résultat est qu'il est encore impossible d'établir des résultats.

— Ça va de soi.

Contreras s'agita, inquiet et un peu indigné.

— Mais qu'il n'y ait pas encore de résultats communicables n'empêche pas que nous puissions arriver à une conclusion d'une clarté limpide. Nous sommes devant une personnalité polysémique. Le message polysémique conduit à une personnalité polysémique partagée entre la communication et l'obsession d'embellir cette communication. Si j'étais critique littéraire, ce que je ne suis pas encore, mais je ne renonce pas à le devenir un jour...

— Il écrit des articles dans la revue de la police, précisa Contreras en leur envoyant un clin d'œil.

— Si j'étais critique littéraire, je dirais que cet homme tombe dans un piège très courant chez les écrivains qui essayent de nous faire prendre des vessies pour des lanternes, de faire prendre le journalisme pour de la littérature, la communication pour la reconnaissance par le mot, par la polysémie du mot. Autrement dit, son seul talent est de nous dire : je vais tuer l'avant-centre, et cela suffirait. Mais comme il veut passer pour un homme de lettres, il enveloppe un message qui tout nu n'aurait aucune valeur dans un camouflage littéraire, c'est exactement cela, un camouflage littéraire.

— Je ne suis pas d'accord avec ce diagnostic !

Camps O'Shea hochait la tête, dubitatif.

Lifante haussa les épaules et émit derechef un rire bref afin d'avaler la salive accumulée dans sa bouche.

— Vous êtes libre. Mais moi, je mène des analyses très rigoureuses. De deux choses l'une, ou on fait du journalisme, ou on fait de la littérature, mais pas les deux à la fois. Sinon, le résultat est forcément hybride, comme ce message.

Il y avait une nuance de défi dans la proposition de Camps :

— Comment auriez-vous rédigé ce message sans réunir communication et littérature ?

— C'est une des clés. Le message journalistique pur, nous le connaissons : je vais tuer l'avant-centre.

— Stop, s'écria Carvalho, mais il ne parvint pas à couper le fil du discours de Lifante.

— Et ce serait suffisant. Ce serait un message fonctionnel et sincère. Digne d'éloges. Si j'étais un véritable littérateur, j'aurais écrit par exemple : Avant-centre a pâli après tombée de la nuit, et dieux usurpés réclament vengeance frustrée.

Camps parut ruminer la phrase et l'étudier, et finalement il déclara :

— Pas mal, mais peut-être faudrait-il travailler le rythme un peu plus.

— Voyons. Que proposez-vous ?

Contreras et Carvalho ne purent s'empêcher d'échanger un regard exprimant le malaise solidaire de convives de pierre.

— Ça irait mieux ainsi rédigé :

Quand le soir est tombé sur les dieux usurpés
Au centre du monde est le futur trépassé.

— Je reconnais que la polysémie est améliorée, mais pas le rythme.

— La pluralité des significations m'intéresse plus que le rythme.

— Le rythme est un élément linguistique parmi d'autres ; de fait, il traduit une façon de respirer.

— Il y aurait beaucoup à dire sur la relation entre le rythme, autrement nommé la syntaxe, et le système respiratoire.

— Bon, et alors ?

Contreras s'était levé. Il faillit donner un coup de poing sur la table, mais il laissa retomber sa main morte et chercha un sourire dans les replis de son indignation.

— Très intéressant, messieurs, mais ni vous ni moi, Lifante, ne sommes payés pour faire de la poésie.

Lifante repartait à rire en avalant sa salive.

— Si vous avez une conclusion à nous offrir, on vous écoute, sinon, prenez Bolaños et allez boulevard du Guinardó, cela a assez duré.

— En un sens, oui, j'ai une conclusion. D'abord, nous savons que c'est un polysémique dissimulateur, par conséquent c'est sûrement un écrivain raté et plus il enverra de papiers anonymes, plus il répétera les items significatifs. Attendons et il tombera tout cuit dans notre machinerie analytique.

— Au Guinardó, Lifante.

Après la disparition du jeune inspecteur, le silence exprima des perplexités de natures diverses. Celle d'un Contreras étourdi par les mots. Celle d'un Camps dont la tête bourdonnait de rythmes alternatifs, celle d'un Carvalho essayant de trouver un rapport entre ce qu'il venait d'entendre, de vivre, et n'importe quelle situation professionnelle du même genre. Non. Il n'en voyait aucun, et il était déconcerté. En réalité, toutes les situations professionnelles se ressemblaient sauf celle-ci, qui lui avait paru fâcheusement polysémique.

— Contreras, la sécurité de cette ville me semble mal partie entre les mains de ces jeunes inspecteurs polynésiens.

— Je me tais, par respect pour monsieur Camps, et je me contenterai de vous traiter d'ignorant et d'enquiquineur. Si nous avions confié l'affaire à un hurluberlu routinier, vous nous auriez accusé, naturellement, d'utiliser des têtes de pioche. Mais comme nous essayons de nous ouvrir aux méthodes nouvelles, vous me faites le coup du mépris de l'ignorant. Qui a dit que les gens méprisent tout ce qu'ils ignorent ?

— Harpo Marx, je crois.

Camps O'Shea s'abîmait dans ses réflexions. Carvalho dut l'appeler par son nom à plusieurs reprises pour le ramener à la réalité et à la nécessité de prendre congé.

La femme a des cheveux teints couleur paille, de grands yeux tristes, marron, doucereux, hépatiques, une bouche faite pour les baisers humides et chastes, fleur de chair posée sur un corps doué pour la gymnastique, la danse, le massage, et une vie réglée de dame de haut standing, indépendante grâce un commerce dévoué au « Beautiful People. Esthétique » ; d'abord financé par le mari pour meubler les loisirs de madame, l'affaire est devenue un empire en expansion dans ce pâté de maisons d'un quartier assez chic et riche pour envisager encore d'autres agrandissements. Les femmes entrent et sortent, entre deux courses ou deux embouteillages, après avoir emmené ou ramené leur progéniture inscrite dans des collèges situés dans la ceinture végétale de la ville, avant d'escalader les pentes du Tibidabo, et Alberto Palacín essuie des regards plutôt approbateurs ; mais la femme lui fait évacuer la salle et l'introduit dans une pièce où le bureau est envahi de photographies du mari et des enfants, et les murs recouverts de ses titres ludiques d'experte toutes catégories en sciences du corps.

— Quel malheur, quel malheur ! Inma et moi, nous étions très amies. Elle était un peu plus qu'une cliente, elle a même remplacé un professeur de danse malade. Elle avait un corps magnifique. Elle était vraiment bien conservée. On l'appelait encore de temps en temps pour un défilé de mode ou pour être hôtesse dans un congrès. Non, elle ne m'a pas laissé d'adresse. Elle est partie du jour au lendemain, mais je le sentais venir. Je ne voudrais pas être indiscrète, mais vous êtes de la famille ?

— Son premier mari.

— Quel dommage ! A trois semaines près, vous la trouviez.

— Je ne l'ai pas avertie de mon retour à Barcelone. A vrai dire, je ne me suis décidé qu'au mois d'août. Vous savez comment ça se passe dans un couple séparé. J'envoyais tous les mois la pension du fils sur un compte bancaire. Je continue, d'ailleurs.

— Peut-être qu'à la banque on vous dira où elle est allée.

— Les banques sont très discrètes.

— Mais elle continue de toucher vos virements.

— Oui. C'est vrai.

— Quel dommage de ne pouvoir vous aider !

— Vous savez si ça allait ?

— Qui ?

— L'enfant et elle.

— Bien. Très bien. Je crois qu'ils avaient des problèmes d'argent parce que le mari, enfin, le nouveau mari, ne réussissait pas trop. La boîte où il travaillait avait fermé et il courait toujours à droite et à gauche, vendeur à la commission, parfois ça marchait, parfois moins. Je crois qu'ils sont partis à cause de ça.

— Mais l'enfant, le changement d'école...

— Ils ont dû profiter d'un passage en classe supérieure, mais elle ne m'a pas dit où elle allait. Vous connaissez son mari actuel ?

— Oui, oui. Merci pour votre intérêt.

— Quel malheur qu'Inma soit partie ! Elle était un stimulant pour les autres clientes, elle a un sens de la discipline physique admirable, et c'était un plaisir de la regarder travailler en salle. Nous faisons tout : squash, massage subaquatique, piscine, gymnase, salle de danse et un petit restaurant diététique.

L'éblouissante énumération des installations le poursuivit jusqu'à la porte où la femme répartit sa bonne éducation sur deux fronts, celui de Palacín et celui de nouvelles clientes apparemment très importantes dont les joggings lui arrachèrent des cris émerveillés.

— Des soldes. Nous les avons achetés en juillet à Londres.

— Quelle chance !

Une fois dans la rue, Palacín regarda à sa montre le temps qu'il lui restait : irait-il à l'entraînement ou à la banque pour dénicher le nouveau domicile de son fils ? Il fallait choisir. Il opta pour l'entraînement, sans cesser de s'accabler de reproches pendant qu'il indiquait au taxi le meilleur itinéraire pour ne pas arriver en retard au terrain du Centellas. Peut-être pourrait-il demander à l'entraîneur de partir à une heure afin d'arriver à la banque avant la fermeture, mais la séance du matin était spécialement réservée aux trois professionnels d'un club où les joueurs avaient un boulot et ne pouvaient s'entraîner qu'à partir de sept heures du soir, à la fermeture de leur travail le plus régulier. C'était le début de la saison, il n'avait pas confiance dans sa jambe, il venait de signer le dernier contrat de son existence et monsieur Sánchez lui avait promis un emploi d'appoint dans ses entreprises quand il devrait raccrocher les chaussures. Il courait, hanté par le remords d'avoir décidé d'attendre, comme s'il était poursuivi par les jambes acérées de défenseurs féroces. Precioso remarqua sa distraction.

— A quoi penses-tu, Palacín ? Tu n'es pas dans le jeu.

Sa demande arriva au bord des lèvres mais elle mourut dans un balbutiement et il tomba dans une profonde dépression dont il finit par sortir grâce aux assauts glacés d'une douche sur son cerveau enfiévré. Il se rappela soudain une douche à deux avec Inma et l'apparition inopinée de l'enfant, son petit corps nu collé à celui de ses parents qui riaient de son espièglerie. Il l'avait soulevé à hauteur de leurs têtes et tous les trois s'étaient embrassés sous la pluie tombant du plafond. S'il fermait les yeux très fort, l'image se brisait, comme elle s'était brisée à jamais dans la réalité, à un moment mal défini qu'il situait dans ses remords juste après le premier engagement de sa décadence précoce : ayant constaté qu'il n'avait manifestement aucun avenir à Barcelone, il avait accepté de signer à Valladolid ; Inma l'avait suivi comme une exilée et avait partagé sa vie, telle une prisonnière condamnée à supporter aussi les sautes d'humeur d'un héros dont la couronne de laurier ne tenait plus très bien sur sa tête. Chaque fin de partie marquait le début d'un chemin de croix en quête des commentaires journalistiques ; au début, ces derniers le créditèrent du délai de grâce toujours accordé à la jeune idole qui a des problèmes ; il y eut ensuite ce qu'on appelle la critique constructive afin de l'aider à revenir à ce qu'il avait été, et enfin la phrase dédaigneuse qui précédait le silence. Il se réfugiait parfois dans les W.-C. pour lire et relire inlassablement les critiques les plus bienveillantes, espérant peut-être que cette lecture lui rendrait la sûreté de soi et le ramènerait à des temps meilleurs. D'autres fois, il s'enfermait, s'asseyait sur la cuvette et s'obligeait à pleurer pour arracher de sa poitrine cette boule d'angoisse de farine mouillée, cette angoisse qui lui rappelait la pâte encore dure qu'il commençait à pétrir quand il était petit, à la boulangerie de son oncle, à Santa Fe, à quelques kilomètres de Grenade, trop loin de Madrid ou de Barcelone. Son ascension sportive était jalonnée de visions triomphales : les quatre buts infligés au Lorca dans ce match de division d'honneur régionale auquel assistaient les chasseurs de talent de Barcelone et de Madrid, l'orgueil de ce lieutenant entraîneur qui s'occupa de lui à l'époque de son service militaire à Grenade, comme engagé volontaire, en le faisant courir dans les montagnes derrière sa moto au lieu de défiler et de monter la garde.

— Pour sprinter, il faut avoir des réserves !

Et après le service, le match qu'il joua en semi-clandestin, dans l'équipe de Figueras par autorisation spéciale, pour que les techniciens de Barcelone le voient de près. Et la signature. Et la cession au Saragosse. Et le retour. Et ces deux buts à Madrid, le ballon était passé au-dessus de la tête d'un De Felipe livide, il l'avait rattrapé au vol et l'avait logé dans la cage.

« Le ballon magique », titra en pleine page *El Mundo deportivo*. Ce titre était comme une couronne sur sa stature de jeune héros qui sautait jusqu'au ciel pour mieux exprimer sa joie. Au fond des W.-C. de ce luxueux appartement donnant sur le Pisuerga, les images se succédaient comme dans un album de photographies gravé dans sa tête, mues par une main invisible qui choisissait les plus cruelles.

« Palacín ne dribble pas, ne conclut pas, ne court pas, n'existe pas. »

Ses bras tremblaient en ouvrant le journal de Madrid où l'on commentait « sa prestation catastrophique » dans le match contre l'Atlético de Bilbao : « Une prestation qu'il vaut mieux oublier, dans l'intérêt de Palacín comme dans le nôtre, par égard pour le garçon d'antan qui promettait d'être l'héritier de Zarra et de Marcelino. » Parfois, rentrant ivre à une heure avancée de la nuit, il répugnait à retrouver dans son lit une Inma éveillée et il se réfugiait dans ce réduit rassurant où lumières crues, faïences et surfaces rutilantes soulignaient sa ligne tombante et répondaient par un silence froid à ses balbutiements mêlant compassion et défi. Mais la dispute éclatait, les reproches, la justification, le remords et l'attente du dimanche suivant, l'espoir de lire de nouveaux titres, de retrouver une confiance qui l'avait abandonné. Un après-midi, Valladolid triompha de Madrid sur son terrain et la presse souligna que Palacín « avait eu des shoots très justifiés », et qu'il avait même « su ouvrir le jeu et mettre à mal la défense du Real, comme à sa meilleure époque de Barcelone ». Il passa de la dépression à l'euphorie, de l'euphorie à d'autres alcools, et quand il rentra chez lui, il supporta très mal les reproches d'Inma, qui s'adressaient cette nuit-là à un vainqueur et non à un vaincu, aussi monta-t-il sur ses grands chevaux et lui balança-t-il deux gifles qui changèrent sa colère en une expression désemparée et impuissante qu'il ne pourrait jamais oublier et l'avait hanté tout au long de ces années de séparation, comme une mauvaise ombre. Elle était d'abord retournée à Barcelone pour se calmer et réfléchir. Les jours devinrent des semaines, des mois, et la proposition de signer aux Etats-Unis n'éveilla pas chez Inma l'enthousiasme qu'il avait escompté. Il alla à Barcelone pour la convaincre. Elle lui tendit la carte d'un avocat et son appartement avait l'odeur d'un autre homme, de ce Simago, ce trafiquant de footballeurs qui l'avait conseillé dans ses négociations avec le Barça, avec le club de Valladolid et maintenant avec celui de Los Angeles, sans jamais manifester son penchant secret pour Inma. Elle était jolie, un peu empâtée ; l'enfant paraissait en dehors du coup, il dessinait des monstres sur une fiche qu'il lui montra ensuite et lui offrit. C'est toi, lui dit-il. C'était lui, ce géant bicéphale, un ballon collé contre sa tête comme un kyste.

On réveilla Sánchez Zapico à sept heures du matin pour lui annoncer que le monte-charge d'un de ses entrepôts de ferraille était tombé, pour la bonne raison qu'on avait coupé les câbles. Sánchez Zapico parvint à penser malgré les ronflements de sa femme étendue à côté de lui ; elle émettait des bouffées aigres en direction de la lampe en verre de Murano, souvenir utile rapporté de leur voyage de noces d'argent à Venise, et savourait si bien son sommeil qu'elle laissait échapper un filet de salive par la commissure des lèvres ; quand l'homme souleva le drap et le couvre-lit pour se lever, il contempla son sexe en érection qui pointait avec impatience à la braguette du pyjama. Il fallait faire quelque chose pour lui, et pas seulement pisser. Il alla aux w.-c., la tête pleine de plans et de monte-charge dégringolés, le sexe nez au vent qui paraissait lui indiquer la route. Il s'enferma et se masturba au-dessus de la cuvette, mais il eut beau évoquer le cul de cette petite Française rousse de Relax Solar, les seins tombants d'une nièce qui se penchait pour servir à table le jour des soixante-cinq ans de soixante-cinq membres de la famille, le corps de sa femme lors d'un coït particulièrement réussi, comme cette partie de jambes en l'air dans une cabine au cours d'une croisière aux Baléares organisée par le syndicat des confiseurs de Barcelone, sa propre femme idéalisée, figée dans son passé de jeune fille, comme embaumée dans un recoin de la mémoire de sa propre jeunesse, rien n'y fit. Il ne pouvait effacer le pressentiment d'une catastrophe et se retrouva nez à nez avec son pénis, de haut en bas, dans la position normale, mais la bestiole amorçait une retraite humiliée pendant qu'il lui chuchotait : une autre fois, mon vieux. Puis il affronta un autre chauve, lui-même dans le miroir au-dessus du lavabo, et ses mains cherchèrent machinalement sa perruque gisant sur un crâne en polyuréthane. Il la plaça, se coiffa les favoris, se lava les dents et cracha du sang dans son eau. Aurais-je le cancer ? Le cancer l'attendait au bout du couloir et tandis qu'il dirigeait ses pas vers son bureau, il essayait de trouver les termes appropriés, prudents mais justes, des termes qui ne déclenchent pas une ribambelle d'autres appels et qui n'irritent pas trop non plus la brute qui l'attendait. Il ne pouvait pas le réveiller si tôt ; il s'assit donc à sa table, les mains dans les poches de sa robe de chambre, les yeux sur le téléphone pour qu'il ne s'échappe pas, et quand huit heures et demie sonnèrent au coucou suisse de la salle à manger, une acquisition rapportée d'un voyage où il avait acheté du gruyère, vu le jet d'eau de Genève et le monde en général, il composa le numéro qu'il avait clairement en tête, et pourtant la force de ses doigts se dissipait en remontant vers l'épaule. Il avait les bras mous et les doigts fermes.

— Germán ? Excuse-moi de t'appeler à cette heure-ci, mais j'ai à te parler. J'ai l'impression que vous avez perdu patience. Tu vois ce que je veux dire. Economisons le temps et les paroles. Nous devons en parler. Maintenant ?

Maintenant. Un maintenant tranchant qui lui mit les bras et les épaules en pelote. Un frisson lui parcourut le corps. Si Germán disait maintenant, c'était tout de suite. Ses pantoufles le traînèrent sur le parquet jusqu'à son armoire. Il enfila le costume bleu marine à rayures blanches et une cravate en soie offerte par la *nena* [1] après un voyage en Italie, voyage de fin d'études de l'Ecole des hôtesses, et il se prépara à la cuisine un sandwich de pain frotté à la tomate avec une *catalana* [2] et un bol de café au lait, car on réfléchit mieux l'estomac plein. Il sortit sa voiture du garage et franchit les quatre pâtés de maisons qui le séparaient du parking de Germán Dosrius, avocat. C'était bien son avocat, non ? Quand tout serait

1. La « petite », en catalan. *(N.d.T.)*
2. Sorte de saucisse. *(N.d.T.)*

réglé, il lui poserait un ultimatum : tu es l'avocat de qui ? Mais quand il fut introduit en sa présence par une bonne mal réveillée, sur la terrasse d'un dernier étage donnant sur le parc Turò, au lieu de lui poser la question définitive, il s'enquit sur un mode complémentaire et pédagogique du pourquoi et du comment des plantes que Dosrius était en train d'arroser.

— Je les arrose tous les matins. Ce n'est pas la meilleure heure, je le sais, mais je ne peux prévoir mon emploi du temps de l'après-midi et du soir ; en revanche, le matin, je réfléchis en les arrosant au programme de ma journée. Quand programmes-tu ta journée ?

— Le matin, moi aussi. Quand je vais aux W.-C.

— Bon endroit. On ne peut rêver plus intime. Tu prends le petit déjeuner avec moi ?

— Un petit noir, je me suis déjà *enfilé* un bon sandwich.

Il approchait sa tasse à café de ses lèvres quand Dosrius s'arrêta de beurrer ses tartines pour lui lancer :

— Qu'est-ce qui se passe ?

— J'allais te le demander. Voyons, Dosrius, qu'est-ce qui se passe ? Ne te fous pas de moi, nous sommes bons amis. On m'a balancé un monte-charge dans un entrepôt, exprès, par malveillance.

— Un monte-charge qui tombe, ça peut arriver à n'importe qui.

— Et l'incendie de l'entrepôt de sucre de l'usine de dragées, alors ?

— L'assurance a marché. J'ai tout arrangé.

— Ecoute, Dosrius, parle à qui de droit et demande qu'on soit patient. C'est une affaire de grande envergure et je ne veux pas brûler les étapes ou commencer la maison par le toit. Je sais que le temps presse, mais ça mûrit. Laissez-moi démarrer la saison et quand ça commencera à tourner mal, le moment sera venu de crever l'abcès.

— Et si ça tourne bien ?

— Ne dis pas de conneries ! Comment veux-tu que ça tourne bien ? J'ai une équipe de boiteux et un entraîneur imbécile, nous avons perdu mille adhérents en une saison et nous avons perdu trois des quatre premiers matchs de championnat.

— Mais vous avez recruté une star.

— Une star ? Quelle star ?

— Un certain Palacín. Un ancien international.

— *Mare de Déu, quina estrella* [1] *!* Tu as vu comme je suis nerveux, tu me fais parler catalan.

— Tu devrais apprendre à parler le catalan.

— Arrête ton char, Dosrius. Ce Palacín a un genou orthopédique. Je l'ai demandé à Raurell, l'agent le plus marron. J'ai signé au vu d'un certificat médical, autrement dit je me suis entendu avec le toubib. Mais vous ne pouvez pas comprendre. Je ne peux pas être président du Centellas et démarrer la saison sans une recrue qui prouve mon intention que le club continue. C'était le terme de l'accord. Dis-le à qui de droit mais rappelle-toi cette réunion au restaurant de Castelldefels avec ces types que tu m'avais amenés ; là, les choses étaient claires. Ils m'ont dit : « Agis comme tu l'entends, Sánchez. » Vous me l'avez dit. Et je l'ai fait.

— Les jeux Olympiques approchent.

— Il y a accord préalable, non ? Le terrain sera à vous.

— A nous.

1. Mère de Dieu, tu parles d'une star ! *(Note de l'auteur.)*

— A nous. Bien sûr. Mais ne vous énervez pas.

— Je vais être sincère avec toi.

Mais avant de l'être, il finit son toast et but une gorgée de café au lait que Sánchez Zapico trouva aussi longue qu'un litre interminable.

— Ils n'ont pas confiance.

— En qui ?

— Ils n'ont pas confiance.

— Ils n'ont pas confiance en moi ?

— Tout est en suspens. Imagine que les adhérents décident de prolonger l'agonie du Centellas jusqu'aux Jeux, ou même au-delà, quand la spéculation sur les terrains se sera déchaînée et que tout, à cinq kilomètres à la ronde du Village Olympique, vaudra de l'or en barre. Imagine alors que notre groupe, je répète, notre groupe — autant le tien que le mien — ne puisse pas acheter les terrains du Centellas à cause de la concurrence, y compris de la concurrence étrangère. Imagine. Imagine-moi ça un instant et mets-toi à trembler.

Il se mit à trembler, sans toutefois cesser de sourire.

— Mais...

— Il n'y a pas de mais qui tienne. Allons, Juanito, imagine.

— Allons, vous me prenez pour un imbécile. C'est une question de mois. Dans deux semaines, nous serons en bas du tableau. Je vais devoir me passer de l'entraîneur. Quant à ce Palacín de mes couilles, j'ai déjà un arrière chargé de lui estropier le genou encore davantage si c'est possible.

— Si je comprends bien, tu as mis un autre type dans le coup.

— Cet arrière, je le tiens à ma botte, et je n'ai pas fait la démarche directement. Dès que nous serons en queue de classement, le contrat rompu, je réunirai le comité directeur et une assemblée générale extraordinaire des adhérents, et je leur dirai : messieurs, *hem de plegar* [1] ! Devant le comité, je parle catalan car il y a quatre commerçants de Convergència [2] parmi eux.

— Imagine qu'ils refusent. Qu'ils organisent une souscription dans le quartier. *Salvem el Centelles !* Dans ce pays, on adore sauver tout ce qui est *in articulo mortis.*

— Quel quartier, Dosrius ? Quel quartier ? Depuis combien d'années n'as-tu pas mis les pieds là-bas ? Ce n'est plus un quartier, c'est rien du tout. Les gens ne savent même plus s'ils sont à Pueblo Nuevo ou à San Adrián, à Barcelone ou au diable. Ils ne pensent qu'à trouver du travail, pas à sauver des équipes fossiles, surtout si ça leur coûte un sou. Pas un putain de sou pour la nostalgie, Dosrius.

— Les rouges du quartier entonneront leur refrain sur l'identité culturelle.

— Quelle culture, Dosrius ? Moi, président d'une bibliothèque ? Je m'en serais aperçu !

— Le football, c'est de la culture populaire, Juanito. Pour les rouges, tout est culture.

— Le football, de la culture ?

— Ne sois pas naïf, Juanito. Les rouges sont toujours contre. Les vrais rouges sont contre tout parce qu'ils cherchent des noises au pouvoir jusqu'à ce qu'ils l'aient obtenu, et alors ils cherchent à leur tour des poux dans la tête des autres.

— Mais quels rouges, merde ! Où sont les rouges ? Les rouges d'aujourd'hui, je me torche avec et je leur

1. Nous devons fermer ! *(Note de l'auteur.)*
2. Parti catalaniste conservateur. *(N.d.T.)*

donne un sac de dragées pour la marmaille. Ces salades, c'est du passé. Ceux qui criaient le plus fort sont devenus conseillers ou directeurs de ceci ou de cela. Les architectes qui mesuraient la hauteur des maisons au centimètre se sont mis à construire des gratte-ciel, Dosrius. Toi, l'homme de culture, tu sais ce qu'il en est, non ?

Dosrius avait terminé son petit déjeuner et l'écoutait sans intervenir. Il garda le silence pendant que Sánchez Zapico développait ou répétait ses arguments, reprenait l'exposé du plan.

— Tout est ficelé et bien ficelé, Dosrius. Tu peux me croire.

— Je te crois parce que je te connais, mais je suis un intermédiaire et il y a trop d'intérêts en jeu dans cette affaire. Envisage le pire pour le monte-charge. Tu t'imagines que j'étais au courant, Juanito ? La main sur le cœur, tu t'imagines que j'aurais pu te nuire ?

— Cela ne m'a même pas effleuré l'esprit.

— Alors ne change pas d'avis. C'est un acte incontrôlé, comme l'incendie de l'entrepôt. Mais tu as gagné beaucoup d'argent dans des adjudications que nous t'avons, qu'ils t'ont préparées et maintenant ils passent à la caisse. Tu gagneras le paquet quand on construira sur les terrains du Centellas.

— Surtout mon beau-frère et mon cousin.

— Toi aussi, Juanito.

— Soit, moi aussi. Voilà pourquoi je suis le premier intéressé à ce que tout se passe bien.

Dosrius, les yeux humides, se pencha, approcha son visage à un empan de celui de Sánchez Zapico, et il saisit chaleureusement son bras.

— Parce que moi, je t'aime bien, Juanito. Ne les trompe pas, et ne te trompe pas. Aujourd'hui, c'était le monte-charge. L'autre jour, l'entrepôt, mais toi ? Et ta famille ? Dans cette opération, il y a des gens au-dessus de tout soupçon, des professionnels de l'investissement, mais il y a aussi des truands, inutile de se leurrer. Tu comprends ? Je réponds des honnêtes gens, mais je ne peux pas répondre des truands.

Sánchez Zapico était aussi blême que le petit matin, aussi nuageux que le ciel.

Il y avait quelqu'un d'autre dans la chambre. Quand il ouvrit les yeux, il savait qu'on allait lui montrer une chose qui ne lui plairait pas du tout. Peut-être pas vraiment une surprise pour Bromure, les yeux fixés sur le sol à côté du lit, poussé par un grand maigre qui ressemblait à un Andalou des montagnes tiré à quatre épingles ou à un Marocain de la ville sur son trente et un. De l'autre côté du lit se tenait un personnage plus équivoque, sans doute un croisement d'Andalou des montagnes avec un Marocain des villes, richement habillé, lui aussi. Mais c'était son lit. Sa maison. Vallvidrera. Un matin d'octobre 1988. La Catalogne avait mille ans, Barcelone deux mille, et la défaite des Arabes, l'expulsion des juifs et la découverte de l'Amérique, quatre cent quatre-vingt-seize. Et lui, c'était lui, Pepe Carvalho.

— Ils font comme chez eux. C'est tes amis, Bromure ?

Bromure ressemblait à une statue de plomb.

— Vous permettez ? Je dors tout nu.

Ils ne permettaient pas. Il dut sortir des draps et promener sa nudité à la recherche d'une robe de chambre à demi oubliée qui apparut enfin, suspendue derrière une porte. Sa ligne le préoccupait. Il n'était pas gros mais un peu flasque. Il devait faire de la gymnastique. Lente, naturellement. Les deux types — incontestablement des Arabes — braquaient corps et regards sur les mouvements de Carvalho. La deuxième peau de la robe de chambre le rassura un peu et il décida d'enfoncer les mains dans ses poches en attendant les instructions, mais à peine y avait-il introduit le bout des doigts que l'Arabe le plus proche éprouva prestement un intérêt pour son geste et il se pencha, attrapa ses poignets et le força à sortir les mains de ses poches. L'autre y plongea les siennes pour vérifier qu'elles étaient vides, puis il reprit sa position statique initiale.

— *Speaking english ?*

Ils n'avaient pas trouvé ça drôle et Bromure lui fit un signe, mais trop tard. Le tranchant d'une main large et pesante frappa Carvalho aux pommettes et lui tourna la tête vers l'est ; au moment où il essayait de se redresser, un coup de pied l'écrasa contre le mur où il resta cloué pour décourager l'agressivité de son marqueur. Un pistolet jaillit dans la main du type posté derrière Bromure, manière d'inviter Carvalho à sortir le premier de la chambre. Ils le suivirent jusqu'au *living* et Carvalho choisit un fauteuil pour s'asseoir dans un angle et dominer la pièce. Son surveillant attitré se glissa dans son dos et l'autre amena Bromure en le bourrant de coups. Chacun était en place et l'homme au pistolet prit la parole :

— Bonjour.

— Bonjour, répondit Carvalho en inclinant la tête.

— Toi, tu voulais nous voir.

— Je ne sais pas qui vous êtes, je ne sais donc pas si je voulais vous voir.

— L'homme aux chaussures a dit que tu voulais

nous voir. Et nous, on n'aime pas quand les gens veulent nous voir. On préfère chacun chez soi.

— Et Allah dans tous les foyers.

Il s'attendait à être frappé par l'arrière-garde, mais l'homme au pistolet lança un regard à Grosses-Pattes et le coup ne vint pas.

— Que veux-tu savoir ?

— Quelqu'un veut tuer quelqu'un et passe son temps à l'annoncer à coups de lettres anonymes.

— De lettres anonymes ?

— Oui. Des écrits sans signature. Des papiers non signés, où il est marqué : je vais tuer Untel.

— Untel ?

— N'importe qui.

— Ça, idiot. Tu ne trouves pas ça idiot ? Nous, on ne sait rien de ces écrits. On n'est pas des idiots.

— On a menacé par écrit un joueur de football, un avant-centre.

— Meier, Hassan ?

Il avait l'air inquiet.

— Ceux-là, je ne les connais pas. Apparemment, un avant-centre anglais qui vient de signer.

— Mortimer. Très bon. Très bon, Mortimer.

Le type dans son dos dit aussi que Mortimer était très bon. Donc des amateurs de foot, et des gens informés.

— C'était pour ça ? Nous, on ne sait rien. On ne tue pas d'Anglais. Vieil idiot est venu nous déranger pour des prunes et toi, idiot de nous envoyer vieil idiot.

Pour un peu, ils allaient se mettre à parler comme les Indiens dans les westerns. Mais le pistolero avait des talents d'orateur et continuait :

— Nous, avoir des affaires légales et pas mêlés à idioties. On n'a rien écrit. Mortimer, on s'en fout.

— Pourtant, quelqu'un est en train de monter un coup et vous, par vos nombreuses relations et connaissances, sûr que vous pouvez savoir quelque chose.

— Et si on apprend quelque chose, tu vas nous donner quoi ?

La question était sans réplique. Non. Il ne pouvait pas leur donner mille pesetas comme à Bromure ou cinq mille quand l'information était de premier ordre. Carvalho s'engageait sur un terrain glissant ; il n'en menait pas large et se voyait plutôt mal parti. La délation était à des prix au-dessus de ses moyens. Il demanderait à Charo de l'employer dans sa pension quand elle l'aurait, pour faire les lits, nettoyer les W.-C... Une vieillesse tranquille, frugale et — pourquoi pas ? — heureuse.

— Les idioties, pas notre rayon. Compris. Idiot. Et le vieux aussi, idiot. Un idiot plus un idiot, ça fait deux idiots, pas plus. Tu nous as dérangés. Nous, travailler et pas nous mêler des affaires des autres. Pourquoi toi envoyer le vieux ? Regarde — il arma son pistolet et le posa sur la tempe de Bromure. Si je tue cet idiot, il ne va rien m'arriver. Et si je te tue après, il ne va rien m'arriver non plus. Je tue d'abord un idiot, puis un autre idiot. Résultat ?

Silence général en attendant le résultat.

— Eh bien, j'ai tué deux idiots.

Petit rire frais derrière ; l'orateur, en revanche, esquissa à peine un sourire qui avorta immédiatement.

— Ce vieux ne sert à rien et n'apporte que des ennuis. Nous, on ne veut pas d'ennuis. Et toi ?

— Ton tour aujourd'hui, le mien demain. Aujourd'hui, vous me donnez une information et demain je peux vous en donner une autre.

— On n'a pas besoin de toi. On sait déjà tout ce qu'on veut. Pas besoin de toi. Besoin de rien. Tais-toi et n'emmerde pas. Tu nous as fait venir et perdre notre temps. Que ça te serve de leçon. Tu n'es en sécurité nulle part, même pas chez toi.

— Je vais raconter cette visite au commissaire Contreras.

— Raconte ce que tu veux. Contreras ne veut pas d'ennuis et nous, on fait pas d'ennuis. Toi, si. Et ce vieil idiot aussi. Si personne ne fait des ennuis, tout le monde va bien. Chacun travaille de son côté et Contreras est intelligent. Contreras est intelligent. Faut être idiot pour se compliquer la vie.

Il enfonça le canon de son pistolet dans la nuque de Bromure pour l'obliger à plier la tête et fit signe à l'autre d'abandonner son poste dans le dos de Carvalho et d'aller près de la porte d'entrée. L'homme au pistolet embrassait du regard toute la pièce et tandis qu'il battait en retraite, il s'enquit :

— Tu as beaucoup de livres. Qu'est-ce que tu en fais ?

— Je les brûle.

— Voilà pourquoi tu es si idiot. Si tu lisais plus, tu serais moins idiot. On t'a averti.

Et ils partirent. Il les entendit ouvrir les portes, pas les refermer, et démarrer en bas de la rue. Il se pencha à la fenêtre et la vue de la ville attira son regard, puis il chercha la voiture en marche et l'aperçut quand elle prenait la route de la Rabassada. Un gros modèle. Belle garniture. Allemande. Bromure n'avait pas bougé, comme s'il avait la nuque brisée. Une balafre sur la joue et un bleu au-dessus d'un sourcil. Il avait les larmes aux yeux. Carvalho alla remplir un verre de vin à la cuisine pour Bromure, et un de marc glacé pour lui. Il revint au salon où Bromure s'était assis.

— Tiens, c'est du bon.

— Merci, Pepe — et il écarta les bras comme pour se disculper. Je t'avais prévenu.

— Je suis désolé.

— Et moi donc. On m'a refilé le nom du bougnoul et j'ai fait ta commission. Ces mecs sont au parfum. Ils contrôlent tout dans cette ville, jusqu'aux piquouses, et j'avais à peine ouvert la bouche qu'ils se sont mis en rogne. Furieux que je sache qu'il fallait s'adresser à eux. Mais une colère dont tu n'as pas idée. Je te l'ai déjà dit l'autre jour. Ils nous regardent comme de la merde. Nous ne sommes rien. Ils m'ont amené ici à la pointe du pistolet et sans s'arrêter de cogner. Si j'avais eu mon poignard de la Légion, Pepiño, je me les faisais l'un après l'autre. Mais regarde-moi. Regarde-moi.

— Laisse tomber. C'est de ma faute.

Bromure bâilla.

— Ils m'ont gardé toute la nuit étendu dans une maison de la rue Valldoncella avant de m'amener. Je n'ai pas fermé l'œil.

— Dors. Va dans mon lit.

— Je suis bien ici.

Il se laissa tomber sur le côté, comme s'il désirait occuper le moins d'espace possible, et à en juger par ses bâillements pathétiques, on aurait cru un homme étouffant dans son propre sommeil et cherchant de l'air pour se réveiller. Carvalho passa dans la cuisine. Il avait faim et se fit un sandwich à la *finocchiona*, achetée dans une charcuterie italienne. Il se sentait aussi furieux qu'impuissant à avancer en terrain ferme et s'assit devant le téléphone pour mobiliser l'immobile. Il trouva d'abord Camps O'Shea et lui confirma son invitation à venir souper le soir même chez lui. Mais il se sentait toujours aussi vide et inhabité. Il évita de s'y complaire et parvint cette fois à tirer Basté de Linyola de son harmonieux état sans âme, prétextant l'urgence absolue d'une rencontre clarificatrice.

— Je me demande ce que je peux vous clarifier, que ne puisse clarifier monsieur Camps.

— Je ne peux avancer à l'aveuglette.

— J'ai une journée très chargée. Si vous voulez, nous pouvons prendre un verre à huit heures au club *Ideal*.

Ensuite, il se mit à concocter le repas, à savourer cet antidote à la névrose qui consiste à se retrouver devant des matières concrètes, sollicitant la magie qui va saisir les viandes et les transformer, cette magie qui métamorphose le cuisinier en céramiste, en sorcier capable de convertir, par le feu, la matière en sensation. Il avait besoin de s'affirmer et de confectionner quelque chose de ses mains pour l'offrir à d'autres. A d'autres. Pas à un autre. La perspective d'un repas en tête à tête avec Camps O'Shea l'angoissait et il téléphona à son voisin Fuster, le gérant.

— J'allais partir. C'est pour tes impôts ?

— Pas du tout. Je t'invite à diner.

— N'oublie quand même pas tes impôts. Le deuxième tiers tombe le mois prochain. Menu ?

— Poivrons farcis aux fruits de mer. Epaule d'agneau farcie. *Leche frita.*

— Trop de farce, mais ce n'est pas trop mal. Je viendrai.

Quand Bromure s'éveilla, deux heures plus tard, il trouva dans la cuisine un Carvalho attelé à l'infrastructure du dîner.

— Ça sent bon, Pepiño.

— Et toi, comment va ?

— J'ai mal partout.

— Charo t'emmènera chez le médecin. Je lui en ai parlé.

Bromure tendait à Carvalho un billet froissé de mille pesetas.

— Qu'est-ce que c'est ?

— Prends. Je ne les ai pas gagnées.

Carvalho écarta sa main et lui versa un autre verre de vin.

Pour Carvalho, la route des cocktails de Barcelone commençait au *Boadas*, près des Ramblas, avec sa patronne lunatique sur fond de dessins d'Opisso derrière ses bouteilles, tel un paysage mémoire d'une ville définitivement devenue mémoire. Il avait déjà exploré le chemin passant par *Gimlet, Nick Havanna* et *Victori Bar*, à la recherche du martini dry parfait ; il allait parfois à l'*Ideal* dans le courant de l'après-midi, l'endroit est alors presque vide et on peut s'enivrer avec la complicité du savoir-faire des barmans ou des patrons, le père et le fils, experts à composer de nouveaux cocktails et à mettre au point des mélanges nostalgiques. A midi ou le soir venu, l'*Ideal* se remplissait de groupes de confortables messieurs de Barcelone ou de couples hétérosexuels composés de cadres agressifs ou agressés et de femmes émancipées menant une triple vie dans laquelle le cadre était toujours la cinquième roue du carrosse. A huit heures, toutes les espèces étaient représentées et, dans un coin, Basté de Linyola pouvait jouir d'un relatif anonymat favorisé par les conversations, la foule et la pénombre, sous le portrait du maître des lieux habillé en loup de mer de l'Amirauté anglaise, pour le moins. Les vieilles gloires de l'*Ideal* se moquaient éperdument de Basté de Linyola, politicien de la Transition en transit vers son propre néant, et les gloires nouvelles l'observaient du coin de l'œil car son visage ne collait pas tout à fait avec le club de football le plus riche de l'univers, comme il aurait été difficile d'associer Gorbatchev à la présidence du Rotary Club. Question de temps, aussitôt mis à profit par Carvalho pour trouver un Basté détendu et maître dans son coin, consommant un cocktail à peine alcoolisé que Gotarda *senior* lui avait vendu assorti d'une littérature d'amphitryon savant. Carvalho commanda son martini, attendant le prodige de la saveur absolue, chimère à laquelle le martini s'est résigné comme à un idéal platonique, conscient qu'on ne découvrira jamais complètement le secret de sa perfection.

— Je tiens à vous dire que cette rencontre est une imprudence — mais il souriait. Sito n'était pas un intermédiaire à votre goût ?

— Qui est Sito ?

— Sito Camps O'Shea. Il s'appelle Alfonso mais on l'appelle Sito depuis son enfance. Je suis très lié à son père qui m'honore de son amitié. Camps et Vicens, constructeurs. Ça ne vous dit rien ?

— Non. Désolé. Notre rencontre était inévitable. Toute cette affaire est fantasmagorique. Elle n'existe que sur le papier des lettres anonymes. Rien ne permet de redouter le meurtre de Mortimer. Vous n'avez pas un autre avant-centre qu'on pourrait assassiner ?

— Nous en avons, mais difficilement assassinables. Si on nous tue Mortimer, ça fera scandale. Le club sort d'une mauvaise passe et il a été dur de redonner confiance aux adhérents et au public. Ce club, avec cent mille membres, est le plus puissant du monde. S'il se retrouvait subitement à soixante-dix mille, il pourrait devenir un géant aux pieds d'argile. Il brasse l'argent avancé par cent mille supporters au début de chaque saison. Rabaisser à la somme de soixante-dix mille cotisants peut être une catastrophe.

— La police vous a dit de ne pas vous inquiéter.

— Nous ne sommes pas inquiets. Vous êtes un « au cas où ». Mais mon expérience de la politique et des affaires m'a appris que les « au cas où » sont indispensables. Nous sommes dans une société en décomposition. En apparence, tout est contrôlé, en équilibre, mais sous les apparences, le chaos menace. Les gens ne croient plus à rien. Ils ne se donnent même plus la peine de faire semblant de croire à quoi que ce soit. Les sociétés incroyantes sont pleines de francs-tireurs gratuits.

— Insinuez-vous que nous allons voir apparaître des assassins fous, sans mobile, comme aux Etats-Unis ?

— Pourquoi pas ? On a bien vu surgir des psychiatres et des détectives privés, je ne vois pas pourquoi on n'aurait pas non plus des assassins fous et solitaires. Et ce sera pire ici car les Etats-Unis, eux, ont au moins conservé une hypocrisie religieuse. Ils vont à l'office le dimanche et se sentent membres d'un troupeau d'élus. Ici, même pas. Les religions politiques ont disparu comme les autres. La seule communauté mystique qui reste, c'est le nationalisme, un peu maigre comme communion des saints, non ?

— Pourquoi êtes-vous nationaliste ?

— C'est la position la plus gratifiante et la moins concrète, surtout si l'on est, comme moi, un nationaliste non indépendantiste. Examinez la situation. Ici, en Catalogne, le pouvoir est partagé entre socialistes qui ne croient pas au socialisme et nationalistes qui ne croient pas à l'indépendance nationale. Nous allons être submergés de francs-tireurs et quand des gens comme ce brave Sito — Camps — auront pris la relève, tout ira de mal en pis. Un type comme lui n'a pas mauvaise conscience, pas de mémoire épique, pas le moindre projet à mener à bien : dans quel domaine, contre qui ?

— Que faire des francs-tireurs ?

— Il faut les arrêter s'ils n'ont pas encore sorti leurs fusils de leurs étuis, et les tuer avant qu'ils ne tuent s'ils ont déjà dégainé.

— Et s'ils tuent ?

— Aller aux enterrements.

— Vous êtes un des maîtres de la ville. On est maître d'une ville parce qu'on a plus d'informations que les autres.

— Insinueriez-vous que je n'ai pas dit tout ce que je savais ? Ne soyez pas naïf. Je sais qu'il faut acheter, et qui. C'est tout.

Il buvait à peine et paraissait ravi d'être écouté. Carvalho était un public nouveau, encore capable de s'étonner de ses collages de moraliste et d'intellectuel, de ce cynisme britannique qui avait fait de lui le point de référence obligé, dans les années soixante et soixante-dix, quand les riches étaient tout d'une pièce et qu'il avait l'air d'un prisme aux mille facettes capable de citer un philosophe allemand et de s'enrichir sans remords, de flirter avec des ministres franquistes ou de négocier avec les leaders clandestins des Commissions ouvrières de ses entreprises.

— Que faut-il acheter et à qui ?

— Comme toujours. Il faut acheter des terrains et les acheter à ceux qui peuvent les reclasser. C'est le négoce de base dans cette ville depuis qu'on a détruit ses murailles. Vous voulez investir vos économies ?

— J'en ai si peu que ça n'en vaut pas la peine.

— Alors, pourquoi économisez-vous ?

— Pour mes vieux jours.

— Ils ne sont pas loin, mais à ce moment-là, l'assistance publique sera très bien organisée. Elle redevient à la mode parce qu'elle est nécessaire. Les chiffonniers et les restaurants pour pauvres reviendront. N'ayez pas peur. Si vous avez un peu d'argent, mettez-le dans des terrains, de l'autre côté du Tibidabo, quand ils construiront le tunnel, ou dans la zone qui se retrouvera derrière le Village Olympique. Un vrai filon.

— Jusqu'à quand allez-vous m'employer ?

— Jusqu'à ce qu'on ait découvert l'auteur de ces lettres anonymes. Vous avez un complexe parce que vous ne gagnez pas votre salaire ?

— Je n'ai jamais eu ce complexe. J'ai parfois celui de ne pas gagner celui que je mérite.

Basté haussa les épaules et attendit de nouvelles questions. L'audience commençait à l'ennuyer, quoiqu'il n'ait toujours pas compris pourquoi Carvalho désirait s'adresser directement à lui.

— D'après notre conversation, je ne vois toujours pas l'intérêt de cette rencontre.

— Camps est un satellite et j'avais envie de vous entendre.

— Demain, je donne une conférence sur « Croissance urbaine et espérance olympique ». Voilà une belle occasion de m'entendre.

— Je n'aime pas les conférences. La dernière à laquelle j'ai assisté traitait du roman policier et tous les orateurs ressemblaient à des rigolos. Vous êtes sûrement très riche ?

— Assez.
— Pourquoi voulez-vous l'être davantage ?
— C'est ce qui donne un sens à ma vie. Quand j'étais jeune, j'étais malheureux parce que j'aurais voulu être un grand artiste : je peignais, je jouais du piano, j'écrivais. Et puis j'ai pensé que la politique donnerait un sens à ma vie et j'ai failli atteindre le dessus du panier, mais les riches n'ont pas bonne presse et même les électeurs de droite préfèrent des leaders plus modestes. Les gens pardonnent la stupidité mais pas la richesse. Maintenant, je dirige un club, cela me donne un pouvoir subalterne mais délicieux. Je dois m'enrichir toujours plus et essayer de devenir sénateur avant de vieillir définitivement. Et ça, à la veille de figurer dans le carnet du jour de *La Vanguardia*. Mes petits-fils méritent un faire-part impressionnant et un article nécrologique sur deux colonnes. A moins, ça n'en vaut pas la peine.
— Ce soir, je fais la cuisine pour votre Sito Camps.
Basté avait maintenant un air infiniment amusé.
— Un souper intime ?
— C'est une allusion à Sito, à moi, aux deux ?
— Je ne sais presque rien de vous. Mais je vous ferai observer que Sito n'a aucune amitié féminine connue. Ni masculine, il faut aussi que ce soit dit.
— Poivrons farcis aux fruits de mer. Epaule d'agneau également farcie et *leche frita*. Qu'en pensez-vous ?
— Ça ne me dit rien. Je mange pour vivre.
— Je m'en doutais. Vous deviez bien avoir une faille !
— Et quand je dois manger très fin, généralement c'est pour amadouer quelqu'un ; j'ai alors recours à trois ou quatre restaurants sûrs. Mon père en faisait

autant. Mon grand-père aussi. Les restaurants ont changé, mais pas les tendances familiales. Je vais vous confier une chose qui va peut-être vous émouvoir. Mon arrière-grand-père était un muletier du Bages qui est venu faire fortune à Barcelone. Au XIXe siècle, à Barcelone, il n'y avait que de la racaille, des militaires espagnols et de vieux riches sans imagination qui bientôt ne seraient plus riches. Mon bisaïeul devint régionaliste modéré et fut le premier vrai riche de la famille. Mon grand-père engagea des pistoleros pour tuer les anarchistes. Mon père a rallié Franco pendant la guerre civile et il appelait la police armée quand les ouvriers dépassaient les bornes. Moi, j'ai fait mes études en Allemagne et aux Etats-Unis, je suis un nationaliste démocrate et je paie des détectives privés.

— Et alors ?

Mais Basté de Linyola appelait le barman et sortait son portefeuille pour payer.

Fuster arriva avant Camps, serviette sous le bras et paperasses dans la tête. Tu es une catastrophe, Pepe, un de ces jours tu vas avoir les Finances sur le dos. Tu as mis ton deuxième tiers de côté ? Qu'est-ce que tu attends ? Si tu n'as pas d'argent, demande un crédit. Carvalho avait lu dans un journal qu'un magnat de l'industrie du bâtiment payait à peine plus d'impôts que lui et il interrogea Fuster sur ce mystère.

— Toi, tu n'as rien de déductible. Tout ce que tu peux revendiquer, ce sont les semelles que tu uses à suivre les gens, en revanche, un chef d'entreprise peut déduire jusqu'au papier hygiénique qu'il utilise quand il va aux W.-C. entre deux rendez-vous d'affaires. Déclare Biscuter à la sécurité sociale. Fais-toi chef d'entreprise. Je te l'ai dit mille fois.

— Je n'aurai pas le temps d'être chef d'entreprise que je serai déjà en prison pour négligence.

— Si tu n'as pas d'argent, demande un crédit.

— Et comme ça, j'en aurai encore moins. Les demandes de crédit sont déductibles des impôts ?

— Tu te fous de moi ?

— Et les pistolets, et les balles ? Je suis détective. Au service de la loi.

— Parlons-en, de tes services, et tu ne tires jamais. Tu as utilisé combien de balles ces dernières années ?

— Deux en dix ans.

— Misère et compagnie. Le repas sent bon.

Le gérant introduisit sa présence cistercienne dans la cuisine ; il se frottait les mains et ajustait ses mèches blanches sur ses tempes.

— Qui est ton invité ?

— Un fils de bonne famille qui est attaché de presse dans le principal club de football de la ville. Camps O'Shea, il s'appelle.

— Construction, concessionnaire de camions suédois, industrie hôtelière à Ampuriabrava... Grosse galette.

— C'est sans doute le fils qui n'était pas doué pour les affaires.

— Ces gens ne vivent que pour les affaires. Un jour ou l'autre, ils découvrent l'importation de stylobille à l'encre invisible ou les sabliers lunaires et ils se remplissent les poches comme papa. Faire de l'argent est héréditaire, ça se transmet par les gènes.

— Lui, c'est un inquiet de vocation. Il a des inquiétudes d'intellectuel.

— C'est très bon pour toi. Tu dois rencontrer des gens qui combattent tes tendances à la barbarie.

Sur ce, arriva un Camps O'Shea disposé soit à se ravir, soit à s'étonner de presque tout.

« Quel endroit merveilleux !

— Ce Vallvidrera est ravissant.

— Nous avons une nuit merveilleuse.

— Je me suis permis de vous apporter cette poterie de Noguerola, un excellent potier de La Bisbal.

— Quelle ambiance merveilleuse ! Spontanée. Naturelle. C'est vous le décorateur ? »

Carvalho essaya de distinguer le sarcasme du compliment car le cadre offrait l'image de désordre rangé d'une maison dans laquelle tout part à vau-l'eau, depuis les plafonds auréolés de gouttières jusqu'aux tapisseries décolorées par tous les lichens de ce monde.

— Chaque objet est l'ombre d'une vie, décréta Camps, et il s'empara d'une cravate que Carvalho avait laissé traîner sur un lampadaire pour l'examiner attentivement. Une cravate Gucci ?

Fuster sortit de la cuisine à ce moment-là et Carvalho fit les présentations.

— Vous êtes allié aux Fuster de Comalada qui passent l'été à Camprodón ?

— Non. Je suis des Fuster de Villores, province de Castellón.

Camps éclata de rire.

— Excusez-moi, mais il y a des noms de province qui me font rire. Ils ont une euphonie comique. Castellón me rappelle Costillón, par exemple. Je trouve aussi très drôles La Coruña, ou Pucela, le nom latin de Valladolid. Vous vous rendez compte : Castellón, La Coruña, Pucela... comique. La toponymie espagnole est assez comique, ou tragique. Comme l'italienne. La française ou l'anglaise, en revanche, sont d'une grande dignité.

Fuster exigeait en silence des explications de Carvalho : pourquoi ce piège, pourquoi ce personnage en proie à une excitation si frivole.

— Votre maison est ravissante, Carvalho. Vous êtes un privilégié.

Ils s'assirent à table et chaque coup de fourchette fut accompagné des deux adjectifs que Camps O'Shea avait à la bouche ce soir-là. Non seulement il se fit répéter mille fois les recettes, mais il esquissa le geste de les recopier soigneusement dans un carnet avec un stylo de gros calibre. Carvalho les aimait, surtout celui-ci, qu'il regardait comme le stylo par excellence. Son regard n'avait pas échappé à Camps qui le lui tendit.

— Tenez, c'est le plus classique des classiques Montblanc. Je dois vous avouer que j'ai un certain fétichisme des objets. Il n'est pas nécessaire d'être très riche, mais il faut s'attacher aux objets emblématiques. Par exemple, tout à l'heure j'ai cru que votre cravate était une Gucci et il n'en était rien. Achetez une Gucci dès que vous le pourrez, car les cravates doivent être Gucci. Une cravate autre que Gucci, ou un stylo autre que Montblanc, c'est inimaginable. Les Dupont sont ordinaires, et les Waterman ne sont pas à la hauteur du style substantiel de Montblanc. Le Montblanc est un stylo substantif. On pourrait faire un inventaire des objets connotés de première nécessité : blue-jeans Levis authentiques, pulls et blousons Armani, obligatoirement, en revanche un manteau, en cachemire naturellement, peut être Zegna. Oui, Zegna, parfaitement, et je persiste, en dépit de la diffusion de masse des produits Zegna.

Mais reconnaissons que le manteau en cachemire Zegna est particulièrement sophistiqué, fabriqué avec la laine de vingt bêtes qu'on ne trouve qu'en Mongolie-Intérieure, une région montagneuse de la Chine septentrionale. La laine de vingt bêtes pour un manteau en cachemire, *l'or des fibres*, comme l'appellent les experts. Evidemment, il vaut deux cent mille pesetas mais il dure toute une vie. Deux manteaux, un brun et un noir, et vous voilà paré pour le restant de vos jours, quelle que soit la situation. Voici quel serait mon inventaire d'objets indispensables : une montre Vacheron, Constantin ou IWC, une gabardine Burberry's comme celles que porte Dustin Hoffman, les valises Vuitton, l'eau de cologne Alvarez Gómez, la porcelaine de Limoges, évidemment, d'où voulez-vous que vienne la porcelaine ? Quant aux chaussures, anglaises, de la maison Upper and Linning, un parfum de femme, le Channel nº 5, inutile de tourner autour du pot, les sacs de chez Loewe, les foulards Hermès, les briquets, allez, va pour Dupont, oui, les briquets peuvent être des Dupont, une bonne chaise longue Le Corbusier, il n'y en a pas d'autre, et le reste à l'avenant. Les objets définissent l'individu et le cadre social. Regardez — il leur montra l'alliance qu'il avait au doigt, seul bijou sur les mains de ce brasseur d'air. Une triple alliance Cartier. Vous connaissez, je suppose, l'histoire de cet anneau fascinant.

Non, ils ne la connaissaient pas.

— Etonnant. C'est une alliance particulière qui fut dessinée en 1923 sur l'initiative du grand Jean Cocteau. Il voulait faire un cadeau à trois amis et demanda une idée à Cartier, à Louis Cartier. Aussitôt naquit une idée géniale — comment pouvait-il en être autrement avec ces deux génies ? Une alliance triple, symbole de l'amitié du trio. Cette alliance est devenue aujourd'hui un classique et il s'en vend plus de trente mille par an : plus de trente mille ! Et je suis chaussé par Upper and Linning, comme vous l'aurez deviné. Elles sont chères, mais je préfère investir mon argent dans des instruments attestant une réalité que je peux choisir par l'intermédiaire de ces objets.

Il montra ses chaussures.

— Les chaussures anglaises sont les meilleures du monde depuis que John Lobb a jeté au XIXe siècle les bases de la tradition la plus remarquable de la cordonnerie moderne. Aujourd'hui, des chaussures Lobb peuvent atteindre cent ou cent cinquante mille pesetas, ce qui, très sincèrement, m'a l'air exagéré. Chaque pièce a nécessité quarante ou cinquante heures de travail et des personnalités éminentes comme Pompidou, le shah ou le prince Charles d'Angleterre les portent ou les ont portées.

— Je croyais que Charles d'Angleterre était travailliste ! Ne dénonce-t-il pas cette époque d'individualisme qui nous détruit ?

— On porte les idées dans la tête et les chaussures aux pieds.

Fuster avala de travers la cuillerée de *leche frita* qu'il venait de mettre dans sa bouche, mais Camps était déjà plongé dans la transcription minutieuse des recettes que lui dictait Carvalho.

— Pour les poivrons doux aux fruits de mer, il faut avant tout des poivrons doux, c'est-à-dire rouges, pas trop longs, et charnus. Un ou deux par personne, selon la taille et l'appétit. On grille délicatement les poivrons pour les éplucher sans les ouvrir. Préparer à part une farce avec gambas, palourdes et poissons de roche pochés, liée avec une béchamel épaisse composée à parts égales du bouillon des têtes de gambas et de lait, assaisonnée au poivre très aromatisé et à l'estragon. On met la farce dans les poivrons, on couvre avec la béchamel plus liquide et on met à four doux, pas trop longtemps. L'épaule d'agneau est plus compliquée et vient d'une recette médiévale recueillie par Eliane Thibaut i Comalade, spécialiste en cuisine catalane ancienne. A mon avis, vous risquez de ne pas avoir assez d'encre dans votre stylo Montblanc. Vous prenez une épaule d'agneau désossée et bien aplatie, pour la farce de la viande d'agneau hachée, pignons, raisins secs, ail, persil, pain trempé dans du lait d'amandes, et sel. Il vous faut aussi du poivre noir, du cumin, du fenouil, de la *ciboulette* [1], un zeste de citron, trois œufs, un gros oignon revenu, une bonne tranche de lard, de l'huile d'olive et du thym.

— Ça sent la Méditerranée et le Moyen Age.

— Ça sent, c'est tout. Vous mélangez les ingrédients de la farce et vous les mettez au milieu de l'épaule. Et vous roulez. Dans la farce, tout, absolument tout doit être bien haché et mélangé. Une fois l'épaule roulée, vous attachez avec la tranche de lard, et vous essayez d'obtenir une structure régulière, en coupant les morceaux qui dépassent un peu trop. L'ensemble doit ressembler à un énorme boudin. Vous faites dorer ce boudin dans un plat en fonte, dans l'huile très chaude. Quand il est bien doré, ajoutez un quart de litre d'eau, mettez autour de l'épaule des gousses d'ail entières et laissez mijoter dans la *cocotte* [1] à feu doux. Il est important de retourner la pièce toutes les dix ou quinze minutes et de ne pas trop la cuire, car l'agneau trop cuit devient filandreux et ingrat. Après la cuisson, on enlève la

1. En français dans le texte. *(N.d.T.)*

tranche de lard et on égoutte bien l'épaule avant de la mettre au centre du plat. Pendant ce temps, on gratte le fond laissé par la cuisson en ajoutant de l'eau et l'ail épluché et écrasé en purée. On laisse réduire ce bouillon ; quand il est très chaud, on en arrose l'épaule qui doit être servie tiède, avec la sauce bien chaude. C'est tout.

— Et la sauce qui l'accompagne ?

— C'est le légendaire *almedroch*, déjà recueilli dans le *Sent Sovi*, la bible de la cuisine catalane médiévale. Le plus simple est de prendre de l'ail, de l'huile, du fromage râpé et de les travailler comme un *all-i-oli*, si c'est trop épais on peut couper d'eau, très peu, et assaisonner avec des épices à la convenance. Si on veut épaissir, on peut ajouter un jaune d'œuf cuit.

— Il reste la *leche frita*.

— Camps, ne m'obligez pas à vous dire la recette de la *leche frita*.

— Je trouve l'intitulé magique. Irréel.

— Magique ? Si vous le dites ! Mélangez cent grammes de sucre avec cinquante grammes de farine de blé, versez quatre tasses de lait et battez, ajoutez aussi une noix de beurre. Mettez à feu doux et continuez de battre jusqu'à ce que ça épaississe. Versez ensuite dans un plat et attendez que le mélange refroidisse et se prenne. Coupez alors en carrés réguliers, roulez dans la farine et l'œuf, faites frire légèrement dans un beurre très chaud et saupoudrez de sucre avant de servir.

Fuster augmenta ses bâillements — le diamètre de sa bouche, pas le son — et Carvalho guetta le moment où il prendrait la poudre d'escampette. Il commença par battre en retraite vers la cuisine où Carvalho alla recueillir ses confidences.

— La prochaine fois, décris-moi la bête qu'on doit toréer. Il est au-dessus de mes forces et je suppose qu'il a déjà un gérant, donc je ne gagne rien à rester.

— Il m'horripile autant que toi mais tu peux t'en aller. J'avais besoin de toi pour ouvrir le feu.

— La prochaine fois, je me ferai payer.

En revanche, il fut merveilleux, ou ravissant, quand il prit congé de Camps sous prétexte qu'il devait se lever tôt ; il lui demanda son avis sur les couverts qu'il devait acheter, car il était en instance de changer de *ménagère* [1], et il prononça ce terme français très correctement, en bon radical *afrancesado* [2]. Camps sourit, compréhensif, et ferma les yeux pour chercher dans les cases de sa mémoire la réponse la plus appropriée.

— Pas de doute, en ce moment, le meilleur orfèvre pour un service de table, c'est Durán ; le service des rois d'Espagne, des Franco, de Gregorito Marañón — qui m'a fait l'honneur de m'inviter à sa table parce qu'il a eu ou a des relations d'affaires avec mon oncle — est signé Durán. C'est aussi un merveilleux artisan de bateaux en argent.

Merveilleux artisan de bateaux en argent, grommela Fuster pendant tout son trajet de retour. En revanche, l'expression devint une image fantasmagorique flottant à la dérive dans les mares alcoolisées de l'esprit de Carvalho.

1. En français dans le texte. *(N.d.T.)*

2. Depuis l'invasion de l'Espagne par Napoléon, ce terme s'applique aux Espagnols qui ont des sympathies collaborationnistes — politiques ou culturelles — pour les Français. *(N.d.T.)*

— Le dîner était exquis mais la compagnie de votre ami trop brève, et il ne m'a pas demandé l'autographe dont vous m'aviez parlé.

Camps O'Shea déclamait plus qu'il ne parlait, mais sa bonne éducation ne pouvait dissimuler la surprise que les talents culinaires de Carvalho avaient suscitée.

— Harmonique. Tout ce qui se rapporte aux sens doit se conformer aux règles de l'harmonie et n'admettre des excès qu'à titre exceptionnel.

Il fit tourner dans ses doigts la Vieille Fine de Bourgine élaborée à la manière de Joseph Cartron, et il exigea une explication technique sur l'excellent marc de Nuits-Saint-Georges. Carvalho n'aimait pas la littérature dédiée aux exploits du palais, peut-être moins encore que les autres littératures, et il s'en sortit par quelques généralités sur l'évolution de la distillation française depuis la définition des canons à la fin du XIXe siècle. Les yeux de son invité exprimaient un intérêt croissant pour un amphitryon porteur de savoirs si exclusifs et on entendit presque la rumeur des sphincters mentaux de Camps quand ils relâchèrent toute résistance. Il soupira et étira son corps dans le fauteuil.

— Splendide. Splendide, Carvalho.

Mais le détective l'avait oublié et cherchait dans les reliquats de sa bibliothèque un livre pour allumer un feu rendu nécessaire par l'air humide de Vallvidrera. Camps suivait tendrement ses gestes du fond de sa somnolence, mais à mesure que progressait le rituel, sa carcasse se ressaisissait et il retrouvait sa capacité de perplexité. Carvalho avait fouillé une étagère et choisi un livre dont il commença à arracher les pages.

— Que faites-vous ?

— Le feu contribuera à renforcer votre sensation d'harmonie.

— Et vous déchirez un livre pour ça ?

— Je vais le brûler. Tout feu qui se respecte exige un papier original.

Chaque page arrachée était un pincement au cœur de l'harmonique qui finalement s'enhardit à demander d'une voix fluette :

— Quel livre allez-vous brûler ?

— Un livre sur les préraphaélites.

Les yeux de Camps demandaient : vous connaissez les préraphaélites ? Mais ses lèvres furent plus prudentes :

— Pourquoi le brûler ?

— Je l'avais sous la main. Il a une couverture antipathique et il traite d'un mélange culturel bâtard, peinture et littérature sous le pire aspect, à savoir la peinture de la littérature. Ne soyez pas étonné. J'ai eu l'occasion de plancher sur les préraphaélites pour un partiel. J'ai fait des études.

— Je n'en doute pas. Et vous avez aussi des convictions esthétiques arrêtées.

— Ce soir, oui. Demain, on verra.

— Peut-être aurait-il été gracié demain.

— Le sort de ce livre est arrêté. Une seule fois, j'ai fait grâce à un livre : c'était *Un poète à New York*, pour des raisons sentimentales. J'avais l'impression qu'en brûlant ce livre, j'allais fusiller García Lorca une deuxième fois et je l'ai sauvé, bien que je trouve insupportable cette mode nationale et internationale de Lorca. A vrai dire, le tableau d'Ophélie noyée dans le lac m'a toujours fasciné.

Il était revenu aux préraphaélites, sans doute parce que les flammes torturaient précisément l'image où

Ophélie noyée émerge des flots comme une grande fleur pourrie, monstrueuse et délicate à la fois.

— Nous avons des âmes jumelles, Carvalho — le détective regarda monsieur Relations publiques avec méfiance. Vous aussi, vous avez un double fond culturel que vous réprimez à cause d'un métier dévalorisant.

— Pas du tout. Je n'ai ni fond culturel, ni métier dévalorisant.

— Vous avez peut-être raison. Je pourrais faire autre chose ou plus simplement ne pas travailler du tout. J'ai choisi cette voie justement à cause du contraste avec mes ambitions et parce que Basté de Linyola, un grand ami de ma famille, m'a dit qu'il voulait rompre avec l'image étriquée et vulgaire traditionnellement donnée par le club ces dernières années. En outre, pourquoi le nier, j'étais émerveillé de pénétrer dans l'antre des héros. Vous n'auriez jamais imaginé le vestiaire d'un grand club de football comme la caverne mythique où les héros et les dieux attendent la bataille astrale ?

Carvalho respira profondément. Camps O'Shea s'était penché en avant, serrant son verre à deux mains, les yeux perdus dans des montagnes olympiennes visibles de lui seul. Dans quel film as-tu pris cette pose, mon ami ? songea Carvalho, mais il se prépara à écouter les inévitables considérations de cette âme-valise à double fond, comme les pires âmes et les meilleures valises.

— Savez-vous de quelle bataille astrale il s'agit ?

— Aucune idée.

— Les dieux ordonnent l'univers et les héros le défendent. Les dieux sont moins intéressants que les héros. Par exemple Basté de Linyola est un dieu et Mortimer un héros. C'est aussi simple que ça.

— D'après ce que j'ai lu dans la presse, ni l'un ni l'autre ne m'intéressent.

— L'un se croit intéressant, l'autre l'est.

— Pourquoi Basté de Linyola se croit-il intéressant ?

— C'est un politicien plus ou moins raté. Il a voulu mettre en ordre l'économie, la démocratie, la Catalogne, et maintenant il veut remettre de l'ordre dans la sentimentalité épique de ce pays en rendant au club son caractère d'armée symbolique non armée de la catalanité.

— D'où l'entrée des héros.

— D'où l'entrée des héros. Si nous faisions un arbre généalogique de l'héroïcité, nous aurions quelques surprises.

— Surprenez-moi.

— Le héros réel est le guerrier. Toutes les sociétés ont voulu mythifier leurs guerriers pour mythifier la légitimité symbolique de leur agressivité. Depuis les sociétés les plus primitives, on a doté le héros d'un rituel, d'un costume, d'une aura d'élu qui, par sa victoire, pouvait un bref instant devenir l'égal d'un dieu. Mais les dieux menaient la danse du fond de l'arrière-boutique et les maîtres de la terre, autrement dit les dieux, ont adapté le héros au cours des époques. Vous vous rappelez le symbole de saint Georges tuant le dragon ? Notre Sant Jordi national. Eh bien, c'est le résultat d'un symbolisme antique où le héros était aussi serpent. Dans les légendes germaniques, le héros est mi-homme mi-serpent car il porte en lui sa propre négation. Chez saint Georges, le serpent est passé à l'extérieur et il est tué. Les commerçants, qui pensent que les choses doivent être claires et l'âme unidimensionnelle, ont commencé d'instaurer leur logique dans le monde. Les chrétiens, avec leur esprit rudimentaire, sont allés plus loin. Saint Michel Archange ne transperce pas de sa lance un serpent ou un dragon symbolique, mais Lucifer, c'est-à-dire le Mal, avec l'estampille officielle du mal.

Il reprit son souffle mental et dégusta du coin de l'œil l'effet produit par son érudition sur Carvalho.

— Je vous fatigue ?

— Non. Poursuivez. Pas besoin de brûler les mots qu'on prononce. Ils se brûlent eux-mêmes.

— Le mythe héroïque s'est toujours fondé sur l'homme puissant ou sur le dieu-homme qui vainc le mal et libère son peuple de la destruction et de la mort. Vous me suivez ? Vous me suivez. Parfait. Je connais par cœur un passage du travail de Jung sur l'homme et ses symboles qui vous permettra de comprendre ce que je veux dire. Le héros est entouré de textes sacrés, de cérémonies, on le chante, on le danse, on lui fait des sacrifices et tout cela — ici je cite de mémoire — « inspire à l'assistance des émotions numineuses (comme le ferait un charme magique) et exalte l'individu jusqu'au point où il s'identifie au héros ». Cet homme qui croit au héros, qui s'identifie à lui, nous lui donnons un moyen de se libérer de sa petitesse personnelle, de sa propre insignifiance, et il se croit doté d'une qualité surhumaine.

— Le football.

— Ou tout autre rituel de la victoire et de la défaite. Et projetez cela sur un monde actuel modérément civilisé, dans lequel les guerres sont justement presque impossibles entre pays civilisés. Le héros sportif remplace les Napoléon locaux et les dirigeants du sport les dieux ordonnateurs du chaos. Transposez ce schéma sur l'Espagne, sur la Catalogne, sur notre club. Notre club est Sant Jordi et le dragon l'ennemi extérieur, à savoir l'Espagne pour les plus audacieux symboliquement, le Real Madrid pour les plus concrets.

— Et ça vous déplaît.

— Je trouve ça fascinant et amusant.

— Mais ça ne vous plaît pas.

— Les choses qui me plaisent sont rares, Carvalho. Qu'elles me fascinent et m'amusent, c'est déjà quelque chose.

— Je vous envie. Il y a des années que plus rien ne me fascine ni ne m'amuse.

— Reprenez donc conscience que vous êtes supérieur. Les héros ne sont bons que pour les masses.

— Parce que vous avez usurpé la fonction des dieux

— Plaît-il ?

— Je vous répète la première phrase de la lettre anonyme.

— Ah oui. « Parce que vous avez usurpé la fonction des dieux qui en d'autres temps guidèrent la conduite des hommes, apportant la thérapie du cri le plus irrationnel sans le réconfort du surnaturel : l'avant-centre sera assassiné en fin de journée. » Je la sais par cœur.

— Encore un déçu par la dégénérescence de la mythologie.

— De fait, mes réflexions sont parties de ce message. Je ne partage pas la thèse de la police selon laquelle il s'agirait d'un baratineur, comme dirait le commissaire Contreras. Avez-vous envisagé la possibilité qu'il pourrait s'agir d'un fragment, d'un fragment arrangé, paraphrasé d'un livre ?

— Dans tous les cas, c'est un baratineur. Il n'y a que les baratineurs pour lire ce genre de livres ou se décider à paraphraser des fragments avec un certain goût pour le rythme paralléliste...

— Le rythme paralléliste ! C'était la dernière des choses que je m'attendais à entendre dans votre bouche.

— Vous avez remué les bas-fonds de ma culture. Il arrive aussi de temps à autre qu'une femme arrive à remuer les basses profondeurs de mes pulsions sexuelles. Avec les années, j'ai fini par tout mettre au fond du coffre.

— Je peux vous demander votre âge ?

— Vous pouvez.

Carvalho secoua les braises. Puis il prit son verre et porta un toast à distance.

— A Pepe Carvalho, qui sera trop vieux en l'an deux mille !

— Au moins nous sommes libres, Marçal.

— S'il ne faisait pas aussi froid !

— L'été n'est pas encore fini. Mais tout le froid s'est accumulé dans cette piaule. Pas une porte ne ferme.

Du matelas où ils étaient étendus, ils avaient vue sur la porte de l'appartement, maintenue par une chaise sur laquelle était posé un seau plein d'eau, pour faire poids et donner l'alerte en se renversant au cas où quelqu'un tenterait d'entrer. On pouvait ouvrir et fermer à clé de l'extérieur, mais pas de l'intérieur.

— File-moi un shoot.

— Tu ne peux pas attendre ? Je n'en ai que deux et tu m'en redemanderas cet après-midi.

— J'en ai tellement besoin que j'en chierais presque. J'ai le squelette qui bat des claquettes. File-moi un shoot, s'il te plaît.

Il disait s'il te plaît, mais il ne tarderait pas à devenir nerveux et agressif.

— Quand viendront les pluies, on aura plein de gouttières.

— Il faudra chercher un appartement qui ne soit pas sous les toits.

— Dans un autre immeuble. Les appartements du dessous sont occupés.

— Par des vieux et des chats.

— Nous sommes deux junkies sans chat.

— Deux chats junkies. File-moi un shoot.

Il ne disait plus s'il te plaît. Elle porta la main à sa blessure sur son front.

— Regarde ce que tu m'as fait l'autre jour quand tu t'es énervé.

— Sale pute. Tu avais une dose et tu l'avais cachée.

— Il y a des années que je n'ai pas vu une dose.

— Mais tu avais de quoi faire quatre ou cinq shoots et tu ne voulais rien me donner.

— Tu t'es vu dans la glace ?

— Et toi, tu t'es vue dans la glace ?

Redressés sur les coudes, chacun était devenu le miroir de l'autre. Il se vit dans les yeux de sa compagne, des yeux agrandis par la maigreur et enfoncés dans un crâne gris, et elle se vit dans les yeux du garçon : on aurait dit que sa tête avait rapetissé et reposait sur un plateau constitué d'une lame de hache.

— Sale pute. File-moi un shoot.

Elle repoussa le drap jaunâtre qui la couvrait et apparut nue, se détachant en contre-jour sur l'encadrement de la fenêtre sans carreaux aux volets fermés. Derrière le quadrillage inutile des croisillons s'élevaient les rumeurs du quartier, et l'après-midi s'avançait, mûrissait et pourrissait sous les derniers rayons de soleil illuminant les façades déglinguées.

— Si tu veux un shoot, tu n'as qu'à te le gagner. J'en ai plein le cul de faire le trottoir pendant que tu n'en glandes pas une.

— Fille de la grande pute. Tu m'as fourré là-dedans et je te protège. Si je n'étais pas là, on t'aurait déjà troué la peau.

— Tu n'es même pas foutu de te protéger toi-même.

— Fais gaffe, je vais cogner.

— Cogne ! Cogne si tu as des couilles !

— Tu vas dérouiller, je te préviens !

Il la mettait en garde ou lui demandait la permission. Chaque fois qu'il la battait, elle avait l'impression de reprendre conscience d'elle-même, à mesure que croissait sa haine et son impuissance. Quelques semaines plus tôt, il avait vomi et s'était évanoui ; elle, étrangement sereine, assez pour envisager de se venger des coups de ces derniers mois, avait ôté sa chaussure et frappé ce corps vaincu d'où sortaient des gémissements inarticulés jusqu'à l'apparition choquante du sang ; alors, elle s'était mise à dessiner des fleuves sur la peau obscure et nue de l'homme. Des fleuves, des affluents, des compositions ésotériques tracées à la pointe de son index qui partait à la recherche des sources du sang pour lui donner une trajectoire et un parcours.

— File-moi un shoot ou je cogne.

— Tiens, prends-le, ton shoot, vas-y, fixe-toi, pédé ! Mais entre nous, c'est terminé. Je sors et j'appelle ton père pour qu'il vienne te chercher et te colle dans cette ferme à nettoyer les cochons.

— Je vous tuerai tous les deux. Toi et mon père.

— Si ça l'amuse de claquer son fric ! Toi, plus personne ne peut rien pour toi, mais lui, s'il veut claquer son fric...

— Et toi, qui peut quelque chose pour toi ? C'est toi qui as commencé et je suis devenu ce que je suis par ta faute.

— Prends ton shoot, tu vas encore me faire pleurer.

Lui aussi était sorti des draps et leurs corps nus se retrouvaient face à face, leurs sexes comme deux coups de brosse se reluquaient au-dessous, en revanche leurs yeux s'évitaient. Elle se pencha, prit quelque chose dans sa chaussure et lança à la face de l'homme un sachet blanc et léger qui parcourut à peine un mètre dans l'air avant de retomber sur le matelas. Marçal se précipita, s'en empara avec une agilité insoupçonnée et referma la main dessus, puis il se leva, alla prendre une boîte en carton dans un coin de la pièce, en sortit une seringue dont l'aiguille était déjà en place, un ruban en caoutchouc et un briquet. Elle tourna le dos à la scène et s'approcha de la fenêtre, se haussant sur la pointe des pieds pour contempler la rue. Les enseignes s'allumaient et madame Concha sortait sur son balcon pour vérifier le bon fonctionnement de la sienne et caresser le lierre qui pendait d'un pot comme une crinière.

— Tu crois que cette bonne femme garde ses économies chez elle ?

Il ne répondait pas. Elle se retourna. Il était en train de chercher sa veine, la langue entre les lèvres, la respiration coupée, aussi figé que s'il essayait d'enfiler un fil dans une aiguille. Quand il eut trouvé une veine résistante, il ôta la bande de caoutchouc et respira avec soulagement tandis que le liquide passait de la seringue dans son corps. Elle laissa échapper un sourire de mère qui contemple le bon appétit de son fils.

— C'est bon ?

— Le pied. Putain ! Tu ne peux pas savoir comme j'étais en manque.

— Je te demandais si cette bonne femme garde ses économies chez elle.

— Quelle bonne femme ?

— Celle qui me donne le sandwich.

— Elle doit en avoir.

— Avant de partir, il faudra aller y jeter un coup d'œil.

Elle reprit son poste d'observation. Madame Concha n'était plus à son balcon mais l'hôte qui, d'après elle, était footballeur, surgit à la porte de la rue.

— Regarde. Le footballeur. Un footballeur, ça gagne gros, non ?

Mais il ne l'entendait pas. Il s'était laissé aller sur le matelas et regardait les poutres écaillées, tout sourire.

— Tu te rappelles ce que nous avons lu dans ce livre ? Mais je me demande bien ce que tu peux te rappeler ! « La drogue n'est pas un stimulant, ça disait. La drogue est un mode de vie. »

Dans la placidité de son extase, il rappelait le camarade de faculté avec qui elle s'était lancée dans l'aventure de vivre à fond la caisse. Conduire à contresens sur l'autoroute de Castelldefels, falsifier la signature de son père à lui sur des chèques bancaires qui leur avaient permis des voyages dont elle rêvait jusque-là à travers les films et les livres. Ils étaient allés au Bosphore et ne s'étaient pas arrêtés en si bon chemin. Le Népal. Goa. La Birmanie. Pour elle, un rêve d'étudiante brillante et pauvre qui utilise la folie de son compagnon, étudiant obscur et riche. Jusqu'au jour où, soudain, ils durent reconnaître qu'ils étaient toxicos ; quelqu'un les tira d'un merdier à Melbourne et les rapatria ; le père paya le billet de son fils, Caritas le sien. Le garçon l'avait suivie, lui avait donné la main, sur ce chemin d'autodestruction, et il s'était habitué à la protéger, il avait gardé une attitude protectrice qui n'allait pas au-delà de l'apparence.

— Je me suis prostituée pour toi, lançait-elle pour lui gâcher ses rares instants de lucidité.

Archi-faux : c'était leur façon de vivre. Une manière comme une autre. « Monsieur, vous plairait-il de tirer un coup littéraire avec moi ? » Quand il se mettait à geindre et à pleurnicher, il appelait son père, et le *roi du désarmement naval* accourait au secours de l'enfant, en cachette de la jeune femme qui était l'épouse de l'un et la marâtre de l'autre. Le garçon suivait une cure de désintoxication, vidait le portefeuille paternel et le premier compte courant qui lui tombait sous la main, parfois même flanquait une raclée au papa, lui crevait un tympan d'un coup de pied. Elle, au moins, ne pouvait plus faire appel à sa famille. Sa mère était retournée au village pour ne pas courir le risque de tomber nez à nez avec elle en pleine rue, et ses frères et sœurs s'étaient mis sur la liste rouge pour ne pas avoir à supporter ses soliloques téléphoniques insultants.

— Montse chérie, je suis ta sœur Marta. Tu vis toujours avec cette andouille qui te ramone le cul avec son crochet pour te déloger les morpions ?

Montse raccrochait après avoir proféré des grognements épouvantés, ou le beau-frère prenait le combiné, étalant l'athlétisme moral de ses cordes vocales de baryton.

— Marta ? Marta ? C'est intolérable. Je ne sais pas ce que tu cherches en te comportant ainsi, mais tu brises la vie de ta sœur.

— Salut, capitaine Crochet. Comment vont les affaires ?

Quand le beau-frère s'entendait appeler capitaine Crochet, il coupait. Bien que manchot, il avait réussi à devenir l'un des avocats les plus respectés de l'Association catalane des handicapés et il n'aimait pas qu'on se moque de son invalidité.

— Au moins nous sommes libres, lança Marta à l'homme nu qui gisait dans son extase.

— Les bateaux naviguent aux quatre coins de l'horizon, Marta, et le pain ne flotte plus. C'est une rose.

Un obscur tas de linge se transforma en robe cintrée et décolletée quand Marta l'eut enfilée par la tête ; puis elle se chaussa après avoir vérifié que l'autre dose était toujours dans l'une des chaussures. Elle préférait la prendre au petit matin, quand elle revenait de tapiner, presque toujours sans résultat. Elle enleva le seau d'eau, écarta la chaise et faillit recevoir la porte sur la tête car elle ne tenait plus. Sur le seuil, elle se retourna pour regarder la placidité désarmée de son compagnon.

— Quand tu pourras tenir debout, tu fermeras.

En descendant les escaliers, avec l'aide insuffisante de ses jambes molles, elle se demanda pourquoi il fallait fermer cette porte, chaque jour après l'autre. Qu'est-ce qu'on pouvait leur prendre ? Deux shoots ? Le pot à lait et la poêle qui constituaient toute la batterie de cuisine ? Se faire trouer la panse par deux mecs encore plus défoncés qu'eux ? Ou peut-être aimait-elle le rituel de la chaise et du seau d'eau, cette sensation de prévenir une menace.

— Il faut vivre avec des principes. Il faut sauvegarder les principes. Quels qu'ils soient.

Elle était songeuse en arrivant sur le trottoir et elle envisagea une variante à son invite : « Monsieur, je pressens que vous avez une torche olympique entre les jambes. Vous me donnez du feu ? »

Quand son instinct lui conseillait de prendre des renseignements sur quelqu'un, c'est qu'il se méfiait de la personne en question. Et ce soir-là, son instinct lui soufflait : va écouter la conférence de Basté de Linyola, renseigne-toi sur la ville où tu vis et vois de quel bois est fait le bonhomme. Et comme toujours quand il hésitait entre deux obsessions contradictoires, ses pas échappèrent à son contrôle et se chargèrent de le conduire au Collège des Avocats où Basté de Linyola, ex-membre du conseil d'administration dudit Collège, dissertait sur « Croissance urbaine et espérance olympique », présentation par Germán Dosrius, délégué à la Culture au comité directeur. Le mot croissance lui rappelait son enfance. Il fallait toujours prendre quelque chose pour la croissance à une époque où rien ne vous y aidait, et l'espérance olympique lui évoquait l'exotisme des techniques employées par les réducteurs de tête ou l'obscure controverse de la récolte du caviar dans la mer Caspienne. Il se mêla à une foule manifestement triée sur le volet, malgré une persistance très localisée des vestiges anthropologiques du progressiste des années soixante et soixante-dix, ce *progré* toujours nanti d'une moustache ou d'une barbe poivre et sel, et affligé de ce regard d'animal trahi par l'histoire qu'il commença à cultiver dans les années quatre-vingt. La salle inspirait le respect que doit inspirer la loi ; quant au présentateur et au rapporteur, ils paraissaient frais émoulus des rayons d'un tailleur de luxe de Barcelone. Ils étaient si bien habillés que même Carvalho s'en rendit compte, et ils sacrifiaient si fidèlement au rituel du je suis très honoré et je ne sais si je dois que les préambules durèrent plus longtemps que la conférence elle-même. Enfin, Basté, présenté comme « un des derniers seigneurs de Barcelone », comme un de ces Barcelonais qui avaient été les acteurs de l'histoire démocratique de la ville, de la Catalogne et de l'Espagne, parvint à couper la parole au pertinent présentateur et à s'exprimer à part entière.

— Mesdames, messieurs, je suis très honoré de l'invitation du Collège des Avocats à venir débattre de cette ville, de ma ville. Invitation qui intervient au moment où je détiens une des responsabilités les plus, ne m'en déplaise, emblématiques de l'esprit de citoyenneté, je ne dirai pas de Barcelone, mais de la Catalogne tout entière. Notre incomparable équipe de football est plus qu'un club, a-t-on dit, on l'a même comparée à l'armée symbolique et désarmée de la Catalogne, nation sans Etat et par conséquent sans armée. C'est sans doute vrai mais il n'est pas dans mes intentions de vous entretenir de notre équipe ni de nos armées possibles ou impossibles. Je veux vous parler de cette grande aventure de la refonte de Barcelone. Il s'agit de refaire ce qui a été mal fait et de rénover, conformément au défi lancé par les Jeux qui perpétuent l'esprit et la tradition olympiques, défi lancé au meilleur moment de nos temps démocratiques...

Carvalho, n'ayant aucune expérience des conférences, profita de la première pause de Basté de Linyola pour changer de position, suite à un pacte conclu avec sa carcasse, mais pas avec la dame assise derrière lui qui avait l'air particulièrement mécontente de l'obstacle inopiné qui l'empêchait d'apercevoir l'orateur.

— La démocratie nous invite à étudier ce phénomène de plus près et à adopter un critère possibiliste. Nombreux étaient ceux qui s'exclamaient autrefois : Il faut détruire cette indigence et bâtir sur les ruines. Mais aucune ville ne peut détruire même ses parties les plus honteuses sans causer des préjudices plus grands que les bénéfices prévisibles. Il faut accepter l'héritage du passé, bon et mauvais, pratiquer un urbanisme et une architecture qui rendent leur dignité aux endroits qui la méritent, et démolir seulement et strictement ce qui est destructible. En restant toujours fidèles à une philosophie exprimée par deux slogans omniprésents aux quatre points cardinaux de la cité : *Barcelona més que mai* et *Barcelona, posa't guapa.* En effet, Barcelone plus que jamais et Barcelone, fais-toi belle. Plus que jamais car le défi olympique est l'occasion unique de faire un bond vers le futur, et Barcelone, fais-toi belle car cette ville sera la vitrine de la Catalogne et de l'Espagne en 1992, et cette image publicitaire est un enjeu du grand marché universel de l'image. Et pour cela, il faut agir démocratiquement, avec sérieux et responsabilité. Sans nous laisser emporter par l'aventure de la spéculation, mais sans nous laisser paralyser non plus par un conservatisme pusillanime qui, le cas échéant, se retrancherait derrière une idéologie progressiste afin de se donner un alibi de gauche. C'est vrai, les positions progressistes ont permis au monde d'avancer, mais il n'est pas moins vrai que lorsque le progressisme piétine, s'adonne à l'endogamie, se nourrit de sa propre rhétorique, il peut être encore plus pernicieux que le pire des conservatismes avoués. Cette ville peut croître, ou se paralyser si, sous couvert de surveiller la spéculation et de protéger la ville des spéculateurs, on passe au crible du soupçon et de la défiance toute initiative de croissance, au risque de tomber dans le pire des travers : ni faire ni laisser faire. La pensée critique n'a qu'un temps ; passé un certain délai, elle devient un barrage dénonciateur qui la rend inefficace car elle n'encourage et ne favorise aucun projet nouveau. Notre cité doit contrôler sa propre croissance, assurément, mais pas au point de la paralyser. C'est aux gestionnaires de la mairie socialiste que je m'adresse, et je les sais sensibles à l'esprit des propos que je leur tiens : surveillez davantage vos amis et compagnons de route que vos ennemis. Amis et compagnons de route sont parfois un poids à traîner...

Un philosophe, ce qu'on pourrait appeler un philosophe. Et un programmateur, car il traçait maintenant les lignes maîtresses de l'expansion de la ville vers le Maresme et le Vallés par l'intermédiaire d'incontournables tunnels, incontournables, clama-t-il derechef, et une troisième fois : incontournables.

— Qui oserait prétendre qu'une ville, organe vivant en perpétuelle expansion, doive se contenter des frontières naturelles qui l'emprisonnent ? Est-ce là l'esprit traditionnel de la Barcelone qui, depuis le XIIe siècle, a renversé ses murailles successives jusqu'à se retrouver seule face à celles que lui impose la nature ?

Au bout de quarante-cinq minutes d'exposé, la carcasse de Carvalho était excédée de la pauvreté d'imagination d'un maître incapable de trouver pour ses vertèbres une position tenant compte de la lassitude de son cul, et elle allait se lever et déserter la conférence, poussée par une indignation intérieure irrésistible, quand Basté de Linyola sourit à lui-même et au monde, regarda l'heure et invita la salle à contempler la pendule.

— Ce cadran donne l'heure d'un présent où tout est encore possible, c'est aussi l'heure où je dois me taire et vous céder la parole. J'attends vos questions. Rien n'est plus triste, dirais-je en paraphrasant un de nos meilleurs poètes, qu'une messe où seul le curé prie. Mesdames et messieurs, je vous remercie de votre attention.

Applaudissements ravis pour un homme charmant, murmures et regards en coulisses guettant le premier qui se jettera à l'eau. Le présentateur et président de la séance recueillit les miettes de cette profusion de sympathie dispensée par l'orateur et voulut engager le débat.

— Nous pourrons difficilement être aussi brillants et documentés que notre ami Basté de Linyola, mais peut-être oserai-je poser une question pour nous mettre en appétit.

— Allons, ose.

— Allez, j'ose.

Rires.

— Tu as dit qu'il y a un *filum*, d'accord, tu n'as pas employé le mot, mais j'ai cru comprendre qu'il y avait un *fìlum* entre la recherche d'éthique démocratique et son contenu, autrement dit la non-vérité de la démocratie quand elle paralyse le progrès en son propre nom. Naturellement, nous devrions nous mettre d'accord sur la notion de progrès... nous devrions nous mettre d'accord sur tant de choses...

Il rit.

Tout le monde rit.

— Non, nous n'aurons pas le temps de nous mettre d'accord sur beaucoup de choses. Mais ce *filum*, non dialectique — s'il avait été dialectique je n'aurais pas employé ce terme de *filum* qui est en même temps conjonctif et presque linéaire au sens que lui donne Pearson, par exemple...

— Par exemple...

— Entre autres, bien sûr, mais Pearson, qui est résolument linéaire, utilise *filum* au sens conjonctif et linéaire... peut-être plus conjonctif que linéaire, tu ne crois pas ?

— Ça dépend.

— Bien entendu. Tout dépend du référent et du contexte. Le référent comme observateur privilégié, observateur à son tour observé, pour reprendre l'image de Morin, et le contexte comme altérité jamais statique, évidemment. L'altérité n'est jamais statique... — Et il se tut pour battre des paupières et récupérer un *filum* intérieur qu'il avait perdu. Pour en revenir où j'en étais...

Il n'en était nulle part.

— Heu...

— Peut-être désirais-tu m'interroger.

— Plus que peut-être... je voulais vraiment t'interroger...

— Sans doute sur l'éthique qui se nie elle-même.

— Qui se nie en partant d'elle-même. C'est cela. On remarquera que notre ami Basté est philosophe, entre autres choses, et qu'il connaît très bien Hegel.

— Pas aussi bien que toi, Germán.

Toutes les conférences sont pareilles, songea Carvalho. Un imbécile qui se résume lui-même et essaie de baiser les membres de l'assistance, quel que soit leur sexe.

— Autrement dit, pour résumer la complexité de l'exposé, car nos auditeurs ont droit à la politesse de la clarté, face à la croissance de Barcelone, nous devrions être démocratiquement imprudents ?

— Je n'hésiterais pas à l'affirmer. Sans aucun doute. Confrontée à une situation comme celle qui se présente à nous, une démocratie prudente ne serait pas à la hauteur. Nous devons être généreux avec nos idées et avec celles des autres. Cette ville aurait, dit-on, grandi au gré de l'intérêt de ses patriciens, mais tout le monde récolte le bénéfice de ce qui a été obtenu. Aujourd'hui, cette ville doit s'en remettre à ceux qui savent et à ceux qui peuvent.

— Mesdames et messieurs, le conférencier est à vous. Cette affirmation me paraît être un excellent pont de départ... Non, je ne me suis pas trompé, j'ai effectivement voulu dire un pont de départ et non un point de départ.

Le public entreprit de passer le pont. Doit-on achever la Sagrada Familia ? Croissance olympique, soit, mais la circulation, alors ? Approuvez-vous cette façon de nettoyer la façade de la Pedrera, l'immeuble de Gaudí ? Basté, détendu, répondait avec humour à toutes ces questions anecdotiques mais ses muscles se crispèrent quand un *progré* manifeste, trop jeune ou trop vieux, se leva et l'apostropha en ces termes :

— Quel rôle devraient jouer les associations de quartier dans la surveillance de cette croissance ? Qui va être chargé de distinguer, dénoncer, isoler les arnaqueurs qui vont essayer de s'enrichir sur le dos de cette expansion ?

Murmures de réprobation au mot arnaqueur :

quelques années plus tôt, on l'aurait pris pour un élément subculturel amusant mais il avait aujourd'hui un air radicalement déstabilisateur, comme sut l'observer Basté.

— Quand les démocraties se stabilisent, le langage aussi doit se stabiliser.

Applaudissements.

— Mais je n'éluderai pas la question. Le rôle des associations de quartier doit être éthique, dans le sens que nous avons essayé de donner à ce terme jusqu'à présent : elles doivent faire et laisser faire, et s'en remettre à ceux qui peuvent et qui savent.

— A ceux qui peuvent et qui savent s'enrichir ?

— Que je sache, s'enrichir n'est pas interdit par la Constitution ! Dans le cas contraire, je vous l'avoue, j'aurais voté contre et beaucoup d'autres avec moi. Si les riches avaient été contre la Constitution, il est probable que nous n'aurions pas aujourd'hui, vous et moi, une conversation aussi civile.

— Puisqu'ils revendiquent culture et civilité, je vais à mon tour vous donner, en termes cultivés et civilisés, mon opinion sur ce que vous avez dit : chaque époque trouve les mots dont elle a besoin pour se voiler la face.

— Cela arrive à tout et à tous. Aux époques comme aux personnes.

Le public n'appréciait guère le tour abstrait et radical pris par le dialogue et une dame ramena le débat sur un terrain plus concret : avons-nous suffisamment investi dans le sport pour qu'une Catalane remporte une médaille olympique ? Le conférencier exhiba sa courtoisie en affirmant que toutes les femmes de Catalogne méritaient une médaille olympique, et l'exactitude de ses informations en soulignant le mauvais état de notre — il insista sur le notre

— sport de masse et d'élite. La masse est si rare que l'élite est quasi inexistante. Mais un pays qui, sans talent musical particulier, a eu un Pablo Casals, peut espérer que des génies sportifs surgiront soudain de ce terrain en friche. Carvalho choisit ce moment pour émerger du public et il hésita un instant entre la sortie de droite ou celle de gauche ; Basté eut le temps de le reconnaître et une ombre vint ternir le regard de ses yeux plissés. Indifférent à cette altération, Carvalho se dirigea vers la sortie et tomba sur l'ex-jeune contradicteur.

— On dirait que vous ne l'avez pas convaincu.

— Malgré les apparences, ils sont toujours les mêmes.

— Vous aussi.

— Non. Et ils en sont ravis. Nous ne serons plus jamais les mêmes. Ils peuvent se foutre la ville dans le cul et je leur souhaite bien du plaisir.

Basté ne l'avait pas convaincu, mais il n'en tirait aucune conclusion définitive. Carvalho l'avait surpris échangeant des courbettes dans un décor où on le traitait comme un patricien et le détective avait besoin maintenant de l'imaginer dans son autre cadre de dieu créateur de héros : il se rendit au stade pour comprendre ce que pouvait ressentir Basté dans plusieurs rôles successifs au cours d'une même journée. Il l'avait trouvé cynique dans ses fonctions d'orateur patricien ; il arriva au stade et montra son laissez-passer de « psychologue social », et se dit que Basté ne pouvait prendre au sérieux la liturgie du football, même si ce stade impressionnant ressemblait à une cathédrale. Les joueurs, assis sur le gazon, écoutaient l'entraîneur qui tournait le dos au public de badauds venus suivre les entraînements. Celui-ci donnait un cours de théorie au moment où Carvalho arriva :

— D'après Charles Hugues, énonçait-il, pour ouvrir le jeu, il faut tenir compte des principes suivants : promener l'adversaire sur toute la longueur et la largeur du terrain ; changer de direction, soit en changeant brusquement de trajectoire, soit en croisant celle d'un autre joueur de l'équipe ; passer le ballon rapidement, le ballon ne doit pas rester collé aux pieds ; dissimuler ses propres intentions ; dribbler un minimum. Et quand on contrôle le ballon, il faut tenir compte de quatre principes...

Il s'étala si bien sur les principes qu'il épuisa la résistance d'un Carvalho convaincu une fois pour toutes que les êtres humains se divisent en deux grandes catégories : ceux qui donnent des conférences et ceux qui les écoutent.

Le caissier se pencha vers le fondé de pouvoir qui écouta avec une onction toute bancaire, médita quelques instants et décida finalement que l'affaire était du ressort de monsieur le directeur et de son confessionnal. Palacín attendit : le visiteur qui sortait du bureau avait l'air beaucoup moins rassuré qu'en entrant car monsieur le directeur ne cessait de lui répéter :

— Remettez-vous.

Et il lui serrait la main en essayant de lui insuffler la confiance de la sixième ou septième banque du pays par ordre d'importance. Puis son sourire se dissipa, offrit confiance et gravité à son nouvel assaillant, et le pria de le précéder dans son bureau.

— Ce n'est peut-être pas nécessaire.

— On ne parle bien qu'assis.

Ils s'assirent. Le directeur écouta son bref exposé, son projet de retrouver sa famille par l'intermédiaire d'un compte bancaire. Il lui demanda sa carte d'identité, sonna le fondé de pouvoir et lui demanda le dossier des comptes courants. Il l'étudia comme si le bilan annuel était en jeu et offrit finalement à Palacín un sourire et un espoir.

— Je ne vois aucun inconvénient à accéder à votre demande.

Il rappela le fondé de pouvoir et Palacín n'eut pas besoin d'attendre la fin de la conversation pour sentir l'angoisse, cette boule de farine humide, peser sur sa poitrine et son estomac. Son fils et son ex-femme n'étaient plus en Espagne ; ils avaient laissé une adresse à Bogotá pour les transferts de dépôts. Le directeur répéta ce que Palacín avait déjà entendu et lui tendit un papier où était inscrite une adresse si lointaine que pour Palacín, c'était une autre planète. En silence, il dévorait des yeux ces renseignements presque inutiles et fut pris d'une envie de pleurer qui lui gonfla le cœur et l'empêcha de réagir aux questions du directeur.

— Cela peut-il vous être d'une utilité quelconque, monsieur Palacín ? Monsieur Palacín, vous m'entendez ? Vous m'entendez ?

Il balbutia quelques remerciements et se leva, la feuille de papier à la main.

— Continuerez-vous de nous honorer de vos dépôts ?

— Oui, naturellement.

— Vous savez que vous avez ici une équipe de gens prêts à travailler pour vos intérêts et pour ceux de votre famille. Vous avez sûrement entendu parler de notre émission de bons convertibles en actions ?

Convertibles au moment où vous le désirez, indépendamment des fluctuations de la Bourse.

— Non merci. Pas pour le moment.

— Si vous reconsidérez la question, vous savez où nous trouver.

Palacín se retrouva à la porte de la banque, hésitant entre deux solutions qui n'avaient aucun sens pour lui. Il pouvait aller faire les exercices spécialement recommandés par l'entraîneur ou rentrer chez lui et s'enfoncer dans la déprime. Il appela un taxi, hésita encore devant l'alternative et choisit finalement la dépression : il demanda qu'on le dépose rue de la Cadena, à l'angle de la rue de l'Hospital. Il marcha comme un somnambule jusqu'à la porte de l'escalier de la pension où il s'arrêta un moment ; il finit par découvrir ce qui l'empêchait de monter. Il avait — ou devait avoir — faim. En tout cas, c'était l'heure de manger et il descendit la rue San Olegario, à la recherche d'une cafétéria ou d'un restaurant pas cher. Il entra dans le moins sale à ses yeux, sans doute parce qu'il était le mieux éclairé, et trouva une place devant une table en plastique qu'on recouvrit d'une nappe en papier. Les mots et les chiffres de la carte dansaient sous ses yeux mais il savait qu'il commanderait une salade et un steak à point. Sa fourchette souleva sans conviction les feuilles de laitue, à la recherche de deux tranches de viande imbibées de vinaigrette huileuse, et il perçut l'odeur de la fille, sueur et eau de Cologne bon marché, avant d'entendre sa voix lui demander :

— Vous avez du feu ?

— Je ne fume pas.

— Vous avez raison.

Ce corps maigre et surtout cette manière de rester immobile, comme dans l'attente d'un événement qui, quoi qu'il arrive, n'aurait aucun intérêt, lui rappelaient quelque chose. Elle prit cette tentative d'identification pour une invitation et s'assit en face de lui.

— Je te gêne ?

— Non.

— Je t'ai déjà vu quelque part — à son ton, on aurait dit qu'elle était en possession d'une parcelle de lui-même, comme si elle le retrouvait après une rude absence. Pas de problème, je t'ai déjà vu quelque part.

— Moi aussi, j'ai l'impression de vous connaître.

— Déjà vu. Pas de doute.

Et elle se laissa aller sur le dossier de la chaise pour s'emparer plus sûrement encore de son embarras.

Palacín eut conscience d'être en face d'une femme invertébrée : elle avait un squelette incapable de la soutenir, ou épris de liberté, se débattant pour fuir un corps inutile et décharné où toutes les veines étaient apparentes.

— Tu es le footballeur.

— Vous êtes trop jeune pour vous rappeler de moi. Il y a longtemps qu'on ne me voit plus dans les journaux.

— Tu es le footballeur de madame Conchi. La dame de la pension.

Maintenant, il se souvenait d'elle. Son profil au fond de la cuisine, une tasse à la main, supportant avec résignation les discours de la patronne.

— Vous y logez aussi ?

— Non. Madame Conchi m'invite et j'y vais, mais je suis putain, pour vous servir.

Il hocha la tête et enregistra l'information le plus normalement du monde sans en saisir toute la portée ; quand il en eut compris la signification, il se raidit, se méfiant de lui-même et des conséquences de cette présence inquiétante.

— Tu aimerais tirer un coup littéraire avec moi ?

— Un quoi ?

— J'oubliais que tu es footballeur. Un coup littéraire, à toi, ça ne dit pas grand-chose. Veux-tu me mettre un but entre les jambes, joli cœur ?

— Non — il avait répondu si sèchement qu'il corrigea avant qu'elle réagisse. Pas aujourd'hui.

— C'est la meilleure heure. Après manger. Une petite sieste. Les joueurs comme toi doivent prendre beaucoup de repos. Donc tu te reposes et moi je m'occupe de tout. Mes clients n'ont pas besoin de remuer. Un billet de mille et le lit. Honnête, propre et sain... Je ne suis pas géniale mais je baise avec beaucoup d'imagination. Tu me colles ton but et je me charge du reste.

— Si tu veux, je t'invite à prendre quelque chose.

Elle s'y attendait car elle leva le bras pour appeler le garçon et demanda un café arrosé de Chinchón sec.

— Tu peux demander à manger si tu le désires.

— Je suis maigre mais je ne meurs pas d'inanition. Ça, c'est bon pour la vieille folle. Elle aime jouer les mères poules. Qu'elle aille se faire foutre.

La dureté des paroles répondait à l'éclat électrique du regard qu'elle lui envoyait du fond de ses grands yeux cernés. Soudain, elle sourit et lui posa la main sur le bras.

— A manger, non, mais si tu me paies une ligne de coke, tu agis en gentleman et tu me rends service.

— Je n'ai pas de coke.

— Je sais comment m'en procurer.

— Pour moi aussi ?

Une autre personne, au fond de lui, avait posé la question, mais il maintint son offre devant ce visage où désir et promesse venaient d'effacer toute trace d'ironie.

— Comme tu voudras.

— Je te préviens, je n'en ai jamais pris.

— Je vais t'apprendre.

— Où ?

— Ne t'inquiète de rien. Tu me donnes le fric et je vais chercher deux lignes. File-moi quinze mille pesetas. Tu les as ?

Il hocha la tête mais n'esquissa pas un geste pour prendre son portefeuille dans la poche arrière de son pantalon. Ils se regardèrent, se demandant qui lâcherait le premier mot.

— Tu te méfies ?

— Pas vraiment.

— Si. Je comprends. Suis-moi. Nous allons à la Plaza Real et tu vas voir comment je trouve la coke. Toi, reste à distance pour ne pas te faire pincer. Tu verras, tu n'es pas près d'oublier, parole. Si tu n'y as jamais goûté, tu n'es pas près de l'oublier.

Il paya l'addition et lui emboîta le pas vers la rue San Pablo. Ils débouchèrent sur les Ramblas. Elle courait plus qu'elle ne marchait et il essayait de dissimuler son excitation, les mains dans les poches, la tête haute, les jambes comme indifférentes à la promenade. En arrivant sous les arcades de la place, elle partit en avant et ralentit l'allure, comme à la recherche d'un client, mais ses yeux avaient déjà remarqué deux hommes prenant une bière à une terrasse. Elle arriva à leur hauteur et feignit la joie d'une rencontre inattendue. Un vrai numéro d'acteur. Penchés sur leurs balances cérébrales intérieures, les deux individus la soupesèrent et un reflet sournois monta à leurs pupilles. Dès qu'elle eut mis l'argent sous l'assiette où gisaient quelques *tapas* [1] — des moules marinière —, leur attitude distante se dissipa : une des quatre mains plongea dans la poche correspondante et en ressortit aussitôt pour serrer celle que lui tendait la femme prête à repartir. Palacín avait assisté à une rencontre normale et, quand elle revint sur ses pas, il se repentait déjà de sa décision, il accéléra même pour la rejoindre et lui dire de garder l'argent et que la coke ne l'intéressait plus.

— Ça y est. Elle est dans ma poche.

Ils reprirent les rues San Olegario et San Rafael, puis elle s'engagea dans un escalier qui puait la pisse de chat et la crasse fossilisée. Ils gravirent des marches en briques ébréchées et arrivèrent devant une porte dont l'aspect cellulitique était le résultat de trois siècles de couches de peinture superposées. Elle introduisit une lourde clé dans la serrure mais la porte ne bougea pas d'un pouce.

— Merde. Ce con est à l'intérieur.

Elle envoya deux coups de pied contre le battant et s'écria :

— Allez, ouvre ! Enlève la chaise et le seau de là !

Au bout d'un certain temps, on entendit des manifestations de vie à l'intérieur, le choc d'un objet métallique posé sur le sol et une chaise qu'on poussait, permettant à la porte de s'ouvrir et de découvrir une entrée donnant sur une caverne encombrée d'épaves inutiles dont le désordre était le fruit d'entassements de type archéologique. Un jeune homme était planté dans l'entrée, en caleçon, à côté d'un seau rempli d'eau, les yeux incapables de se fixer.

— Dégage. Je viens avec un client.

1. Amuse-gueule et plats cuisinés servis en guise d'apéritif. *(N.d.T.)*

— Avec un client ? Je t'ai déjà dit de ne pas les amener ici...

— Dégage.

L'homme dévisageait Palacín et la femme ; soudain, il parut accéder à une vérité révélée qui lui était nécessaire.

— Vous ne venez pas baiser ! Vous venez sniffer ! Je te connais, sale pute ! Tu ne viens jamais ici pour baiser !

— Dégage ou je te prive de came pendant un mois.

— Qu'est-ce que tu me donnes si je m'en vais ?

— Va-t'en et tu ne le regretteras pas.

Il les précéda dans une pièce qu'un matelas posé à même le sol avait transformé en chambre à coucher. Il ramassa un pantalon fripé qui n'aurait pas déparé un épouvantail, et un pull-over qu'il enfila à même la peau. Il prit soin de ne pas se tourner vers eux et s'en alla sans leur accorder un regard. Elle le suivit, remit le seau et la chaise en place après son départ et revint en courant dans la chambre où elle invita Palacín à s'asseoir sur le matelas.

— Nous n'avons pas de chaise. Je vais tout préparer.

Elle s'éclipsa et revint avec un miroir et le tube d'un stylo-bille sans sa cartouche.

— Tu veux que je me mette à poil ?

— Non. Ça m'est égal.

— Si tu veux que je me mette à poil à un moment ou à un autre, tu me le dis.

Elle s'assit près de Palacín, desserra les doigts et dans sa paume apparut un petit paquet enveloppé de papier blanc ; elle l'ouvrit et montra le cœur de poudre fine et blanche à Palacín.

— Voilà. C'est la vie. Meilleur que la vie. Meilleur que n'importe quoi. J'espère qu'ils ne l'ont pas trop trafiquée. Je connais le dealer et c'est un salopard, mais il respecte les habitués. Un mec régulier.

Elle forma deux lignes de coke sur le miroir et en aspira une par le nez en utilisant le stylo-bille. Elle respira un grand coup et laissa retomber la tête en arrière, satisfaite, comme pour mieux répandre la poudre en elle, puis elle tendit le miroir et le tube à Palacín.

— Bouche-toi une narine, merde ! Comment veux-tu aspirer avec la gueule grande ouverte !

Palacín vit la ligne de poudre disparaître ; un léger chatouillement dans le nez le fit sursauter quand il ne passa plus que de l'air dans le tube.

— Tu vas voir le pied.

La voix de la fille avait changé. Elle avait un regard bon. Magnifiquement bon. Un regard qui l'embrassait.

Le recrutement de Gerardo Passani comme entraîneur de l'équipe avait été fait compte tenu du rôle qu'allait jouer Mortimer dans le schéma tactique général. Passani était mondialement connu pour sa théorie du double demi-centrisme qu'un chroniqueur italien avait qualifié de *schizodemi-centrisme.* Fondamentalement, la théorie s'appuyait sur un élargissement du milieu de terrain à six joueurs qui se dédoublaient en un demi-centrisme replié et un demi-centrisme avancé, pendant qu'un avant-centre de pointe ouvrait le jeu et attendait les ballons récupérés par l'action des trois demi-centres avancés, hommes d'une grande rapidité et d'une puissance de shoot qui dépassait leur surface. Ces six hommes étaient la clé et devenaient sur le tableau la formule de référence suivante :

$$6 = \frac{3\,A}{3\,R} = 6\,AR$$

La formule était infaillible et sa conclusion finale provoquait une surprise logique — une surprise logique, insistait Passani —, car le six qui ouvrait la formule était différent de celui qui la fermait. Il insistait, six ne doit pas être fatalement égal à six, il peut être égal à six AR. Autrement dit, après avoir subi la partition schizoïde et le double demi-centrisme, les six demi-centres étaient un peu plus que six demi-centres car ils avaient acquis la double qualité d'attaquants et de défenseurs, complémentaire et interchangeable. Pendant le premier mois d'entraînement, Passani insista beaucoup sur son providentiel système tactique dans les cours théoriques réservés aux joueurs, et quand Mortimer les eut rejoints, à peine remis en début de saison d'une blessure contractée lors d'une rencontre internationale de la sélection anglaise, il n'y eut aucun problème d'adaptation tactique car Mortimer, vu les caractéristiques de son jeu, était le point final, récepteur et transformateur du travail de ses six coéquipiers, qu'on les prenne au sens strict de six ou de six AR. De cette complémentarité dérivait une seconde formule que Passani concrétisait en ces termes :

$$6 = \frac{3\,R}{3\,A} = 6\,AR + M$$

Il en découlait que la défense adverse se trouvait confrontée à une formule mathématique irrépressible :

$$3\,R + 3\,A + M = 6\,ARM$$

C'était trop pour la faible capacité d'abstraction

du football espagnol, songeait Passani qui, bien qu'italo-argentin, avait appris une bonne partie de sa théorie du football dans les clubs anglais. En effet, les quatre autres membres de l'équipe eurent dès le premier match un complexe d'infériorité parce qu'ils ne figuraient pas sur l'écran électronique digital que Passani contrôlait grâce à une commande à distance.

— *Mister*, et notre numéro, quel est-il ?

Selon Passani, les quatre joueurs complémentaires, certes importants, ne faisaient pas partie du *punch* décisif et pouvaient donc se passer de *mathématiquisation*, néologisme radouci par un chuintement et des intonations venues de Gênes et de Buenos Aires : *mathématiquisation*. Mais constatant leur sentiment de frustration en ne se voyant pas dans la formule, il leur attribua des lettres additionnelles qu'il essaya d'introduire dans une formule plus large et plus générale. Ainsi, chaque joueur restant reçut une des quatre lettres finales de l'alphabet : W pour le gardien de but, X, Y, Z pour les trois arrières, aussi dédoublés en un schyzodédoublement d'avances et de reculs qui par moments pouvait être renforcé par le 3 R placé devant eux. Passani parvint à ramener la stratégie globale des onze joueurs dans une formule suffisamment éloquente :

$$W + XYZ\,(A)\,(R) + 6\,RA + M = 11$$

Certes, Mortimer était le seul à disposer d'une initiale qui l'individualisait et tout le monde n'accepta pas cette avantageuse possibilité d'identification plus que généreuse, mais en fin de compte, Mortimer était la *vedette* [1], le grand appât des spectateurs et les protestations ne tardèrent pas à s'éteindre, si tant est

1. En français dans le texte. *(N.d.T.)*

qu'elles aient jamais été formulées. En revanche, il n'y eut pas de distinguos dans les attributions de matériel, des armoires du vestiaire et de la douche. Toutefois, Passani et Camps O'Shea essayèrent de convaincre les joueurs de libérer assez longtemps la piscine couverte située à l'intérieur du vestiaire afin de laisser Mortimer pratiquer ses exercices de relaxation flottante, car Passani s'était aperçu qu'ils étaient indispensables au développement des muscles de Mortimer. Cet après-midi, Passani instruisait les joueurs qui se reposaient de l'entraînement.

— L'objectif est d'obtenir que onze joueurs soient en réalité vingt. Calculez : le gardien et Mortimer sont des nombres fixes, des individus, autrement dit un plus un. Mais les trois arrières et les six demi-centres se dédoublent, nous disons donc neuf multiplié par deux égale dix-huit, et si je ne me trompe, un plus un plus dix-huit font vingt.

Mortimer, qui au début écoutait les explications avec méfiance sous prétexte qu'il n'aimait pas les mathématiques, changea d'opinion devant la verbosité impressionnante de Passani, en partie engagé grâce à sa maîtrise de l'anglais, langue indispensable si l'on voulait obtenir le moindre rendement du futur héros des supporters. Mortimer prenait donc en note les explications de l'entraîneur et les revoyait tous les soirs avec l'aide de Dorothy et de sa tante, les deux femmes étant plus douées que lui pour le calcul et la logique mathématique. Le trio anglais ne s'était pas aperçu que Carvalho les suivait comme une ombre, dans l'attente d'un signe qui lui révèle l'origine de la menace, même si Mortimer s'était habitué à la présence du détective qui rôdait parfois autour des entraînements ou restait à distance prudente, écoutant les cours théoriques de Passani avec une aversion réelle ou apparente. Les joueurs avaient admis que Carvalho réalisait une étude compliquée dont la substantialité était contenue dans le mot étude et l'adjectivation sans importance. Cet homme les étudiait sans les gêner ; il devint même une présence lointaine et reconnue, presque imperceptible. Carvalho trouvait très ennuyeuses les séances de théorie et pratique et la syntaxe mal aérée d'un Passani aux airs de romancier baroque sous-employé lui donnait des vertiges.

— Il n'en reste pas moins vrai que l'avant qui s'est hasardé sur une surface du terrain, ouverte par nature, avance et pourtant recule, recule et pourtant avance, la tête haute et une jambe en position de support tandis que l'autre se prépare à courir ou à frapper un ballon, avec par-dessus le marché l'intuition de la présence ennemie qui monte à la charge ou attend simplement qu'une distance excessive du pied au ballon lui laisse le temps de s'opposer à la claire et libre conduite de la balle en contrant une combinaison sur le terrain et en annulant tout un effort de recombinaison qui doit définitivement être reprise à zéro. Quand cela se produit, souvenez-vous, nous passons de la situation A, *a* de *axpectative*, à la situation R, *r* de recomposition.

Carvalho accueillait avec soulagement la fin de ces séances et le départ du Mortimer réel, soudain devenu un garçon en costume civil, étonnamment jeune et presque fragile, bruyamment accueilli par Dorothy et sa tante, et un réseau de protection plus ou moins invisible composé de deux policiers et de deux vigiles privés, plus Carvalho quand ce dernier choisissait un des itinéraires des Anglais pour étudier une filature éventuelle qui supposerait une quelconque menace. En dehors de ces raisons professionnelles, Carvalho était sans doute aussi animé du désir secret de dévorer des yeux, et en détail, le corps de Dorothy dont la rondeur imperceptible trahissait un début de grossesse, corps de jeune fille rousse et saine aux courbes époustouflantes, détenteur de formes contenues dans des robes flottantes d'une seule pièce attachées à la taille pour établir une manière de double demi-centrisme, comme deux fragments d'un terrain érotique et magnétique sur lequel Carvalho promenait un regard de vautour et un flair de vampire. De vampire. Carvalho se traitait lui-même de vampire depuis quelques années, depuis qu'il avait découvert qu'il était grand amateur du sang jeune des filles qui auraient pu être les siennes ; elles posaient un seul problème moral : comment vaincre le tabou esthétique de l'inceste. Il conduisait parfois sa réflexion aux confins de la théorie sur la nécessité de revivre à travers un corps juvénile, mécanisme de légitimation trop sophistiqué à son goût. Il aimait la chair fraîche, un point c'est tout, en proportion inverse de son audace, de plus en plus étouffée par un sens du ridicule et de l'âge qu'il n'assumait pas concrètement mais croyait deviner, comme une hypothèse toujours possible, dans le regard des autres. De loin, Mortimer était un jeune mari insouciant qui embrassait et était embrassé plusieurs fois par heure ; de son côté, la tante ne cessait de parler, comme si elle voulait léguer toute sa philosophie au couple avant de rentrer en Angleterre. Cette dame trouvait que l'Espagne était un pays excessif pour Jack et Dorothy. Parfois, Carvalho, assis à une table proche d'un restaurant de luxe, saisissait la déontologie de celle-ci, particulièrement inquiète du peu de sérieux des Latins à l'égard des produits de consommation.

— N'achetez jamais rien qui ne porte la date de péremption, et dans le doute, abstenez-vous ou achetez des produits anglais.

Ils consacrèrent un après-midi à visiter toutes les grandes charcuteries, pour dénicher celles dont les fournisseurs étaient anglais. Et si vous ne trouvez pas de produits anglais, choisissez les produits allemands. Après l'Angleterre et les pays nordiques, l'Allemagne est la nation la plus sérieuse du monde. Ces nazis ne sont pas franchement sympathiques, mais il faut reconnaître qu'ils ont des vertus, et le sérieux en fait partie. Un après-midi, un mendiant s'approcha de Mortimer et lui demanda un autographe ; comme par magie, le joueur se vit entouré par quatre hommes qui se marchaient dessus, tandis que le pauvre diable tombait sur un Mortimer plus surpris par ses défenseurs que par le soi-disant agresseur. La tante distribua des invectives en anglais sans distinction de destinataire et Carvalho fut tenté d'intervenir, mais l'interprétariat n'entrait pas dans ses fonctions et il n'avait pas qualité pour mettre en ordre ce chaos à huit voix, celles des quatre policiers, des Anglais et du chasseur d'autographes écrasé. Finalement, les quatre vigiles coordonnèrent leurs efforts pour réduire en charpie l'autographe obtenu par l'intrus et ils en auraient fait autant avec son visage si une partie des badauds n'avait prit sa défense, craignant un affrontement inégal et doutant des prétentions policières affichées par certains des participants de la bagarre. Mortimer laissait faire. Il avait l'air d'un homme passif réservant toutes ses capacités d'intervention pour le terrain, pour ces quelques mètres carrés où était son monde, le monde de l'avant-centre, la pointe extrême, la frontière ultime de la vie et de l'histoire de milliers de spectateurs présents, de millions de spectateurs absents. Seuls les héros pouvaient agir ainsi, se dit Carvalho en empruntant son langage à Camps O'Shea, et il éprouva cette jalousie que méritent les héros, car au moins celui-ci connaissait les dimensions de son royaume, et le partageait avec Dorothy.

Il suivit les trois Anglais perdus dans une parcelle indéterminée du sud du monde jusqu'à leur domicile et téléphona ensuite d'une cabine à Charo pour s'intéresser à l'état de Bromure. Elle n'était pas chez elle. Il put joindre Biscuter au bureau, qui connaissait les tenants et les aboutissants de la santé de Bromure.

— Il a fallu courir parce que ce matin il ne pouvait plus se lever. Charo a pris un taxi et l'a emmené aux urgences, mais ne vous inquiétez pas, chef. Elle a téléphoné et elle a dit que la crise était surmontée.

La crise surmontée, se répéta Carvalho, émerveillé de la capacité de synthèse de Biscuter. Il sortit de la cabine et se retrouva nez à nez avec l'Arabe qui l'avait plusieurs fois traité d'idiot. Il souriait légèrement. Ils étaient dans une rue d'un quartier de rupins. Ni l'Arabe ni Carvalho ne se sentaient chez eux, et l'Arabe peut-être encore moins que Carvalho.

— Appelle-moi Mohammed. Vous adorez tous nous appeler Mohammed.

Le détective assuma sa condition de *nous* et offrit au bougnoul une tournée de rouge, dans la mesure où sa religion ne lui interdisait pas d'absorber du vin.

— Je suis un pratiquant médiocre. Au Maroc, je ne bois pas, mais en Espagne, je bois. Quand je suis avec d'autres de mon pays, je ne bois pas et eux non plus. Nous n'aimons pas faire du scandale. Faire du scandale, c'est bon pour les idiots.

Il ne connaissait sans doute pas d'autre adjectif péjoratif. Carvalho se sentit moins idiot que dans les circonstances précédentes et perdit un peu du respect qu'il lui manifestait, car un abîme de considération sépare ceux qui savent manier les adjectifs de ceux qui ne le savent pas. Il cherchait un petit endroit pas trop luxueux pour que le bougnoul n'ait pas de complexes et ses yeux découvrirent soudain une taverne minuscule, survivance inexplicable sur ce trottoir du Paseo de la Bonanova, intitulée Brasserie Víctor ; à peine était-il entré que Carvalho reçut une centaine d'informations visuelles prouvant qu'un événement irréversible venait de faire irruption dans sa vie : il avait franchi le seuil du temps. En deçà de la porte, la Barcelone démocratique, olympique et *yuppie*, et de l'autre un recoin de nostalgie de l'Espagne franquiste, une tanière couleur de vin où même les chopes de bière arboraient le drapeau espagnol et les cartes postales étaient le signe d'une identité nostalgique : Onésimo Redondo, Ramiro Ledesma Ramos, le général Muñoz Grandes décoré de la croix de fer, le colonel Tejero et ses moustaches d'acier, Adolfo Suárez en chef phalangiste avec la devise : « Tu vas jurer, Judas ? » Du vin El Nacional ou du cognac El Legionario. Et un diplôme décerné à la Brasserie Víctor, grand défenseur de *El Alcázar*, mais rien à voir avec l'Alcázar de Tolède de la croisade franquiste, il s'agissait du journal madrilène d'extrême droite. Le seul indice progressiste — involontaire — dans ce lieu était l'Arabe, simplement parce qu'il appartenait au tiers monde. Sinon, les clients étaient accoudés au comptoir sans la moindre agressivité dans leurs gestes, sirotant un ballon de rouge ou un bock de bière, grignotant des olives, farcies ou non, frugaux, sévères, un peu affligés par l'histoire et servis par un patron aussi lent et pacifique qu'eux. L'agressivité était dans les emblèmes et les illustrations, la résignation historique était une affaire intérieure. Carvalho se sentait fasciné ; il observait le bougnoul qui soumettait à une étude critique tout ce qu'il voyait.

— Franco. Ici, il y a beaucoup de choses de Franco. C'est un musée ?

— Pas encore, mais ça ne va pas tarder.

— Franco, un grand guerrier. Un oncle de mon père s'est battu avec Franco dans la guerre contre les communistes.

Le bougnoul s'était donc intégré à l'ambiance et il n'y avait rien à craindre. L'idéologie du lieu était si cohérente que même les emblèmes sportifs manifestaient la volonté de vertébrer l'Espagne : le Real Madrid ou l'Espagnol. Pas une fissure. Fondamentalisme. Pur fondamentalisme franquiste, si pur que le temps l'avait rendu innocent, aussi innocent que n'importe quelle cause inutile et transformée en archéologie sentimentale. Deux clients parlaient du démarrage difficile de l'Espagnol et de la saison glorieuse qui attendait le Real Madrid grâce au renfort de Schuster. Schuster au Real Madrid, c'était comme si la sœur de José Antonio Primo de Rivera avait épousé Hitler. Alors, l'Europe aurait vu ce qui était bien. Les plus jeunes ne se posaient pas de question sur l'Europe, ils se contentaient d'ironiser sur le présent. Mais le charme du lieu, c'était la nostalgie, cette nostalgie que Carvalho trouvait aussi odieuse que désarmante. En revanche, le bougnoul se sentait de plus en plus à l'aise à mesure qu'il buvait du vin.

— Il vous faudrait un Franco — c'était l'Arabe qui parlait. Le capitaine de la mafia du vieux Barcelone. Un Franco mettrait au pas tous ces idiots, ces zigotos qui se baladent à droite et à gauche. Il obligerait les gens à marcher droit et il y aurait moins de vols et d'assassinats. Dans mon pays, pour le moment, tout va bien parce que le roi est fort et qu'il ne s'en laisse pas conter. Mais ça commence à tourner mal, très mal, parce qu'il accepte les socialistes, et même les communistes. Et Allah ne peut être l'ami des communistes. Des socialistes, passe encore, mais des communistes, jamais. Franco et Hassan auraient fait de grandes choses ensemble.

Il ne remarqua pas la désapprobation croissante de Carvalho et continua de lui exposer sa philosophie de la vie et de l'histoire, avec de plus en plus de vocabulaire, donnant parfois une note exotique en prononçant un mot en arabe ou en utilisant des proverbes où il était question de dattes et de chameaux. Finalement, ce raton était un raseur et un médiocre. Et lorsque Carvalho le ramena aux questions d'actualité en lui demandant ce qu'il faisait si loin des limites de son territoire, les yeux de l'Arabe perdirent leur reflet alcoolique et redevinrent méfiants.

— Toi, l'autre jour, tu ne m'as pas dit tout ce que tu voulais savoir et il est important que j'en sache autant que toi. Il n'y a que les idiots qui ne savent pas grand-chose, et seuls les idiots en savent trop.

Il revenait à sa monoadjectivation et Carvalho se repentit de l'avoir tiré de ses spéculations idéologiques. Après dix verres de vin et un oléoduc de cafés arrosés, le Marocain voyait la vie en rose et si son subconscient n'avait eu une longue éducation de bastonnades et de précautions, il se serait à coup sûr mêlé aux conversations et aurait proposé aux clients de chanter l'hymne de la Légion, qu'il affirma connaître par cœur.

— Un de ces jours, je vivrai dans la partie haute de la ville, de n'importe quelle ville. Allah est grand et nous, les fils d'Allah, nous avons été choisis pour rendre le monde à la raison. Il y a vingt ans, personne n'aurait donné mille pesetas, cent pesetas pour un bougnoul. Et maintenant nous faisons trembler le monde entier. Pensez à Khomeiny ou aux riches Arabes qui achètent tout, qui vous achètent tout ce qui vous appartient. Ils se sont même achetés cette montagne où tu vis, le Tibidabo. Sûr que le nom est d'origine arabe. Tous les noms de lieux en Espagne sont d'origine arabe.

— Vous vous êtes bien réparti la tâche. Le Khomeiny bénit la guerre sainte, les cheiks achètent tout et toi, ton boulot, c'est de voler dans le Barrio Chino.

— On nous laisse les restes. Mais d'autres Arabes plus intelligents et plus riches que moi plaideront la cause d'Allah jusque dans ces quartiers. Et les idiots dans votre genre auront intérêt à marcher droit.

Carvalho en avait par-dessus la tête du bougnoul. Il paya et lui tourna le dos, mais l'autre se sentait désemparé dans ce lieu, sans l'aval de Carvalho, et il sortit derrière le détective comme s'il n'avait pas encore dit tout ce qu'il avait à lui dire. La nuit tombait et le trottoir était presque désert. Carvalho n'avait qu'à prendre n'importe laquelle des rues qui montaient vers le Tibidabo pour rentrer chez lui, le bougnoul n'avait qu'à faire exactement le contraire, et pourtant la nostalgie de Carvalho venait de ce coin de son enfance où la misère et le marteau-piqueur étaient en train de tout désorienter, et l'ambition du raton était de se jucher sur ces ruines pour escalader la ville de Basté de Linyola, de Camps O'Shea, des footballeurs soulier d'or. Le bougnoul était aussi ivre que Carvalho, mais ça se voyait davantage, au point qu'il avait l'air de parler arabe ; d'ailleurs il n'en avait pas que l'air, il parlait réellement arabe, sous le nez de Carvalho.

— Arrête de me réciter le Coran, Mohammed.

Mais l'autre continua de lui réciter le Coran ; soudain, Carvalho entrevit une pente isolée menant aux garages d'un immeuble résidentiel. Personne à cent mètres à la ronde. Il poussa violemment Mohammed qui tomba par terre, roula dans la descente et s'écrasa contre la porte du parking. L'espace d'un instant, le corps de l'homme étalé se raidit, comme si les actes réflexes d'un animal habitué à se défendre prenaient le relais, mais il avait avalé une bouteille de vin Nacional et dix cafés arrosés de cognac El Legionario. Il se relâcha aussi vite qu'il s'était raidi et Carvalho lui tomba dessus gratuitement, fou de rage, et se mit à le marteler de coups de pied et de coups de poing ; une femme finit par crier en haut de la pente et Carvalho rectifia la position. Le raton réalisa qu'il était en territoire étranger.

— Je sais où tu vis, idiot.

— Si tu remets les pieds chez moi, je te tue à coups de jambon.

Quand l'Arabe eut disparu comme une ombre ayant recouvré sa légèreté, Carvalho se répéta la menace et éclata de rire. A coups de jambon. A coups de jambon. Il se voyait poursuivant l'Arabe, brandissant un jambon en guise de gourdin, et c'était si drôle qu'il fut obligé de s'asseoir pour rire tout son soûl et retrouver la force de marcher. En haut de la pente l'attendait une dame accompagnée de deux jeunes gens assis sur leurs motos, les mains jouant avec la manette des gaz qui lançaient des braiments d'impatience.

— J'ai tout vu. Cet homme a été attaqué par un de ces sales Arabes et il est parti en courant.

— On le rattrape ? proposa un des anges motorisés.

Carvalho secoua le bras en signe de dénégation.

— Non. Il ne m'attaquait pas. Ce bougnoul est innocent. C'est moi qui lui ai sauté dessus. Il ne voulait pas me filer sa djellaba et j'ai cogné.

— Qu'est-ce qu'il raconte ?

— Parfois, les hommes mordent les chiens, madame.

— Il est ivre.

La vaste assemblée finit par admettre que Carvalho était ivre et tout élan de solidarité disparut. Carvalho les toisa d'un regard impertinent et ils se sentirent menacés. Les jeunes démarrèrent et le traitèrent de connard et de minable avant de s'éloigner. Carvalho s'élança, se planta au beau milieu de la chaussée, jambes écartées, et les invectiva, leur cria de revenir, qu'ils reviennent s'ils étaient des hommes et les voitures se mirent à klaxonner parce que Carvalho était devenu l'avant-dernier obstacle de leur retour au foyer. Il insulta les voitures et s'enfonça dans les rues solitaires et riches qui partent du Paseo de la Bonanova vers les flancs du Tibidabo. Il avait mal partout, d'avoir donné des coups plus que d'en avoir reçus ; il essaya de justifier l'agression comme un acte de justice envers le pauvre Bromure, ou comme une simple impulsion raciste. Mais aucune des deux explications ne le satisfaisait et il erra dans les rues à la recherche d'une réponse à une énigme qui lui accaparait le cerveau.

— Pourquoi ai-je bien pu lui taper dessus ?

Il repassait tout ce qui était arrivé, ce qu'il avait entendu, les gesticulations de Mohammed et soudain une sorte de lumière se fit jour dans l'enceinte fermée de sa perplexité.

— C'était un idiot. Bien fait pour lui.

La femme poussa sur le sexe comme une ampoule de cristal bleu sur le sexe, comme une géante savonneuse sur le sexe, comme un soir comme le meilleur soir de sa vie sur le sexe parmi les feuilles d'arbres vivaces peintes aux crayons de couleur Caran d'Ache sur le sexe, la chambre était la cloche d'une brise d'avril à Santa Fe, Semaine Sainte, laurier et feuille de palmier sur le sexe, cuisses humides et marbres d'une colonnade s'avançant vers une main tiède sur le sexe, œil de géante et envol vers un nuage qui papillonnait sur le sexe des pluies molles de lumières coupées en morceaux sur le sexe qui n'était pas à lui, mais qui était lui-même, voyeur et centre du kaléidoscope. Ses oreilles se détachaient, cherchant un appel qui avait peut-être existé, mais du plafond soudain bleu pêcheur il voyait ses propres yeux moqueurs tournés vers des chemins sillonnant le meilleur océan qu'il eût jamais vu. Basse-Californie. Cap San Lucas. Pélicans et lions marins. Eventails de paupières qui se refermaient sur un sexe coupant.

— Ça suffit.

La nuit tombait sur son abrutissement.

— Les jours sont plus courts.

C'était la première voix humaine qu'il entendait depuis des siècles et elle lui apportait la cohérence, les points cardinaux de cette chambre soudain horrible, et collée à sa peau en sueur, la crasse du matelas aussi nu que le corps de cette femme concrète qui répétait :

— Les jours sont plus courts.

— Quelle heure il est ?

Quand il le sut, il éprouva d'abord une vague angoisse et il mit plusieurs secondes à découvrir pourquoi.

— L'entraînement !

— Tu t'entraînes à quoi, à sniffer ou à baiser ?

Le ton cynique de la femme rompit définitivement le fragile enchantement et Palacín sauta sur ses pieds, mais la tête ne suivait pas vraiment, comme s'il y avait dans son crâne deux hémisphères irréconciliables.

— Mon Dieu, je ne vais jamais y arriver comme ça.

— Ça va te passer vite. Les bonnes choses passent vite. Respire à fond.

Elle retrouvait un corps moche et des yeux cyniques mais sa voix exprimait une certaine sollicitude.

— Où t'entraînes-tu ?

— Sur un terrain de Pueblo Nuevo, le Centellas.

— A quoi jouez-vous ? Au football ? A ton âge ? Et cette équipe, c'est quoi ? Un collège de curés ?

Il s'habillait sans répondre.

— Et on vous paie pour ça ?

— On nous paie. Le terrain est merdique. Tu parles, impossible de prendre une douche correcte ou de fermer la porte du vestiaire. Un jour, on rentrera et il ne nous restera même plus un caleçon pour pleurer.

— Tu as un joli corps. Il y a longtemps que je n'ai pas regardé le corps d'un homme. Tous les footballeurs sont aussi bien foutus et aussi timides que toi ?

— Chaque footballeur est différent.

— Qu'un mec sérieux comme toi puisse être footballeur, je trouve ça drôle.

En voyant qu'il partait, elle se leva convulsivement et s'écria d'une voix qu'elle ne contrôlait pas :

— Dis donc ! A quoi tu joues ? On ne paie plus le service ?

— Excuse-moi, j'ai cru qu'il était compris dans le prix de la coke.

— La coke c'est la coke, et la baise c'est la baise. Donne-moi au moins deux biftons de mille, mon cœur. Ça ne t'a pas plu, de tirer un coup littéraire avec moi ? Qu'est-ce que tu veux de plus ? Sexe et cocaïne.

Elle rangea les deux mille pesetas dans un recoin de son sac en pestant contre ce vautour qui passe ses journées à fouiller dedans ; quand elle se retourna, Palacín n'était plus là mais elle s'écria, pour qu'il l'entende dans l'escalier :

— Pas un mot à la Conchi ! Cette ordure n'a pas besoin d'être au courant.

Sur le palier, Palacín enregistra le message dans son cerveau et fit en même temps un saut de côté pour éviter le corps étendu devant la porte. L'homme expulsé de l'appartement dormait par terre, il avait une respiration douce et les yeux entrouverts. Mais le simple déplacement d'air provoqué par le saut de Palacín suffit à les lui ouvrir complètement ; il lui lança un regard interrogateur.

— Il en reste pour moi ?

— De quoi ?

— De la coke.

Palacín haussa les épaules et se mit à descendre les escaliers.

— Vous ne pensez à personne. Tout pour vous.

L'homme déversa dans la cage d'escalier, par-dessus la rampe, des plaintes geignardes qu'il était le seul à entendre, puis il entra dans l'appartement, cherchant d'un pas incertain la chambre où la fille essayait d'empêcher ses bas de flotter sur ses jambes.

— Vous m'avez gardé quelque chose ?

— J'en ai par-dessus la tête de toi, de cette taule, de cette rue, de cette ville.

— Marta, ma chérie, ne sois pas méchante, donne-moi quelque chose.

— J'en ai par-dessus la tête de toi. Par-dessus la tête. Tu me colles au cul comme un parasite. Les autres mecs, je m'en débarrasse, mais toi, non. Et tout ça parce qu'avec ton père, vous croyez que c'est moi qui t'ai foutu dans le pétrin ! Tu parles ! Tu te serais foutu tout seul dans n'importe quel merdier. Tu es de la merde.

— Rien qu'une petite dose, Marta.

— Qu'est-ce que tu vas faire d'une dose, tes veines sont comme du plâtre.

— Juste un trip.

Elle était habillée et sortit du sac où elle mettait toutes ses possessions un sachet de papier blanc qu'elle jeta sur le matelas. Elle passa à côté de l'homme qui voulut lui manifester sa reconnaissance par une caresse du revers de la main, mais elle l'écarta et se dirigea vers l'escalier. Dans la rue, l'air frais du soir sentait l'essence et les poubelles, et pourtant cet air stagnant ne parvenait pas à arrêter complètement les flamboiements du soleil couchant. Elle se rappela soudain un film de science-fiction qu'elle avait été voir quelque temps auparavant : dans les ténèbres d'une ville polluée, des héros se poursuivent et se massacrent, bataille entre hommes et robots humanoïdes qui s'achève subitement par la fuite du garçon et de la fille vers le soleil, vers la campagne, et la lumière resurgit soudain, comme si la ville était au fond d'un puits. Heureusement, il y avait une issue. Elle revoyait quelques séquences de fuite, mais le mécanisme de la souvenance et de la gamberge avait des ratés. Je ne me souviens de rien, et le fragment d'un poème qu'elle aimait beaucoup et connaissait par cœur envahit son esprit comme la foudre.

Serait-ce donc moi qui t'aurais enseigné,
qui t'ai enseigné à te venger de mes rêves
par lâcheté, en les corrompant.

Des livres et une machine à écrire. Des pêches. Une conversation avec sa mère, de femme à femme, détendue, un après-midi aussi. Comment retrouver tout cela ?

— Tu montes ?

Elle lève les yeux et madame Concha est là, penchée à la rambarde du balcon de sa pension.

— Tout à l'heure.

Et elle continua son chemin vers la rue Robadors, tellement à contrecœur qu'il devenait évident qu'elle n'avait pas envie d'arriver à destination. Elle avait récupéré trois mille pesetas de commission pour la coke et deux mille du footballeur, elle avait les nerfs reposés et pas très envie de se retrouver seule avec ses souvenirs. Elle revint sur ses pas et cria à doña Concha :

— Je monte.

La patronne l'attendait à la porte et le café au lait à la cuisine.

— Maintenant, je préférerais un sandwich et un verre de vin.

— Parfait. J'ai un vin excellent, un bon cru, un

peu doux, mais très bon. J'aime bien le vin de marque, il faut bien s'offrir des petits plaisirs. On n'emporte pas son argent dans l'autre monde, n'est-ce pas ?

— Vous avez sûrement un paquet de billets verts dans un petit coin.

— Un livret de caisse d'épargne avec pas grand-chose dessus et le reste chez moi, pour veiller au grain. Mais bien caché parce que sur mes six pensionnaires, le footballeur est le seul en qui j'ai confiance. Avec un pensionnaire invalide, qui est bon comme du bon pain.

— Le footballeur a du fric ?

— Il a payé quatre mois d'avance et m'a l'air plein aux as. Un homme seul et sans vice.

— Tous les hommes ont des vices.

— Lui, il vit très simplement. Tiens, viens voir. Je vais te montrer sa chambre.

Un lit à une place, une table de nuit récupérée dans une brocante quelconque, une armoire rafistolée avec des plaques de plastique, une table où s'entassait la presse sportive soigneusement pliée à côté d'une photo encadrée : une femme et un enfant. Marta la prit, étudia la beauté frêle de cette femme à la bouche ferme, et le rire franc d'un enfant blond de cinéma.

— Et eux, qui c'est ?

— Aucune idée. Il est très discret. Mais regarde, regarde la salle de bains.

Une douche et le W.-C. Sur le lavabo une tablette où étaient scrupuleusement rangés le rasoir, le *spray* de mousse, l'*after shave*, la brosse à dents et le dentifrice, l'eau de Cologne, le déodorant, tous ces objets côte à côte, dans un ordre qui paraissait immuable, et, derrière le miroir, trois étagères remplies de *sprays* et de bouteilles qui, au lieu de garder leur odeur pour elles, la répandaient dans toute la pièce, comme un parfum d'hôpital.

— C'est des liniments et des *sprays* contre la douleur musculaire. Tu te rends compte, il a des provisions pour un an.

— Une vraie fourmi. Et où cache-t-il ses sous ?

— Pas un douro. Je ne sais pas où il les met. Qui cache de l'argent chez lui de nos jours ?

— Vous.

— Il est si bien caché que parfois je ne le retrouve plus moi-même.

— Un de ces jours, vous allez vous trouver mal et les souris vous boufferont les billets.

Doña Concha se signa.

— Ma fille, ne parle pas de la mort. Même pour plaisanter.

Le masseur râla parce qu'on lui avait pris sa bouteille de liniment.

— Celui qui m'a piqué la bouteille de liniment, il va m'entendre.

— C'est moi qui l'ai, merde. Te mets pas dans cet état.

— Ici, les massages, c'est moi qui les fais. Je suis là pour ça.

La bouteille passa de main en main, au milieu des joueurs en train de s'habiller ou de se chausser, et quand le masseur l'eut récupérée, il l'examina à contre-jour devant la seule ampoule pendue au plafond, surmontée d'un abat-jour en fer-blanc. Un Chinois illuminé.

— Dites donc, vous en avez usé les trois quarts !

Dimanche prochain vous pourrez toujours vous brosser pour les massages.

— Verse-moi du Reflex sur le genou, lui demanda Palacín.

— J'aime mieux ça. Si on veut quelque chose, c'est à moi de le donner. Je suis là pour ça. Et tu rentres sur le terrain avec du Reflex ? Il nous emmerde, ton genou. Tu le chouchoutes plus que ta fiancée.

Le masseur était aussi un employé de Sánchez Zapico, comme l'entraîneur, et il y avait un point commun entre eux, la même maigreur nerveuse, le même regard d'animal important entre les quatre angles du Centellas, jamais en dehors. L'entraîneur donnait ses dernières instructions.

— Toi, Toté, tu restes en libero, mais fais gaffe aux débordements de Patricio, le onze, il est plus fort qu'Ibáñez. Je ne dis pas cela pour t'emmerder, Ibáñez, mais il a sur toi l'avantage d'un demi-mètre à chaque jambe. Et si tes jambes sont débordées, mets-y des couilles, Ibáñez. Si vous me neutralisez Patricio, vous me neutralisez le Gramenet, car le Gramenet c'est Patricio. Et toi, Palacín, des couilles. Par paquets de douze. Et si tu veux un conseil technique, le voici : des couilles. Un avant-centre sans couilles est comme une omelette aux pommes de terre sans œufs.

— Comme disait Confucius — c'était la voix de Mariscal, demi-centre et étudiant de deuxième année en sciences de l'information.

— Toi, l'intellectuel, tu sais ce que tu as à faire. Tu mets un peu trop de Confucius et pas assez de couilles. Joue la tête haute et la bitte en ligne de mire. Quand tu verras Palacín ouvrir une porte, le ballon à deux mètres, fais gaffe au hors-jeu, fais-y gaffe parce que de nos jours on a des juges de touche qui lèvent leur drapeau aussi facilement que les bidasses en caserne levent la bitte quand une fille passe sur la route. Rappelez-vous l'action clé, balle arrêtée : la combinaison ABD. Voyons, qui est le A ?

— Moi, s'écria Mariscal.

— Le B ?

— Présent.

— Le D ?

Palacín leva le bras.

— C'est ça. Et toi, Monforte, tu fonces dans le mur ennemi et tu joues des coudes, comme tu sais si bien le faire. Des couilles. Par paquets de douze, car si nous perdons aujourd'hui, on ne peut pas descendre plus bas dans le classement. Plus la peine d'envisager la promotion de deuxième division : le prochain championnat, on le jouera contre les amateurs de l'hospice. Palacín débute aujourd'hui. Je ne veux pas que vous jouiez pour lui, compris ? Mais ne l'oubliez pas non plus, car les malheureux qui viendront voir le match n'auront d'yeux que pour Palacín. Et toi, Palacín, oublie ton genou, merde.

— Je lui mettrai des couilles, à mon genou.

— Voilà ce que je voulais entendre. Et maintenant, les mains !

L'entraîneur du Centellas avait introduit des techniques psychologiques dans le vestiaire, dont une que les joueurs pratiquaient avec régularité, ce moment de communion précédant la rencontre où ils s'unissaient dans un tout, se prenaient par la main et criaient : « Centellas, Centellas, tous dans le tas ! » Ensuite ils sautaient d'un pied sur l'autre dans leurs chaussures usées par la dureté des terrains de jeu où l'herbe, quand elle subsistait, n'était que l'ombre d'elle-même, et ils montaient en file indienne les escaliers en bois menant au terrain, en prenant la précaution habituelle à la quatrième marche, inexistante, cassée depuis la saison 1979-1980. Dans les gradins à moitié pleins ou à moitié vides, selon le point de vue, s'élevèrent quelques maigres applaudissements et des sifflets car on n'avait pas oublié les trois défaites consécutives encaissées par l'équipe sur les cinq derniers matchs de championnat. Mais quand Palacín s'écarta de ses coéquipiers pour être photographié par un neveu du président, il fut applaudi comme un espoir ; il n'hésita pas à lever les bras en U et reçut en retour une pleine brassée d'acclamations. Il n'avait pas joué un match de compétition depuis huit mois, depuis son départ de l'Oaxaca où il était déjà suppléant, et il respira à pleins poumons l'ambiance de ce match, euphorique et douloureuse à la fois. Il devait mettre le ballon en jeu, à l'ombre d'un arbitre bedonnant qui était en nage rien que d'avoir jeté la pièce en l'air. La configuration du stade, entouré de pistes impraticables pour l'athlétisme, maintenait le public à distance et Palacín préférait cela, surtout depuis qu'il cherchait à se faire oublier sur le terrain pour dissimuler ses coups de fatigue. Il localisa son marqueur probable du Gramenet, un jeune camionneur qui avait des jambes comme des colonnes cubiques et un coude droit légendaire dans la promotion de deuxième division. Pedrosa l'avait aussi localisé et l'évaluait à distance, avec des yeux humides de chasseur et un sentiment de sécurité de plus en plus fort devant la fragilité apparente de Palacín. Il avait reçu des instructions alarmantes de son entraîneur :

— Souviens-toi, Pedrosa, tu n'as aucune souplesse.

— Oui, je le sais. Je n'ai aucune souplesse.

— Mais dans les contacts, tu ne crains personne. Dis-toi que Palacín est un vieux renard et qu'il joue plus sans ballon qu'avec la balle au pied. Dis-toi qu'il a un genou en verre, mais qu'au-dessus il est terrible, Pedrosa. Si tu le laisses échapper, c'est la catastrophe. Fais comme si tu étais en plomb. Tu te colles à lui comme si tu étais du plomb et tu ne le laisses pas partir avec le ballon à plus de cinquante centimètres. A cinquante centimètres, il te laisse sur le cul, Pedrosa. Car tu n'as aucune souplesse.

— Oui, je n'ai aucune souplesse.

En entendant le coup de sifflet de l'arbitre, Palacín passa le ballon en retrait et se lança en avant, droit sur son marqueur. Il se planta devant lui, dos aux buts adverses, l'empêchant de voir le coup de Mariscal qui remontait le ballon au centre du terrain. Il sentait derrière lui la présence puissante, transpirante, haletante de Pedrosa et il avait l'impression de sentir un mur de chair contre lequel il appuya son dos quand il vit venir le ballon vers lui. Il profita de cette pression pour pivoter sur lui-même et immobiliser le ballon à un mètre ; il se détacha de son marqueur pour s'élancer vers les barres quand il sentit un coup de genou dans la cuisse et il vacilla sans interrompre son élan, mais le ballon rebondit étourdiment sur un de ses pieds incontrôlés et passa à un autre joueur. Au bout de dix minutes, il reçut un nouveau ballon dans des conditions semblables et cette fois il le renvoya légèrement en retrait, décolla de son marqueur et courut parallèlement à lui, contrôlant la balle pour se rapprocher de l'axe du but. Il la lança dans l'espace qui s'ouvrait devant l'ailier droit du Centellas et courut devant les barres, se poussant mutuellement avec Pedrosa. Le ballon s'envola dans le ciel à la recherche de sa tête mais il put à peine l'effleurer car au moment où Palacín prenait son élan pour sauter, son genou malade recevait le premier avertissement d'une des jambes cubiques de son adversaire.

— Si tu me touches encore le genou, tu sors du terrain avec la marque de mes crampons sur ta gueule.

Pedrosa cracha à ses pieds, secoua la tête et alla couvrir son goal qui étreignait le ballon et regardait à droite et à gauche d'un air de défi, au cas où quelqu'un aurait voulu le lui prendre.

— Il a de l'idée. Et pas assez de matchs.

— Et des années en trop.

Les commentaires allaient bon train dans le public après ses quatre premières interventions.

— A un avant-centre, il faut lui laisser le temps.

— Palacín, si on lui laisse trop de temps, il va se retrouver à la retraite. Il a déjà presque vingt ans dans chaque jambe.

C'était la fin de la première mi-temps et Palacín se sentait plus fatigué psychologiquement que physiquement. L'entraîneur poursuivait sa gesticulation incompréhensible et débridée commencée au premier coup de sifflet de l'arbitre, comme un animal électrocuté sur son banc et en perpétuel conflit électrique avec lui. Il sautait maintenant autour des joueurs et les abreuvait de reproches en insistant sur l'inconstance de leurs appareils génitaux. Un chapitre particulier fut consacré à Palacín. Il baissa la voix d'un ton et mit un peu d'ordre dans sa syntaxe :

— Ne te colle pas à Pedrosa, démarque-toi. Enfin, merde, Palacín, tu as vu ce que tu risquais. Ce mec, tu peux même le dépasser à la course avec la balle au pied.

L'équipe était tête baissée et regardait la pointe de

ses chaussures, quelques-uns changeaient leur maillot sale et en sueur.

— Dis donc, Confucius ! Ne te douche pas à la mi-temps, tu vas te refroidir les muscles. Putain, je te l'ai déjà dit. Tu ne vas pas tirer un coup et on ne t'attend pas à l'opéra. Ne te lave pas tant, on dirait ma fille.

Quand ils retournèrent sur le terrain, le crépuscule avait encore renforcé l'aspect crasseux, vétuste et délabré des gradins et de la petite tribune où Sánchez Zapico présidait, entouré des dirigeants et de leur famille. Le président était partagé entre les actions sur le terrain et l'observation de Dosrius, mêlé au public de la tribune, spectateur philosophe et apparemment peu intéressé par le déroulement des événements. De temps en temps, les regards du président et de l'avocat se rencontraient, et Sánchez Zapico fermait les yeux pour ratifier leur accord implicite.

— A un doigt, à un doigt !

Palacín avait contrôlé le ballon, feinté et Pedrosa s'était retrouvé assis au bord du terrain, son énorme cul presque encastré dans le sol ; l'avant-centre avait alors tiré devant le gardien sorti des barres. Avec une lenteur cruelle, le ballon s'était écarté du but qui lui était destiné, passant à un doigt du pied du poteau. Le ouaaaah ! poussé par le public et ses applaudissements donnèrent des ailes à Palacín qui courut reprendre sa position de départ, captant du coin de l'œil le regard de haine et de fureur que lui dédiait Pedrosa. Dans la phase suivante, Pedrosa chercha le contact mais Palacín l'attendait et lui planta les crampons de sa chaussure dans la cuisse en faisant semblant de sauter par-dessus sa jambe cubique brandie comme une hache. L'arbitre faillit tirer le carton jaune de sa poche mais il se ravisa, hocha la tête furieusement et essaya vainement de reprendre son souffle. Puis le ballon fut promené pendant dix minutes au centre du terrain ; prudences et maladresses ne parvenaient pas à l'éloigner de cette surface neutre. L'événement eut lieu à la vingt-deuxième minute, comme l'auraient dit les chroniqueurs du match s'il y en avait eu. L'événement eut lieu à la vingt-deuxième minute quand Confucius, l'étudiant, émergea de son absence volontaire ou pas, dribbla trois joueurs du Gramenet pour se retrouver tout seul près du poteau droit des buts adverses et faire une passe mortelle en direction de Palacín. L'avant-centre vit la cage s'ouvrir devant lui et à la place du goal il découvrit un être impuissant, misérable statue d'argile qu'il devait anéantir, démolir ou tuer d'un coup de pied bien ajusté. Le ballon partit, très frappé, enfonça le filet ennemi et le souleva comme un jupon, comme les meilleurs vents soulèvent les frous-frous des jeunes filles en fleurs, et le mot magique devint cri collectif : But ! Par terre, Palacín regarda le juge de touche puis l'arbitre. Le but était valable, malgré l'insistance des joueurs de Gramenet massés autour de l'arbitre à réclamer un hors-jeu positionnel de Confucius.

— Hors-jeu mon cul ! je l'ai très bien vu.

— Toi, l'arbitre, tu ne peux rien voir avec ta vue basse.

— Tu ne vois pas plus loin que la pièce qu'on t'a refilée.

L'arbitre brandit deux cartons jaunes, c'est-à-dire un seul carton qu'il brandit deux fois de suite, comme les victimes de Dracula qui sortent un crucifix de leur poitrine, et les joueurs de Gramenet s'égayèrent, se dispersèrent, récupérèrent le ballon, soudain pressés de reprendre le jeu, tandis que ceux du Centellas entonnaient un chant choral et joyeux autour de

Palacín, échauffés par les cris des gradins à moitié pleins ou à moitié vides qui leur paraissaient être les gradins du stade le plus glorieux et le plus peuplé du monde.

— Non, ne reculez pas ! Bille en tête ! Des couilles ! Des couilles ! s'égosillait Precioso, l'entraîneur, en partie pour galvaniser ses joueurs, en partie pour encourager le public de la tribune située dans son dos.

L'applaudissement et le saut d'allégresse de Sánchez Zapico avaient coïncidé avec la réception d'un regard ironique de Dosrius. La pression du Gramenet obligea même Palacín à redescendre en défense et chaque fois qu'il renvoyait un ballon aux seize mètres d'un coup de tête articulée sur un long cou, un vrai ressort ce cou, un groupe de spectateurs s'écriait à l'unisson : Olé ! Palacín avait désorienté son marqueur et interverti les rôles en l'empêchant de shooter, exploitant ses mouvements maladroits d'animal puissant mais aveugle. L'arbitre réserva son dernier souffle pour siffler la fin de la rencontre et quelques spectateurs sautèrent des gradins, rêvant de toucher les héros. Deux enfants tendirent à Palacín un cahier d'écolier et un stylo-bille pour un autographe. En signant, il sentit une fatigue profonde monter de ses jambes et les accolades de reconnaissance de ses coéquipiers tomber sur ses épaules ; enfin, il serra la main de celui qui avait essayé de l'assassiner quelques minutes auparavant.

— Bravo, maestro.

— A la prochaine, matador.

Une fois au vestiaire, l'entraîneur s'était approprié la victoire et la justifiait par sa préparation tactique, reconnaissant toutefois que pendant la deuxième mi-temps ils avaient mis un paquet de couilles dans le jeu.

— Confucius, si tu n'avais pas ce genre de passe de temps en temps...

— Dans toute équipe de football il est bon d'avoir un joueur intelligent. Au moins un.

Les joueurs huèrent Confucius et Palacín profita de l'autosatisfaction qui paralysait tout le monde pour occuper les douches vides et se délecter des premières gouttes d'eau chaude. Puis il s'habilla en écoutant les félicitations de Sánchez Zapico, un visage où s'étaient incrustés les reliefs du paysage le plus fatigué du monde. Palacín quitta le stade et refusa qu'on le rapproche de Barcelone en voiture. Après les matchs, il aimait marcher d'un pas vif et il s'éloignait de la scène, pouvait la contempler à distance comme s'il n'avait jamais eu rien à voir avec elle. Le stade du Centellas était entouré de quartiers populaires, quartiers ordinaires aux géométries bon marché pour immigrants anonymes qui avaient laissé la végétation envahir fenêtres et terrasses, dans une vaine tentative d'incorporer la nature à ce cauchemar de verre, de béton et de briques. Le stade du Centellas était une présence contrastée et un peu inutile, sorte de caprice du paysage urbain, dans le genre des ruines que les touristes visitaient dans les environs d'Oaxaca, attribuées aux Zapotèques ou aux Mixtèques, comme ces pyramides de Monte Albán qui surgissaient du paysage — le temple des Danseurs, entre autres — dédiées selon les uns aux danseurs et n'étant, selon les autres, qu'un hôpital précolombien pour les infirmes et les malades. Comme ce stade consacré à un jeu de ballon où, selon la légende, le capitaine de l'équipe victorieuse pouvait arracher le cœur de son rival. Il marcha jusqu'à épuisement, s'enfonça dans d'autres ruines, celles des usines abandonnées de Pueblo Nuevo avec les hangars où les rails rouillaient parmi les mauvaises herbes, volumes sombres et menaçants qui avaient gardé une macabre beauté de leur obsolescence de briques, particulièrement pathétiques dans les cheminées éteintes et tordues qui s'élançaient vers la voûte nocturne ; et tout cela attendait le marteau-piqueur qui faciliterait le développement du Village Olympique. Arrivé au cimetière de Pueblo Nuevo, il prit un taxi et demanda qu'on le dépose dans la rue de l'Hospital. La radio du véhicule donnait les dernières informations sportives. Mortimer. Mortimer. Mortimer. C'était le triomphateur de la journée. « Jack Mortimer, soulier d'or européen de la saison 1987-1988 et déjà l'idole des supporters barcelonais au début de cette prometteuse saison 1988-1989. Cet homme est en or et remplira d'or tous les guichets des terrains de football d'Espagne. A vous le studio. »

Il s'écarta de son trajet en ligne droite vers le passage Martorell qui le ramenait chez lui et erra du côté de la Boquería, de ses bars à nègres et de ses rassemblements de mendiants sur le parking de La Garduña. En passant devant le bar Jérusalem, il la vit assise au comptoir, absorbée dans la contemplation d'un petit verre de bière. Il poursuivit son chemin mais s'arrêta au bout de quelques mètres et revint sur ses pas. Il voulut feindre la surprise mais sans succès.

— Regardez qui voilà, le football.

— Je passais par là.

— Je m'en doute. Tu prends quelque chose ? Tu veux une bière ?

Il accepta mais y goûta du bout des lèvres. Il voulait dire quelque chose et n'y n'arrivait pas.

— Qu'est-ce que tu viens faire ? Tu veux quoi ?

— Tu peux avoir comme l'autre jour ?

— Toujours. Ça, toujours. Tu as du fric ?

Palacín acquiesça et la fille dégringola de son tabouret comme s'il lui avait mis le feu au cul.

D'un geste large, Basté de Linyola invita le président de la Generalitat de Catalogne et le maire de Barcelone à emprunter l'ascenseur de la tribune présidentielle. En échange il reçut des accolades et des sourires extasiés.

— Un match inoubliable.

— Félicitations.

— *Ja tenim equip*[1] *!* — s'exclama le capitaine général de la région militaire dont la dernière lubie était de prouver que l'armée ne boudait pas la langue catalane « parce qu'elle est un des trésors de la pluralité d'une Espagne unique et unie, sans pareille ».

Les dirigeants avaient allumé des Montecristo spécial au moment où Mortimer avait marqué le deuxième but et quelques-uns d'entre eux embouchaient de nouveau un de ces havanes de gros calibre, mais ils ne fumaient plus de la même façon. Ils ne le tripotaient plus entre leurs lèvres comme un intrus difficile à caser, un violeur de bouche dont ils auraient mordu le prépuce, on aurait cru un animal de compagnie en habit de fête qui ne cessait d'entrer

1. En catalan : Maintenant, nous avons une équipe. *(Note de l'auteur.)*

et sortir de la bouche, prince choyé émettant paisiblement les signaux de fumée du bonheur. Les personnalités du monde de la politique et de la culture, spécialement invitées pour assister aux débuts de Mortimer, se laissaient traquer par les journalistes de la radio et essayaient de trouver le langage adéquat pour être compris de leur public politique ou culturel. Ainsi, un représentant de *Convergència i Unió*, le parti du gouvernement autonomique, pronostiquait que « ... si cette équipe va de l'avant, le pays va de l'avant et vice versa », ce qui ne l'engageait à rien vis-à-vis de l'équipe et du pays, ni de près ni de loin ; de son côté, un intellectuel dirigeant du *Partit dels Socialistes Catalans* et député européen déclarait : « Jusqu'à maintenant, on a joué dans une sorte de repli sur soi ; désormais l'équipe paraît disposée à redécouvrir l'altérité. C'est l'altérité qui marque des buts, pas le moi. » Les interviewers choisissaient ce moment pour partir, micro en main, à la chasse aux voix que nulle barrière n'encombrait, mettant la froideur métallique et réticulée du microphone devant les lèvres les plus illustres de la ville comme s'ils offraient un baiser hertzien et gelé en échange de relations publiques rigoureusement gratuites. Les spectateurs vomis par les sorties du stade dans le soir assombri par le changement récent de l'heure d'été avaient branché leurs transistors pour ne pas perdre une miette des derniers instants du match auquel ils venaient d'assister. Si le président Basté avait déclaré le dimanche précédent, après le match joué sur le terrain adverse : « Les débuts de Mortimer donneront un autre aspect à l'équipe », ce dimanche, il était en droit d'apporter une modification substantielle à cette prémonition : « Les débuts de Mortimer ont donné un autre aspect à l'équipe. »

Il fallait l'écouter. C'était indispensable si l'on voulait survivre pendant les cinq jours ouvrables qui s'annonçaient. Lui et les résultats des autres rencontres. Et les paris mutuels. Et les classements. Et les incidents. Et les classements des arbitres. Les joueurs n'étaient plus les agents de la fête ; une armée de jeunes reporters radio, micro en alerte, allaient distiller au goutte à goutte l'élixir résiduel des batailles et de leurs héros.

— Pere Rius ? Pere Rius ? La banque de données !

Non, ce n'était pas un appel au central de Huston avant un lancement spatial.

— Pere Rius, de sa banque de données, va nous dire pendant combien de minutes Mortimer a contrôlé le ballon.

— Huit minutes.

— Combien de tirs ?

— Six.

— Combien de buts ?

— Deux, et un autre offert sur un plateau à Mendoza.

— Impossible d'être plus efficace. Mortimer a démontré aujourd'hui qu'il est l'avant-centre dont l'équipe a besoin. A la cinquième journée de championnat, l'entrée de Mortimer a donné aux avants un mordant qui leur manquait depuis deux saisons. Il a suffi d'un après-midi pour que le public découvre Mortimer tel qu'il est : un cacique de la pelouse. Nous avons rarement vu un joueur doté d'un tel instinct de terrain. Il se démarque. Ouvre l'espace. Sait attendre la balle dos au but et pivoter dans un mouchoir, la jambe prête pour le tir.

Le public quittait lentement le stade, les visages en demi-lune car le nom de Mortimer accroché à leurs lèvres comme une guirlande de fête leur arrachait des sourires de satisfaction. Carvalho, près de l'escalier d'accès aux vestiaires, attendit que les gradins retrouvent leur impressionnante solitude avant de rejoindre Camps O'Shea qui précédait l'entraîneur vers la salle de presse. Discrètement à l'affût, les douze gardes privés chargés de la sécurité maintenaient leurs muscles et leurs regards tendus. Les projecteurs des différentes chaînes de télévision inondaient la porte des vestiaires de lumières crues ; à mesure qu'ils sortaient, les joueurs étaient éblouis et accaparés par le débit impressionnant des questions posées.

— Quelle différence avez-vous remarquée depuis l'arrivée de Mortimer ?

— Pourquoi avez-vous passé si peu de ballons à Mortimer ?

— Quelle est votre réaction quand le public prétend que vous êtes dix et Mortimer ?

— Est-ce le début d'une ère nouvelle, de l'ère Mortimer ?

— Qu'est-ce qu'on éprouve à jouer avec un *super crack* comme Mortimer ?

Sous la lumière crue des projecteurs, les joueurs semblaient si jeunes que Carvalho ne retrouvait plus ces marionnettes en uniforme, solides et décidées, qu'il avait vues courir sur le terrain, investies d'une signification de héros de fin de journée, comme aurait dit Camps O'Shea. Ils ressemblaient davantage à des enfants surpris dans un rôle qui les agaçait, attendant impatiemment d'être pris en photo pour rentrer chez eux, pressés de feuilleter l'album de photographies de leurs propres et étonnants triomphes. Et Mortimer était une sorte d'ombre blonde qu'ils acceptaient car elle leur offrait le privilège d'être les coéquipiers du triomphateur.

Quand enfin Mortimer en personne s'inscrivit dans l'encadrement de la porte 1, caméras et micros n'eurent plus d'yeux et d'oreilles que pour lui.

— Etais-tu à cent pour cent de tes moyens, cet après-midi ?

— Deux buts par match, ça va être ta moyenne comme en Angleterre, pendant tout le championnat ?

— Y a-t-il une différence entre les milieux de terrain espagnols et anglais ?

— Quelle impression ça t'a fait, quand le public a repris ton nom en chœur après le second but ?

Mortimer, par l'intermédiaire d'un traducteur mis à sa disposition par le club, expliqua que tout le mérite en revenait au travail d'ensemble de l'équipe et à la stratégie de l'entraîneur. L'interprète n'avait que l'embarras du choix des mots car il était considéré comme un des meilleurs traducteurs de Joyce en catalan et Camps O'Shea l'avait engagé, manière de lui octroyer une bourse, pour lui permettre de mener à bien, entre deux interventions sportives, sa traduction de *Dedalus*, après le succès, brillamment minoritaire, qu'avait obtenu sa version d'*Ulysse*. Il avait l'air de balbutier en répondant aux journalistes, comme si Mortimer était son ventriloque, parlant castillan ou catalan, en fonction de la charge de provocation contenue dans la question, avec l'accent anglais traditionnellement attribué aux Anglais quand ils s'expriment dans une langue étrangère quelconque. Mortimer reconnut Carvalho et lui fit un clin d'œil sans se départir du sourire de l'adolescent qui se laisse aimer, conscient d'être le talisman rédempteur d'un dimanche qui aiderait des milliers de personnes à affronter la dure réalité d'un lundi qui promettait un nouveau dimanche, une nouvelle exhibition de Mortimer, de nouveaux buts sur lesquels édifier une nouvelle légende. Carvalho suivit la foule insatiable des journalistes, photographes et caméras avides d'entendre Mortimer répondre inlassablement, chaque dimanche, à leurs questions illuminées par la présence de l'astre éclatant. Camps O'Shea arriva à temps de la salle de presse, où quelques rares journalistes désabusés avaient posé à l'entraîneur les éternelles questions rituelles, pour aider la nouvelle étoile à se frayer un chemin jusqu'à sa Porsche, un garde du corps posté à chacun de ses quatre points cardinaux.

— Allons, les gars, laissez-le partir, nous avons toute la saison devant nous pour le vider. Gardez-en pour dimanche prochain.

Un dernier micro qui se colla aux lèvres de Mortimer à l'instant où il s'asseyait devant son volant et quand ce dernier démarra, la voiture faillit emporter le bras tendu qui revint à la bouche de son propriétaire pour mettre un point final à deux heures de direct avec le public.

« Mortimer a l'air content, mais il nous a avoué qu'il n'avait pas encore atteint un rendement de cent pour cent. Le soulier d'or européen de la saison 1987-1988 doit encore s'acclimater aux conditions du football espagnol et vivre une expérience qui a fait échouer les grands joueurs étrangers. Il est facile de jouer sur son propre terrain, porté par des admirateurs qui protestent à la moindre agression, mais cela n'a rien à voir avec le jeu des autres stades espagnols où l'enthousiasme des arrières est parfois si excessif qu'on pourrait le prendre pour autre chose. Avant de rendre l'antenne, nous tenons à porter à votre connaissance les déclarations de l'entraîneur, dans un élan de sincérité qui l'honore : Avec des joueurs comme Mortimer, n'importe quel entraîneur doit gagner. Nous vous prenons au mot, *mister*. Si vous ne gagnez pas, Mortimer n'y sera pour rien. Il est encore trop tôt pour crier victoire, mais nous quittons ce grand stade avec l'impression qu'un nouveau dieu a été hissé sur les autels de cette ville : Jack Mortimer, soulier d'or européen de la saison 1987-1988 et déjà l'idole de supporters barcelonais de cette prometteuse saison 1988-1989. Cet homme est en or et remplira d'or tous les guichets des stades espagnols. A vous le studio. »

Carvalho sortit du stade en même temps que l'arrière-garde des spectateurs, au rythme sage et paresseux d'une fourmilière dominicale, comme si, flairant la trace de ceux qui les précédaient, les gens se dépouillaient peu à peu de leur condition de sujet collectif et recouvraient leur mémoire propre, le sens des pas qui les ramenaient chez eux et à la réalité quotidienne. La nuit était brutalement tombée, chassant aussi la foule hors du stade et les abords de la ville étaient envahis par une marée humaine, à pied et en voiture, qui tentait de fuir ce lieu qui avait donné tout ce qu'on pouvait attendre de lui. Des jeunes par petits groupes avaient l'audace de crier vive le club, dans l'indifférence générale, pour se faire plaisir, car le seul sujet de conversation consistait à remâcher mille et mille fois les passes et les buts de Mortimer. D'autres installations sportives du puissant club entouraient le grand stade, mais personne n'avait pu déloger le cimetière d'une ville autrefois souveraine et aujourd'hui engloutie par la grande Barcelone. Carvalho se rappelait vaguement qu'une vieille gloire du club gisait dans ce cimetière, un de ces joueurs dont les exploits aussi imaginaires que réels appartenaient à une légende dorée indispensable aux croyances mineures. Le joueur avait demandé à être enterré là : s'il ne pouvait plus voir les buts sur le stade, au moins dans sa tombe pourrait-il les deviner par les cris du public. Tu entends peut-être les buts, mais sais-tu qui les a marqués ? Devant la grille du cimetière, Carvalho avait entamé un dialogue muet avec cette gloire d'antan, un des éléments du collage de son enfance, quand, pour attirer les foules, on reproduisait son portrait sur les affiches annonçant les matchs du dimanche, fixées derrière les carreaux des lieux les plus fréquentés de la ville : l'inévitable boulangerie de l'inévitable pain noir de l'après-guerre, la teinturerie où s'épanouissaient les quatre filles de madame Remei, quatre tendrons en fleur qui marchaient dans la rue sous une pluie de sifflets lascifs, copropriétaires d'un corps qui jurait avec un après-guerre de rationnement général et uniformément obligatoire.

— Les buts d'aujourd'hui ont été marqués par Mortimer, dit Carvalho à voix haute devant la grille, et il attendit une réponse.

En vain. Il hocha la tête, doutant de sa propre sagesse, et retourna à sa voiture abandonnée de ses semblables, dans la position excentrique d'une automobile dérivant sur la solitude dépouillée d'un trottoir. Il tourna son capot vers Vallvidrera, vers les sommets se découpant à l'horizon, et brancha la radio qui n'arrêtait pas de commenter les rencontres de football du jour, de répéter les résultats, les paris mutuels, les classements, les réponses pertinentes des entraîneurs et des joueurs, prévisions dotées d'un don de prophétie oubliable, sans autre témoin à charge que la fugacité des ondes hertziennes. Le ronron des informations devint un fond sonore et il décréta mentalement que toute vraisemblance dans le cas Mortimer était indéfendable. Qui aurait voulu tuer ce garçon ? Pourquoi ? Dans quel but ? Chaque jour apportait sa contribution au dossier, mais Carvalho détestait encore plus le travail inutile que le travail utile. Utile ou inutile, le travail fatigue. Un mot dans la radio attira son attention. Raclant les fonds de tiroir des queues de classement de l'expectative sportive, le speaker donnait les résultats des matchs de division d'honneur et de ceux de promotion de deuxième division et soudain un résultat, un nom éclaira un recoin de la mémoire de Carvalho où était tapi un oubli, en réalité un souvenir.

— Centellas 1, Gramenet 0.

Centellas. Le Centellas existait encore. Le souvenir était une route suivie avec sa mère dans les années quarante. Ils quittaient la ville, par le sud ou par le nord, cherchant des fermes où le marché noir complétait la nourriture rare et routinière des cartes de rationnement. Au nord, au milieu des jardins et des fermes d'agriculteurs patentés ou des jardiniers du dimanche se dressaient les murs recrépis et surmontés d'une crête de tessons de bouteilles du Centellas Football-Club. Ce nom et toutes les images qui lui venaient à l'esprit évoquaient un club, une équipe du pays de son enfance, et en découvrant qu'il existait toujours — comme le Gramenet — et pouvait encore gagner par un à zéro, il éprouva la même impression que s'il avait soudain découvert au fond d'une poche de pantalon un croûton du pain noir datant de la guerre.

Dosrius acquiesça.

— Oui. Un à zéro.

— Ça ne va pas du tout.

— Il ne faut pas s'affoler.

— Le temps presse. On peut réviser la réglementation cadastrale du terrain du Centellas lors d'une cession à condition de signer l'accord quand personne n'en connaît encore l'existence. J'avais l'impression que c'était clair.

— Patience, Basté.

— Je suis très patient et tu le sais. La patience est presque toujours intelligente, sauf quand elle devient de la bêtise, et dans ce cas la patience est une bêtise. Je n'ai pas confiance dans ce Sánchez Zapico.

— C'est le plus intéressé. Il sait que nous l'avons fabriqué pour en faire le président du Centellas et qu'il est là pour ça. Mais il a raison quand il demande qu'on lui laisse les coudées franches.

— Dosrius, l'équipe a gagné et cela attire des supporters. Imagine que lors du prochain déplacement ils gagnent encore. Davantage de gens sur le stade, les bars du quartier se rempliront de photographies de l'équipe, les enfants... Qui viendrait proposer dans un tel climat d'acheter le terrain et de mettre la clé sous la porte ?

Dosrius ouvrit sa serviette et parcourut quelques notes. Sans aller jusqu'à donner à sa rencontre avec Basté de Linyola l'air d'une conversation d'affaires, il savait que Basté était attaché aux rites à condition d'être bref, et il avait appris à être aussi liturgique que bref. Basté retrouva sa sérénité et son siège derrière son bureau en palissandre, et lui fit signe de commencer.

— L'erreur de Sánchez Zapico a été justement de vouloir commettre trop d'erreurs. A la fin de la saison dernière, le comité directeur du Centellas fait pression pour l'obliger à renforcer l'équipe. Il s'en était fallu d'un cheveu qu'ils rétrogradent, ce qui était la mort assurée. Si tu veux, je peux te montrer les relevés des entrées. Bon. Sánchez, qui n'a rien d'un imbécile, leur dit qu'il peut contacter Alberto Palacín, un avant-centre qui a même été dans ton équipe, il y a une dizaine d'années, un gars prometteur qui avait joué plusieurs fois en sélection nationale. Rappelle-toi, ce boucher de Pontón l'a cogné si fort qu'il l'a laissé sur le carreau. Et depuis, il se traîne. Il est passé à la Ligue américaine, puis à l'Oaxaca et son dernier contrat venait à expiration quand il a reçu l'appel de Sánchez Zapico. Il m'en avait parlé et j'avais donné mon accord. C'était un joueur auréolé d'une certaine légende, on se souvenait de lui, mais il était fini. Sa vie personnelle est un désastre. Séparé de sa femme et cocaïnomane.

Dosrius prolongea la pause pour évaluer l'effet du mot sur Basté. Il y eut un bref battement de paupières, mais suffisant pour qu'il sache que l'information avait fait mouche.

— On le file depuis son arrivée à Barcelone et il est tombé tout seul dans la gueule du loup. Il a cherché une pension bon marché dans une rue du Barrio Chino, si tant est qu'on l'appelle encore ainsi aujourd'hui, parce qu'entre Raval, Barcelona Vella et Barrio Chino, je ne m'y retrouve plus. Enfin. Il a dû attendre quelques semaines qu'il a consacrées à rentrer en contact avec l'équipe, à chercher sa femme et son fils. Il ne quittait sa pension que pour aller au stade ou essayer de localiser sa famille. Sa femme vit avec Simago, je ne sais pas si ce nom te dit quelque chose. C'était un ancien trafiquant de joueurs, qui s'en est accaparé quelques-uns au début des années soixante-dix, ou peut-être un peu plus tard. Mais ensuite tout s'est mis à marcher de travers et il a dû partir en Amérique pour échapper à ses créanciers. Palacín découvre que sa femme est partie et il devient nerveux. Un jour il entre en contact avec une morue de la rue où il vit, qui lui procure la came ; et par-dessus le marché, ils s'envoient en l'air dans l'appartement de la pute, enfin, de nos jours un appartement désigne n'importe quoi. D'après ce que m'a raconté mon informateur, c'est un trou sordide dans lequel la putain vit avec... tiens-toi bien... avec Marçal Lloberola, le fils cadet de Lloberola... Je répète : Lloberola, le roi du désarmement naval, c'est comme ça qu'on le connaît sur le port. Une fortune, cent ans de règne sur le port de Barcelone et sur tous les chantiers de désarmement, la famille Lloberola. Quant à la fille, la putain, c'est une certaine Marta Becerra, camarade d'études du jeune Marçal Lloberola. Ils vivent à la colle depuis bientôt dix ans et ils se droguent. Et voilà, qui se ressemble s'assemble. Palacín remarque la fille, ils se voient et sniffent pour la première fois il y a six jours.

— Il y a eu une seconde fois ?

— Exact. Hier soir. A la fin du match, Palacín s'est baladé seul dans les environs du stade, puis il a pris un taxi qui l'a déposé à l'angle de la rue de l'Hospital et du passage Martorell. Il s'est arrangé pour rencontrer la pute et ils sont allés chercher de la coke à la Plaza Real, puis retour à l'appartement, enfin, comme d'habitude. Il est accroché et va craquer un jour ou l'autre. Sans son concours, le Centellas n'existe pas et c'est déjà un miracle qu'il ait marqué un but hier mais il a du style et de beaux restes. Je suis allé sur le terrain et il peut mobiliser les foules, c'est évident. J'en ai parlé à Sánchez quand on s'y est rencontrés comme par hasard, et il était inquiet. Il l'avait déniché pour être le début de la fin et l'affaire peut s'avérer plus compliquée.

— Cocaïnomane.

— Cocaïnomane.

Basté tordit le nez.

— Cette histoire ne me plaît pas. Elle peut être très sale, et je ne peux pas me salir.

— Je suis là pour ça, Basté.

— Ce n'est pas ce que j'ai voulu dire.

— Ce n'est pas toi qui l'as dit, c'est moi.

Basté avait utilisé Dosrius comme avocat chaque fois qu'il s'était attaqué à une affaire complexe, le genre d'affaires où son ex-femme l'aurait traité de spéculateur cynique, lui qui, depuis l'âge de trente ans, était parvenu à imposer au public une image d'honnête démocrate et de chef d'entreprise privée audacieux prêchant par l'exemple le néo-libéralisme créateur. Dès le début, Dosrius avait deviné que son rôle était de se débrouiller avec les données fournies par Basté, de lui proposer des solutions et d'assurer seul le déroulement des opérations, sans le mettre au courant en détail. L'affaire des terrains du Centellas impliquait aussi une bonne douzaine de constructeurs et d'industriels qui avaient mis en Basté toute leur confiance : ils voyaient en lui l'homme d'affaires chanceux qui bénéficiait d'une belle image de marque, acceptant même, dans les rares réunions discrètes qu'ils avaient tenues, d'être installés par Carles Basté de Linyola dans des fauteuils plus bas et moins confortables tandis que ce dernier agitait sa carcasse bien conservée et ses bras de concertiste dans un fauteuil pivotant Charles Eames commandé par son père dans les années trente et qu'il avait traîné derrière lui, de bureaux en officines, comme un porte-bonheur. Lors de ces rares réunions, Sánchez

Zapico apportait sa vulgarité brutale et ses ruses de chef d'entreprise matois, Dosrius la clarté technique et Basté la bénédiction apostolique. Bien que par le passé son nom ait brillé parmi les princes élus de la démocratie, il avait définitivement gagné le respect de ses associés en devenant président du comité directeur du club de football le plus puissant et le plus riche de la ville. Voilà une responsabilité qu'ils comprenaient. Et c'était bien la seule. N'importe quelle fonction, mis à part celle de chef de gouvernement, de ministre ou de président de la Généralité, leur paraissait incompréhensible ou indigne d'un personnage de cette trempe, dont le rayonnement était sans commune mesure avec son *curriculum vitæ*.

— Tu sais mieux que personne que le facteur temps est essentiel. Nous avons tout préparé. L'offre au comité directeur : immeubles, jardin public et zone de services avec garderie et centre social, y compris un local pour le troisième âge. La mairie nous couvre et les gains peuvent être fabuleux. Mais si jamais on laissait pourrir la situation, les vautours rappliqueraient et on ne risquerait plus d'être les premiers.

— Sánchez Zapico est déterminant.

— Sánchez Zapico est sûr tant qu'il est obligé d'être sûr. C'est un chiffonnier. A peine plus qu'un chiffonnier parvenu et un fabriquant de bêtises. Que peut-on attendre d'un fabriquant de dragées ?

— Qu'il ait les mains libres.

— Tu as les mains libres.

— Et les tiennes sont propres.

— Tu n'aurais pas dû dire cela.

Il était contrarié. Il n'admettait pas l'ombre d'un doute sur sa personne, ni de la part des autres, ni de la sienne propre. Il aimait à se regarder dans le miroir tous les matins et à reconnaître l'image que la ville avait de lui. Chacun son rôle, le sien était celui de la respectabilité.

— J'ai pensé...

— Ça m'a l'air parfait.

— Allons, n'aie pas peur. Je ne vais pas te décrire la solution que j'ai en vue, qui n'aura rien d'anodin, ça, tu dois l'accepter, et Sánchez Zapico va s'énerver. En réalité, c'est une partie d'échecs, j'ai fait une approche l'autre jour et ça ne lui a pas plu. Il a rappliqué chez moi à huit heures du matin ; j'ai essayé de noyer le poisson mais il n'est pas né de la dernière pluie. Ne le sous-estime pas parce qu'il fabrique des dragées.

— Je ne le sous-estime pas. Je me contente de ne pas jouer au golf avec lui. Il est devenu la risée du golf de San Cugat et de celui de Pals. Même les *caddies* se tordent de rire dans son dos, et sa femme ressemble à une coiffeuse de comédie de boulevard. D'une vulgarité... !

— Dès que je commencerai à déplacer mes pièces, Sánchez Zapico exigera une réunion du groupe et tu dois t'y préparer. Il a un profil de taureau et fonce bille en tête. Rappelle-toi le dossier que j'ai préparé sur ses activités, surtout la note consacrée à la contrebande de matériel photographique dans les années soixante et aux petites putes qu'il a entretenues avant de découvrir les salons de relaxation.

— Je n'y ai même pas jeté un coup d'œil.

— Conserve-le soigneusement. Je ne pense pas que tu aies besoin d'en faire état, moi si, mais à ce moment-là il réagira et il sait des choses sur moi. Sur toi, rien. Sur toi, personne ne sait rien.

A la faveur du silence qui suivit, Dosrius réalisa une fois de plus que le peu qu'il savait de Basté de

Linyola ne pouvait même pas éclabousser le bord de la manchette blanche de sa chemise car Dosrius était l'instigateur et le responsable de tout. Dix années d'avocat ouvrier, payé par l'argent des caisses d'organisations ouvrières clandestines. Dix autres comme avocat de chefs d'entreprise et presque sept à l'ombre impeccable de Basté de Linyola, comme page de son patriciat immaculé. Il avait connu les chaussures achetées à Can Segarra qui lui avaient mis les pieds en compote, et il en était maintenant aux chaussures italiennes ou commandées sur mesure ; après avoir voyagé sans costume de rechange, il avait pris l'habitude d'en acheter des neufs dans chaque ville, comme s'il était à la quête initiatique d'un nouvelle peau.

— Je vais être évangélique, Dosrius. Ce que tu dois faire, fais-le vite.

— Je vais te donner une réponse évangélique, Basté. Que la paix soit avec toi et avec ton esprit.

— Tu aimerais partir, Marçal ?
— D'où ?
— D'ici. De cette ville. Respirer un autre air.
— Avec quoi ?
— Je voyage une fois mes affaires réglées.
— Alors, ça ne vaut pas la peine de partir.
— Tu as raison.

Ils étaient enlacés comme deux naufragés sur leur matelas, îlot flottant sur un monde malade.

— Ça m'a fait du bien.
— Tu aimerais partir ?
— Quitter l'Espagne.
— N'importe. Avoir une route devant soi.

— Pour aller où ?

— Qu'est-ce que ça peut faire ?

Il s'était à demi redressé sur un coude et scrutait ce visage songeur, ces yeux froncés qui paraissaient chercher un trou dans les poutres pour y déverser leurs vies comme dans un égout libérateur.

— Profitons de ces doux instants, Marta.

— Ces doux instants.

— Ne te moque pas de moi. Je suis presque heureux.

— Profitons de ces doux instants, tu as raison. Si nous restons ici, qu'est-ce qui nous attend ? L'enfer de tous les jours. La merde quotidienne.

— Ce serait chouette de partir, tu as raison. J'aimerais aller dans un endroit au bord de la mer. La mer, ici, c'est comme s'il n'y en avait pas. Le Maroc. J'aimerais beaucoup aller au Maroc.

— Jusqu'au désert.

— Jusqu'au désert, répéta-t-il avec conviction. Mais avec quoi ? ajouta-t-il. D'où sortirons-nous le fric ? Si on faisait du stop, même un aveugle ne nous prendrait pas. Rappelle-toi ce qui nous est arrivé cet été à Port de la Selva.

— Nous avons besoin d'argent.

— Si tu penses à mon père, tu peux t'enlever ça de la tête. Il a même engagé un garde privé, tu vois le genre, et il l'a engagé pour m'empêcher d'approcher à moins d'un kilomètre à la ronde.

— Qui parle de ton père ?

— A quoi penses-tu, alors ?

— Pour le moment, moi, je ne pense pas. Je calcule. Je flaire. J'imagine. Vas-y, toi aussi. Sortir de ce trou un beau matin, aux aurores, quitter tout ce merdier et voir s'ouvrir devant soi toutes les possibilités, absolument toutes. Tu te souviens de ce film de robots avec un Chinois ? Non. Tu es incapable de te souvenir de quoi que ce soit.

Elle le regardait maintenant comme un monstre qui, fait incroyable, avait partagé son lit et sa vie.

— Tu as la cervelle qui coule, Marçal.

— Et toi, qu'est-ce que tu crois...

Mais il lui donnait raison. Il avait parfois l'impression que sa cervelle se liquéfiait et il ne pouvait tourner la tête à droite ou à gauche sans sentir les va-et-vient du liquide.

— Quel âge as-tu ?

— Je ne sais pas. Trente ans peut-être.

— Trente-deux. Comme moi. Et tu crois pouvoir durer longtemps dans l'état où tu es, dans l'état où nous sommes ?

— Longtemps... murmura-t-il non sans une certaine perplexité.

— Mais tout n'est pas perdu, lui souffla-t-elle en crispant sa main sur son bras. Il faut oser pour franchir le pas. Tu es prêt ?

— Qu'est-ce que j'en sais ? Tu es en plein trip, Marta. Tu es de bonne humeur parce que tu planes. Quand tu es de bonne humeur, tu planes toujours.

— Tout n'est pas perdu et nous avons besoin d'argent.

— Je ne te le fais pas dire.

Et il envisagea toutes les possibilités sans voir autre chose que le visage rébarbatif de son père lui coupant les vivres ou les maigres ressources que Marta gardait dans son sac.

— Imagine que nous changions d'air, que nous ayons de la chance : nous arriverions dans une de ces villes où tout le monde est habillé en blanc et porte des panamas. Avec des ventilateurs aux plafonds et des carafes pleines de rafraîchissements aux couleurs ravissantes, et toi et moi, nous serions monsieur et madame Untel ou Untel.

— Une ville avec des billards.

— Un billard. Voilà. Un billard.

— Je me raserais et je me laisserais pousser une moustache très fine.

— En hiver, tu porterais un foulard en soie et des chemises de soie en été.

— Des chemises en soie, j'en avais. J'aimais beaucoup la soie et ma mère m'offrait une chemise en soie à chacun de mes anniversaires.

— Justement.

— La soie ! J'avais oublié mes chemises en soie. Qu'est-ce qu'ils ont bien pu en faire ? Elles doivent être à la maison. Et elles sont à moi.

— Tu en aurais des neuves. Tu t'imagines, avec une chemise en soie, penché sur une table de billard ? Tu dois être très beau quand tu joues au billard. Tu as bien le genre d'un joueur de billard. Et tout le monde se demanderait : qui est ce beau mec qui joue si bien au billard ? Et moi, je serais peut-être la patronne de la boîte.

— Ça t'irait très bien d'être la patronne de la boîte. Je parle sérieusement. Tu as un côté patronne.

— Et tout le monde se dirait : d'où viennent monsieur et madame Untel ? Et toi et moi, on les lancerait sur des fausses pistes. Je serais ravie qu'ils nous croient Australiens. Tous les gens devraient venir d'Australie.

— Et si on allait en Australie ?

— Pourquoi pas ? Un de ces endroits où on repart de zéro.

— Finalement, on a presque une licence. On pourrait donner des cours de quelque chose.

— De sniff et de baise. Imbécile.

Tout redevenait comme avant. Même la voix glacée de Marta et ses regards féroces qui secouaient son désarroi redevenaient comme avant.

— Mais qu'est-ce qui te prend ? Tu recommences ton cirque ?

— Tu vas donner des cours de quoi ? Dis-le-moi. Tu veux revenir au passé, mener une vie de repenti ? Ça, pas question. Il faut sauter le pas. Comme si nous venions de naître.

— D'accord. Ça me va.

— Maintenant que tu es plus tranquille, écoute-moi bien. Qu'est-ce que tu ferais pour y arriver ?

— Je donnerais dix ans, vingt ans de ma vie.

— Ne sois pas aussi généreux avec ce que tu n'as pas. Une demi-heure suffit. Notre sort peut changer en une demi-heure.

Elle ne voulait pas l'irriter en lui démontrant qu'il se voilait la face devant ce qu'elle voyait comme une évidence ; lui, de son côté, faisait semblant de réfléchir, attendant qu'elle lui révèle ses intentions. Il envisageait les possibilités les plus désespérées et son cœur bondit soudain :

— Tu ne veux pas... ?

— Je ne veux pas quoi ?

— Tu ne veux pas que nous fassions un coup !

— Modère ton langage, mon cœur, on n'est pas au cinéma.

— Un hold-up ou un truc de ce genre.

— Un truc de ce genre.

— Marta, j'ai trop la trouille pour une chose pareille. Le vol à la tire, d'accord. Mais je ne me vois pas risquer des années de taule à la Modelo. Je mourrais dans les trois jours. On nous séparerait.

— Le vol à la tire, tu l'as déjà fait.

— Ça oui.

— Eh bien, c'est le même genre.

— Le vol à la tire ne te donnera jamais les moyens de partir.

— Pourtant, c'en est un, ou presque ; et je sens le fric, du fric à gogo. Pas très propre, mais à gogo. Viens.

Elle se leva, le tira par le bras hors du matelas et l'obligea à la suivre en titubant jusqu'à la fenêtre. Dans la rue s'élevaient les rumeurs du soir plus frais et le soleil couronnait d'ors tristes les derniers étages de la rue Robadors.

— C'est là. A trente pas. A portée de la main. Cette bonne femme est pleine aux as et m'a avoué qu'elle garde tout chez elle parce qu'elle n'a pas confiance dans les banques, mais à mon avis c'est plutôt pour ne pas payer d'impôts ou pour faire de l'usure.

Elle le planta devant la fenêtre et alla chercher son sac. Elle revint près de lui et lui tendit une clé.

— Je l'ai fait faire l'autre jour. C'est la copie d'un double qu'elle range dans un tiroir de sa cuisine, sous une garniture en plastique, là où elle range le pain. On peut y aller quand on voudra, pour lui piquer son argent. L'après-midi, elle va prendre l'air et il n'y a pas de pensionnaires, à part un vieillard inutile qui peut à peine bouger de son lit. Je vais lui en donner, moi, des sandwichs aux sardines et des cafés au lait !

— Trop facile.

— Et alors ! Cette tordue qui joue les grandes dames devant les minus m'a prise pour une malheureuse pendue à ses jupes toute la journée dans l'espoir d'une aumône. Elle n'a pas besoin d'argent. Elle a accompli tout ce qu'elle avait à faire dans cette vie, et la seule chose qui l'intéresse maintenant, c'est de voir s'allumer et s'éteindre l'enseigne de son immonde pension, de se mettre au balcon pour prendre le frais et de surveiller tout ce qui se passe dans la rue.

— Trop facile.

— J'y ai réfléchi. J'y ai beaucoup réfléchi. Il s'agit de prendre le fric et de nous tirer. Tu voles une voiture à l'autre bout de la ville et tu la gares au parking derrière la Boquería. C'est un parking ouvert, personne ne contrôle les entrées ni les sorties. Il est à deux cents mètres. Nous entrons dans la pension, nous piquons le pognon et nous roulons tant qu'on aura de l'essence. Après, avec l'argent dans la poche, tout deviendra facile.

— Trop facile.

— Tellement facile que même toi tu ne pourrais pas rater un coup pareil.

— Ça peut tourner mal.

— Tu as déjà vu pire que ça ? — et elle s'offrait à ses regards, aussi nue et délabrée que les murs et l'air qu'ils respiraient.

— Au Maroc.

— Où tu voudras. Le désert. Le billard. Les chemises en soie. Tends la main. Passe le bras à travers la fenêtre.

Il s'exécuta. La main tournée vers le soir. Comme une serre.

Sa dernière conversation avec Charo lui avait donné du vague à l'âme, et il constatait une fois de plus que l'âme est une sorte de tumeur pesante qui révèle à chacun toujours son côté obscur. Le travail lui avait fait oublier le problème de Bromure, et son cerveau se fixa soudain sur l'image de Charo et

Bromure unis par une solidarité dont il était écarté et même exclu. C'était presque de la mauvaise conscience, aussi, avant d'aller retrouver le cireur de bottes, il tendit une perche en or à la femme qui la saisit avec tendresse et chagrin à l'autre bout du fil. A peine lui avait-il proposé d'aller au restaurant que la tristesse devint joie. Ils se donnèrent rendez-vous à *Casa Isidro*, rue Les Flors, à la limite des Rondas, à quelques mètres de l'étonnante église romane de Sant Pau del Camp. Charo arriva, arborant coiffure et tenue de restaurant, mais avec une surdose d'Eau de Rochas qui risquait de nuire à la finesse de l'arôme des plats. Il fit en sorte de s'asseoir en face d'elle, en échange il la laissa décrire longuement la longue expédition entreprise avec Bromure, semée d'analyses, d'examens, d'allées et venues et de consultations en tout genre.

— Tu n'as aucune idée de ce qu'est la Sécu, Pepe. Il y a combien de temps que tu n'es pas allé chez le médecin ?

— Depuis la balle que m'avait collée ce Siamois.

— Ne m'en parle pas, Pepe, tu m'en donnes encore la chair de poule.

Charo était mûre et jolie. Elle mûrissait avec une dignité pleine d'embonpoint, et ce qu'on aurait pu prendre pour de la tendresse fut interrompu par la savante introduction du menu d'Isidro et de Montserrat, les propriétaires du restaurant, un couple qui voyait en Carvalho un connaisseur et un fin dégustateur des vins de Cigales qui garnissaient leur cave. Au « quoi de neuf ? » innocemment lancé par Carvalho, ils répondirent sans broncher foie gras à la crème de lentilles vertes, foie gras en hors-d'œuvre, *ris de veau*[1] à la crème de citron vert, morue gratinée au parfum d'ail, les *farcellets* de chou à la langouste et aromatisés au safran, le loup à la *ciboulette*[1], la sole aux mûres et ils s'arrêtèrent à la fin de cette énumération de nouveautés, imperturbables, inconscients de la profonde commotion qu'ils avaient déclenchée dans l'esprit d'un Carvalho indigné d'être obligé de choisir parmi tant de possibilités.

— Un peu de tout, dit-il ironiquement.

Isidro l'avait noté, croyant que c'était sa commande ferme, et Carvalho dut l'annuler et revenir à un langage plus prosaïque. Charo opta pour la sécurité : foie gras en hors-d'œuvre et sole aux mûres ; Carvalho préféra déguster le foie gras à la crème de lentilles vertes et, comme plat de résistance, le ris de veau à la crème de citron vert.

— Bromure, quand il était jeune, voyant toutes les femmes et les besoins à satisfaire, déplorait que Dieu lui ait accordé si peu de temps et j'éprouve aujourd'hui le même sentiment en cuisine. Je ne vivrai jamais assez pour pouvoir tout goûter.

— Chez toi, Pepe, c'est de la gourmandise.

— Chez moi, c'est de la curiosité, celle du badaud presque sûr que bientôt il ne verra plus certaines choses.

— A croire que tu vieillis.

— Au jour d'aujourd'hui, personne ne sait ce qu'est un vieux. Eux seuls le savent, et je ne me sens pas encore vieux. Tiens, vois comme le mot même a disparu du vocabulaire. On parle des gens du troisième âge. Ça me rappelle les années du franquisme où les ouvriers étaient appelés des producteurs. Etre ouvrier était politiquement obscène et dangereux.

1. En français dans le texte. *(N.d.T.)*

— Ne me déprime pas davantage, Pepe. Allons, du vin et de la gaieté.

Il redoutait Charo quand elle se laissait aller à libérer les instincts orgiaques de Méridionale qui sommeillaient en elle.

— Ah, Pepe, quel vin ! Délicieux, divin.

— Et Bromure, qu'est-ce qu'il a ?

— Ah, Pepe, je vais me mettre à pleurer. Attendons le dessert. Qu'y a-t-il comme dessert, Pepe ?

— Des *profiteroles* [1], par exemple, ou une terrine d'oranges au Grand Marnier.

— Alors non. Parlons tout de suite de Bromure, car je suis très gourmande et je tiens à prendre mon dessert dans la joie.

— C'est mieux d'accompagner Bromure avec le foie gras.

— Tu vas me le faire détester, Pepe. Tu sais, c'était tellement triste... As-tu déjà vu les sous-vêtements de Bromure ?

— Non.

— Eh bien, je n'ai pas pensé à le prévenir et quand je l'ai emmené le premier jour pour je ne sais quoi, un scanner, les rayons X ou la radio des intestins, je ne sais plus les examens qu'on lui a faits... eh bien, tu sais, Pepe, quand ce pauvre garçon s'est retrouvé en caleçon, je ne savais plus où regarder. Des caleçons comme en portait mon père. Et raccommodés, avec des taches d'urine sur la braguette, et son maillot de corps, une vraie loque, propre, mais en loques. Mais mon pauvre ami, lui dis-je en profitant d'une sortie de l'infirmière, tu n'avais rien de mieux à te mettre ? Et il s'est vexé, Pepe, cette manie des sous-vêtements c'est de la connerie, il m'a dit, et nous

1. En français dans le texte. *(N.d.T.)*

sommes venus au monde tout nus et nous mourrons tout nus, et pendant la campagne de Russie il se mettait des journaux à la place du maillot de corps et Franco avait fait la sécurité sociale pour permettre aux travailleurs d'aller voir le médecin quand ça leur chanterait. L'infirmière était revenue dans la chambre quand il parlait de Franco et la gonzesse lui a balancé un de ces regards... Je me suis dit : Charo, cette fille va lui faire la peau, et je lui ai souri, comme si Bromure était cinglé, et j'ai dit : Qu'est-ce que tu vas chercher. L'infirmière n'était pas du genre à s'en laisser compter et elle m'a demandé si c'était mon père, avec ce caleçon et ce maillot, et j'ai répondu précipitamment que non, pas du tout, si précipitamment que Bromure s'en est aperçu et ça lui a fait un coup, Pepe, j'en avais la gorge nouée et j'étais tellement furieuse contre moi que j'ai ajouté : Mais c'est comme si. Alors le vieux s'est attendri.

La bouchée de foie gras à la crème de lentilles vertes que Carvalho avait soigneusement plantée au bout de sa fourchette se figea. Il se brossait le tableau à grands coups de pinceau crasseux, crasseux de décadence et de tristesse, et il se racla la gorge pour laisser passer la nourriture.

— Et côté santé ?

— Ça s'annonce mal, Pepe.

— Plus précisément ?

— Il a de tout. Anémie, cirrhose, un rein qui déconne et ils n'ont pas encore tout trouvé.

— Alors, pas la peine qu'ils continuent. Ces mecs sont capables de trouver qu'il est enceinte.

Charo éclata de rire si brutalement qu'elle recracha dans le plat une partie de ce qu'elle avait mis dans la bouche, et son rire finit par gagner tout le restaurant.

— Mais je ne peux pas m'arrêter, Pepe !

Carvalho décida de se concentrer sur ce qu'il avait dans son assiette et Charo entama un dialogue discret avec elle-même pour essayer de se calmer, elle noya son fou rire dans ses hoquets et ses larmes et retrouva sa tristesse pour Bromure.

— C'est injuste d'arriver si seul à son âge.

— Si on faisait la liste des injustices, il y en aurait d'autres plus criantes. Tu l'as accompagné ; Biscuter lui a proposé son aide. Moi-même, je lui donne un coup de main.

— Il va mourir, Pepe.

— Non.

C'était un non sec et irrationnel, comme si la mort éventuelle de Bromure était une idée agressivement dirigée contre lui. Il essaya d'imaginer un instant son univers affectif sans Bromure, mais en vain. Il était inconcevable de descendre dans le bas-ventre de la ville et de ne pas y trouver Bromure, petite bestiole nichée dans les replis les plus sordides de Barcelone, bestiole tendre et blessée, fragile et savante.

— Tu déconnes, pourquoi veux-tu qu'il meure !

— Ne te mets pas dans cet état, Pepe, ça nous arrivera aussi, et Bromure ne va pas bien du tout. A l'entendre, c'est à cause de toutes ces saloperies qu'on nous fait boire et bouffer. Tu le connais, il est persuadé que les mairies mettent du bromure dans l'eau courante pour empêcher les hommes de bander. Et maintenant, il prétend qu'on pollue tout pour faire mourir les gens et supprimer le chômage ; d'après lui, Reagan et Gorbatchev mettent ça au point quand ils se rencontrent ; et il nous faudrait un nouveau général du genre Muñoz Grandes pour nous faire marcher droit...

— Je connais la chanson. Ecoute, le sujet Bromure, c'est terminé, ça m'empêche de savourer mes plats. On reprendra au café. A la place d'un calvados, je prendrai de l'eau minérale et nous essaierons de trouver la meilleure solution.

— Moi, je le ferais entrer à l'hôpital.

— Faire entrer Bromure à l'hôpital ?

— Dans un établissement où on le soignerait. Il ne peut pas finir ses jours sur un tabouret de cireur de bottes ou au fond d'une impasse.

— Ce n'est plus un enfant, et il n'est pas fou. C'est à lui de choisir. Mais si on l'hospitalise, on le tue. Bromure est vivant parce qu'il respire la merde de son quartier.

— Moi je l'ai vu avec une telle pétoche, le pauvre, que je ne sais plus ce qui est vrai. Si tu l'écoutes, il ne comprend plus rien, cette ville n'est plus ce qu'elle était et il ne peut pas s'expliquer ce qui s'est passé ici : avant, c'était une sorte de village de putains, de maquereaux et de truands, et maintenant, ça grouille de canailles en acier inoxydable !

De canailles en acier inoxydable et probablement branchées sur une banque de données de canailles en acier inoxydable par des fils cybernétiques minuscules faits d'un néant saturé de cruauté. Lui aussi, ces derniers temps, il avait eu peur, plusieurs fois, comme s'il avait définitivement accepté de ne plus être la mesure du monde extérieur, ni intérieur, mais seulement un survivant précaire.

— Tout est excellent, Pepe. Isidro, félicite le *maître d'hôtel*[1].

Carvalho était gêné de voir Charo confondre le *maître d'hôtel* avec le cuisinier et distribuer des félicitations dans les restaurants comme un vulgaire

1. En français dans le texte. *(N.d.T.)*

Biscuter jouant les hommes du monde. Isidro, étant à la fois propriétaire et *maître d'hôtel*, inclina la tête et se félicita lui-même sans piper mot.

— Mais Charo, le *maître d'hôtel*, c'est lui.

— Je ne saurai jamais. Je crois toujours que le *maître d'hôtel*, c'est celui qui porte un bonnet blanc. Ce n'est pas le type le plus important ?

Il essayait depuis plus de quinze ans d'inculquer une culture gastronomique à Charo, mais elle ne savait toujours pas distinguer un *maître d'hôtel* d'un cuisinier.

— On vous appelle au téléphone.

Carvalho prit la communication et Biscuter lui transmit un message urgent. Camps O'Shea avait appelé et il devait le contacter immédiatement.

— Il a insisté sur le *immédiatement*.

Charo termina ses profiteroles avec une lenteur rageuse. Elle avait espéré jouer les prolongations après le repas, dans son appartement, et avait mis des dessous rouges qui avaient arraché à Carvalho des cris distraitement extasiés, comme d'habitude, lors d'une de leurs meilleures rencontres de ces derniers temps. Une fois seule, elle fondit en larmes, la serviette sur les yeux. Elle s'abusait elle-même en se disant qu'elle pleurait sur Bromure. Pauvre Bromure, ne cessait-elle de dire. Mais elle savait que ce n'était pas vrai.

Camps O'Shea se promenait de long en large dans son bureau, d'une démarche élastique, offrant à la moquette la plus chère du monde son bonheur d'acteur récitant le contenu d'une feuille de papier qu'il tenait à la main.

— Tenez. Ou plutôt écoutez, Carvalho. Notre homme se surpasse. Ecoutez bien :

« J'ouvrirai les cages où vous enfermez vos animaux de luxe et l'éclat de leurs muscles illuminera le crépuscule mieux que la lune de Samarkand.

« Mais dans sa course un animal révélera sa blessure mortelle et n'arrivera pas aux portes de la ville. Le scandale est là. L'agneau expiatoire exigé par ma théorie de la cruauté. Celui qui doit mourir pour que soient libres les autres et vous, les marchands de muscles, les coupables moraux de cette histoire.

« Celui qui doit mourir montera aux cieux de l'innocence. Le sang lavera mes mains car elles seront l'instrument d'un ordre nouveau sur la Terre. Pour toutes ces raisons, et c'est une prophétie, l'avant-centre sera assassiné en fin de journée. »

— Qu'en pensez-vous ?

— Fastueux. C'est écrit par un gardien.

— Par un quoi ?

— Par un gardien. Je ne vois pas très bien de quelle catégorie, parce qu'il y a de plus en plus de catégories de gardiens. Observez les manies qu'il décrit : ouvrir les cages, régler la circulation de la ville et même celle des cieux.

— C'est magnifique.

Camps O'Shea était si indigné de l'insensibilité poétique de Carvalho que ses joues avaient viré au rouge, et il lui tendait la feuille comme une preuve manifeste de la magnificence de l'écrit.

— Quel qu'en soit le rédacteur, vous ne pouvez nier un élan lyrique, élégiaque plus exactement.

— Quand on aura mis la main dessus, on lui confiera la rubrique nécrologique.

— De grâce, Carvalho, ne le minimisez pas.

— Vous savez quoi ? Ce type ne tuera personne. C'est un dingue qui joue avec le feu des lettres anomymes pour proposer sa candidature aux prochains jeux Floraux. Voilà.

— S'il manque une chose à cette poésie, c'est bien l'aspect floral. C'est justement le texte le plus antifloral qu'on ait jamais écrit. Définissez-vous. Engagez-vous, Carvalho, dites-moi pourquoi vous accusez cette écriture d'être florale. Dites-le-moi.

— Ne perdons pas notre temps.

Camps O'Shea secoua la tête, têtu et mécontent.

— Non, non. Pas question de laisser passer cette allusion aux floralies. Soyons sérieux. Nous sommes en train d'analyser un texte grave et important. Il y va de la vie d'un homme.

— D'un héros. De la vie d'un héros du dimanche et de la carrière littéraire d'un dingue.

Camps O'Shea était furieux et Carvalho comprit qu'il l'était pour deux raisons : la mauvaise humeur de Carvalho, et son intérêt pour cette lecture, suscité par cette troisième lettre anonyme, et qu'il ne pouvait plus renier.

— Il est essentiel de ne pas le minimiser, car une analyse de fond peut nous amener à découvrir son auteur. Je ne vous propose pas une analyse de contenu comme celle de l'inspecteur Lifante. Des sornettes. Je me suis livré à une analyse sommaire et non professionnelle, mais je crois être un bon lecteur, je pressens une personne réelle derrière cette déclaration. Ouvrir les cages... C'est l'indice d'une familiarité avec le spectacle offert chaque dimanche quand les joueurs débouchent soudainement sur le terrain. N'avez-vous pas eu vous-même souvent cette sensation, comme si on leur avait ouvert la cage ? Poursuivons. L'éclat des muscles... souvenez-vous des muscles luisants des joueurs quand ils entrent dans le stade, beaucoup d'entre eux viennent de passer sur la table du masseur et leurs muscles brillent effectivement, or le spectateur ne voit pas cela des gradins... C'est l'indication d'une proximité. Il s'agit d'un individu qui se trouve ou s'est trouvé vraiment près des joueurs. Peut-être tout près de Mortimer. Samarkand. Que vous dit le mot Samarkand ?

— Anne Blyt.

— Pardon ?

— Je me souviens d'une histoire de Mongols que j'ai vue quand j'étais adolescent. Ce film s'appelait *La Princesse de Samarkand* et Anne Blyt en était la vedette.

— Un peu de sérieux, Carvalho. N'éludez pas la richesse sémantique du mot. C'est un toponyme évocateur, comme Asmara ou Cordoue. Je n'arriverai jamais à Cordoue. Samarkand. Certains noms de villes évoquent leur histoire et leur légende. Asmara, la cité perdue dans les sables du Sahara. Samarkand, capitale de Tamerlan, centre vital d'une Asie brutale et pourtant civilisée par le poids du pouvoir, par son rayonnement. Et l'euphonie, remarquez l'euphonie : Samarkand.

Carvalho débrancha son oreille et se pencha sur le surréalisme de la situation. Ce type était victime d'un mal qui ressemblait au syndrome de Stockholm. Le genre à aimer qu'on le séquestre. Il ouvrit la bouche pour flétrir toute cette poésie.

— En plus, c'est un pédé.

— Qui est un pédé ?

— L'auteur de cette prose. Tant de muscles, tant d'éclat sur les muscles...

— Vous me décevez, Carvalho. Admettons l'hypothèse qu'il est pédé, et alors ?

— Rien. Il est pédé. Il y en a qui sont de Cuenca et d'autres qui sont pédés. Vérités objectives ou statistiques, ça dépend du point de vue.

— Non, non, Carvalho, n'éludez pas ce que vous venez de dire. Souvenez-vous : et en plus, c'est un pédé. Et en plus... Cela implique un jugement négatif sur la personnalité sexuelle et supposée de ce monsieur.

— C'est peut-être une femme, je retire donc ce que j'ai dit.

Camps O'Shea était déconcerté ou fatigué. Il se retrancha derrière sa table, en palissandre aussi, mais plus petite que celle du bureau de Basté de Linyola, et chercha dans le silence un facteur de sérénité dont il avouait avoir besoin.

— Cette histoire commence à me taper sur les nerfs.

— Je comprends. Mais elle m'inquiète de moins en moins. Je suis de plus en plus convaincu qu'il s'agit d'exhibitionnisme pur ; un mec est en train de se foutre de nous et de se prouver à lui-même qu'il est plus intelligent que nous. Vous avez envoyé le message à la police ?

— Naturellement.

— Et alors ?

— Vous connaissez Contreras. Il a ironisé sur vous et sur les intellectuels qui veulent devenir criminels. Réaction grossièrement corporatiste. Entendons-nous bien, Carvalho. Je ne fais pas un mythe de cet individu. Absolument pas. Mais j'accorde une certaine valeur à ce qu'il écrit, ce qui m'amène à une conclusion différente de la vôtre. C'est peut-être dangereux. Il est dangereux d'avoir de l'imagination par les temps qui courent. Au milieu de toute cette médiocrité, et même si nous en sommes complices, un homme doué d'imagination est dangereux.

— Que fait un garçon comme vous à un poste comme celui-ci ?

Camps haussa les épaules mais sourit, flatté. Enfin, quelqu'un percevait son malaise profond.

— Il faut bien faire quelque chose. J'ai fait des études d'art et je voulais monter ma propre galerie ou devenir expert de haut vol. Surtout pas l'enseignement. Enseigner à qui ne sait pas est l'apanage des médiocres et cela finit par fossiliser à plus ou moins long terme. Mais je ne disposais pas de capital personnel et j'ai un père très droit. Très droit, comme on disait autrefois. Il ne voulait pas lâcher un sou pour les bagatelles de l'esprit, selon ses propres termes. Mon grand-père, c'était autre chose. Aucune initiative culturelle dans tout Barcelone qui ne fût financée par lui. Ce qui ne l'a pas empêché de s'enrichir, et surtout l'a rendu plus noble. Je tiens de mon grand-père. Quand Basté m'a tendu cette perche, j'ai pensé que ce travail pouvait être intéressant, et il l'est. Une entité de ce genre comporte une dimension culturelle impressionante. C'est un phénomène de conscience. Une idée incarnée dans la masse, dépendant de celui qui la modèle. La masse est bête et le public du football est un sujet collectif, infantilisé et névrotique. Autrement dit, on m'offrait une matière plastique, vous comprenez. Je peux la pétrir de mes mains.

Carvalho n'aimait pas les confessions, mais celle-ci l'avait intéressé et il contemplait monsieur Relations Publiques comme s'il le voyait pour la première fois, et il lui était reconnaissant jusqu'à l'extase de cette surprise. Camps avait besoin de surprendre et envoyait des signaux de détresse. Voici ce que je suis. Je ne suis pas ce majordome que vous avez vu dans les conférences de presse, les conversations avec Mortimer ou avec Basté.

— Vous avez découvert quelque chose, de votre côté ?

— Oui et non. Je suis sûr qu'il n'existe aucun complot visant à tuer ce garçon, et je ne vois pas de cause logique à une conspiration. Basté vient d'être élu, l'équipe marche bien et aspire à gagner le championnat. Aucun groupe d'opposition en vue. Pas de rivalités entre joueurs car Mortimer vient d'arriver et n'a pas encore eu le temps de se créer des ennemis sur le terrain et en dehors. Nous sommes donc en présence d'une exception. Trop exceptionnelle. Ces phrases pourraient être prises au sérieux si la cible était un chanteur de rock. Les rimailleurs peuvent tuer les grands poètes, pas un footballeur. Ces... disons, ces poèmes sonnent faux, et je crois que ce qui sonne faux, c'est le terme « mort ». Ça m'a l'air d'une simple coquetterie verbale.

— Espérons, décréta Camps, et son soupir annonçait la fin de la conversation et de l'audience. Je regrette, mais j'ai rendez-vous avec Dorothy pour aller faire des courses. Nous avons pu nous débarrasser de la tante : elle prépare ses valises pour retourner en Angleterre. Elle est enfin convaincue que les virus du sida ne courent pas les rues et Dorothy a envie de se promener en ville et de lécher les vitrines sans avoir sa tante sur le dos.

— Vous allez faire des courses ?

— Vous êtes contre ?

— Je préfère cent fois un interrogatoire serré de la police que de faire des courses avec une femme.

— Moi, j'adore et c'est curieux, je peux être un excellent guide des *boutiques*[1] pour dames. J'ai une sœur avec qui je m'entends très bien et elle me demande toujours de l'accompagner. Elle prétend que j'ai un goût très sûr. Vous voulez vérifier ? Vous venez avec nous ? Dorothy doit déjà m'attendre en bas.

Carvalho descendit avec lui car il avait très envie de revoir cet animal qu'il pressentait puissant, dont l'épiderme rosé avait cette nudité essentielle, cette douce consistance typique des Anglaises. *Voyeur*[1]. Il se traita de *voyeur* en prenant conscience qu'il était en train de déshabiller du regard la jeune femme qui portait une robe verte en laine légère, ajustée à la taille et épousant les rondeurs d'un cul opulent et néanmoins ferme. Et que dire de cette flamboyante explosion de cheveux roux ! De cette bouche de plante carnivore ! De ces yeux de piment vert ! Il lança des regards d'envie à Camps O'Shea quand il le vit s'éloigner avec la fille à bord de l'Alfetta d'importation de ce majordome si contradictoire. Mais une intuition non explicite lui soufflait que la jeune personne était regrettablement en sécurité.

Le cerveau de la ville et même du pays savourait comme un nectar la nouvelle preuve de son intelligence : la victoire de Mortimer et des siens sur « le terrain toujours dangereux du Betis », et il n'avait quasiment plus de place pour assimiler le surprenant match nul du Centellas — qui avait pourtant figuré en bonne place dans la mémoire collective — contre

1. En français dans le texte. *(N.d.T.)*

La Vidrera, des joueurs coriaces, grâce à un nouveau but imprévisible de Palacín. A peine trois lignes dans un résumé des résultats de la promotion de deuxième division, consacrées uniquement à « l'effet Palacín » sur la médiocre équipe du Centellas. Mais c'était mieux que rien et l'après-midi, sur le terrain du Centellas, à l'heure de l'entraînement des joueurs professionnels et des *amateurs*[1] qui pouvaient se le permettre, on commença par déguster ces trois lignes, premiers signes particuliers d'une identité naissante, et Palacín fut entouré du halo invisible de l'élu : grâce à lui, on était dans le journal.

— Les buts, c'est moi qui te les passe, hein, maestro.

— Je me demande ce qu'on ferait sans toi, Confucius.

— Allons, allons, c'est l'heure de transpirer. Nous n'en sommes encore qu'au début. Si je n'étais pas là pour vous faire transpirer, vous n'auriez même pas assez de couilles pour lacer vos chaussures.

Les joueurs se mirent à l'entraînement avec un enthousiasme qu'ils n'avaient pas connu depuis bien longtemps. Si le Centellas se faisait remarquer, les observateurs des grandes équipes reviendraient et on pourrait de nouveau espérer cet appel qui change une vie et donne un sens définitif au rêve de toujours. Seul Palacín ne partageait pas l'euphorie générale ; il courait, sautait, s'échauffait ou dribblait des bidons stratégiquement répartis sur le terrain, mais sans entrain, comme s'il avait la tête ailleurs, on ne savait où. Il fut tiré de ses réflexions par les agressions de Toté quand ils jouèrent la mini-partie ; l'indignation le ramena sur terre et il se mit à jouer des pieds et des

1. En français dans le texte. *(N.d.T.)*

coudes dans une guerre de chocs qui obligea l'entraîneur à intervenir.

— J'en ai plein les couilles de vous deux ! Qu'est-ce que vous voulez prouver, merde ?

Mais il ne regardait pas Toté qui piaffait comme un taureau, il s'adressait à Palacín.

— Toi, joue normalement, et ne laisse pas les buts te monter à la tête.

— Ce mec est un assassin.

— Et ta sœur.

— Vous me pompez l'air, merde. Va faire tes assouplissements, tu en as bien besoin, et toi, Palacín, va tirer des penaltys, on en siffle un tous les trente-six du mois en notre faveur et on les expédie comme si on n'y croyait pas.

Palacín n'aimait pas le rituel du penalty consistant à soumettre un gardien de but à un feu roulant, et il logea seulement douze ballons sur les vingt qu'il frappa.

— Ah, c'est du joli !

Il abandonna et s'étendit pour faire ses abdominaux, tricotant des jambes, tourné vers le ciel. La nuit tombait. Des nuages défilaient mollement et des vols d'oiseaux teintaient d'automne son champ visuel. Il interrompit ses exercices et se détendit ; il se croyait à la campagne, sous un arbre, il avait tout le froid du monde dans son dos et une envie de chute au cœur de l'univers devant ses yeux, une envie qui lui venait parfois en rêve, mais il était aussitôt réveillé par la sensation de tomber du lit. Et puis ce genou malade l'obsédait, et il entendait une petite voix lui dire qu'il n'allait pas tarder à recourir à Marta, à sa ration de coke avec sexe en prime. Il ferma les yeux pour disparaître, mais il était toujours là, sur un carré d'herbe qui survivait dans un angle du terrain du Centellas

— On se croit sur la plage ?

— Je ne suis pas en forme.

— Tu as encore mal au genou ?

— Non. C'est l'estomac.

— C'est la salade qu'on a bouffée à La Vidrera. Ils nous ont sûrement mis de la mort-aux-rats pour nous filer la chiasse.

L'entraîneur s'assit par terre à côté de lui et sa voix devint tout miel.

— Soyons clair, Palacín. Tu es le dernier arrivé, mais pour moi tu n'es pas comme les autres. J'ai toujours eu de l'admiration pour toi et je suis fier de t'avoir avec nous. Toté, par exemple, il est bon comme du pain blanc, mais côté croûton, la vache, et il veut te montrer que ta réputation, il s'en tape, tu piges ? Et moi, je dois lui remonter le moral car il n'a pas un doigt de jugeote. Soyons clair.

— Je pige.

— Il lui reste encore quelques années à jouer au football, et tout le monde s'inquiète d'une éventuelle disparition du club. Ce terrain, c'est comme un étalage de bonbons à la porte d'une école. Si l'équipe coule, le Centellas disparaît ; tu ne les vois pas, mais un millier de corbeaux attendent le naufrage tous les jours. Tu piges, Palacín ?

— Je pige.

— Allez. Rentre chez toi si tu ne te sens pas bien. On en a encore pour une demi-heure. La nuit va bientôt tomber.

Il attendit encore quelques minutes, profitant de ce qu'il avait le dos dans la terre pour se donner l'illusion d'être un homme libre, en pleine nature ; il se souvint de son projet favori, acheter une propriété à Grenade et y voir pousser les plantes et les jambons. Les jambons ne poussent pas, répliquait Inma quand il partageait ses rêves avec elle, quand elle portait dans son ventre une partie de ses rêves, cet enfant qu'il voyait habillé en footballeur, donnant un jour le coup d'envoi de son match d'adieu devant les caméras de la télévision, impressionné par les cris d'un stade scandant le nom de son père. Que deviendrait-il à la fin de la saison ? Sánchez Zapico lui avait promis un travail de représentant, facile et bien payé, avait-il dit, mais Palacín ne voyait pas ce qu'il pouvait représenter, à part sa peur au fond de lui et l'ombre de sa propre mémoire. Il se leva d'un coup de reins et retrouva la position verticale avec un léger vertige, mais il respira profondément et se sentit mieux au bout de quelques mètres. Il s'avança lentement jusqu'au centre du terrain où Mariscal — « Confucius » — jonglait avec le ballon sans tenir compte des quolibets de l'entraîneur :

— Confucius, tu as une carrière toute trouvée dans un cirque !

— Tu l'entends, cette andouille ? Ça l'ennuie que je contrôle la balle. Tout ce qu'il aime, c'est les grosses brutes qui rentrent dans le chou, genre Toté.

— Laisse-le dire et continue. Tu t'améliores.

— Merci, maestro. Rappelle-moi de t'envoyer une boîte de cigares pour Noël.

Palacín se dirigea vers le vestiaire, ravi à la perspective de se doucher seul et de s'habiller tranquillement. Il s'arrêta encore pour tailler une bavette avec le jeune demi-centre condamné par l'entraîneur à donner des coups de pied dans un ballon lourd.

— Il dit que j'ai des jambes comme des nouilles.

— Attention à ça, tu peux tirer sur le muscle et

tout casser. Vas-y, mais doucement. Tâche de taper avec le cou-de-pied plutôt qu'avec la pointe.

— Mon père n'arrête pas de me parler de toi. Il me raconte de ces trucs... Moi, je crois qu'il les invente.

— Quel âge il a, ton père ?

— Je ne m'en souviens pas. A peu près comme toi. C'est une personne âgée, à peu près comme toi. La quarantaine.

— Mais je ne les ai pas encore, petit.

— D'accord, tu es en forme et pas lui. Lui, il ne se lève même pas pour lâcher un pet.

Palacín continua sa route et arriva devant la porte ouverte du vestiaire. Il la poussa. Les gonds malades grincèrent avant de lui ouvrir la perspective du couloir, et le contraste entre la lumière extérieure et la pénombre l'empêcha d'abord de voir les trois hommes paralysés par la surprise. Quand il les aperçut, il était déjà dans le vestiaire et n'associa pas tout de suite leur présence à la présence d'un danger. Les casiers étaient grands ouverts et, à la suite de son irruption, les trois hommes adoptèrent automatiquement des attitudes différentes. L'un recula de quelques pas, comme pour protéger un sac de sport posé par terre et les deux autres bondirent en avant et se plantèrent à quelques centimètres de Palacín. Il lut la surprise et le danger dans leurs yeux ; ils l'empêchèrent d'esquisser un pas en arrière vers la porte car l'un d'eux se précipita dans son dos et il entendit le claquement d'un couteau à cran d'arrêt qu'on ouvrait. Pendant quelques dixièmes de seconde de silence, il essaya de maîtriser sa panique et put enfin balbutier :

— Rien de ce que vous pourrez trouver ici n'en vaut la chandelle. Misère et compagnie.

— La ferme !

Ça venait de derrière.

— La ferme où on te casse les jambes et la gueule.

Cette fois, c'était l'homme posté devant lui qui avait parlé ; d'un geste vif, il avait sorti et ouvert un couteau à cran d'arrêt. Palacín sentit sur sa peau le souffle d'air froid déplacé par l'ouverture de la lame.

— Qui c'est, celui-là ?

— Tu ne vois pas ? Maradona. Cet imbécile de Maradona qui a quitté l'entraînement alors qu'on ne lui demandait rien. Qui t'a dit de fourrer ton nez là où il ne fallait pas ?

Palacín soupira, se relâcha et agita les bras comme pour chasser ce cauchemar. Il allait dire : allons, tirez-vous, emportez ce que vous avez piqué et qu'on n'en parle plus. Il voulait leur dire je n'ai rien vu, je ferai comme si je n'avais rien vu, vous êtes de pauvres voleurs de misère. Il voulait qu'ils s'en aillent et emportent la peur, la sienne et la leur, surtout la leur qu'il sentait dégouliner dans son dos et contre sa poitrine, à la pointe de leurs couteaux. Mais au lieu de sa voix, on entendit celle du type resté en retrait, qui paraissait monter la garde devant le sac posé par terre.

— Il nous a vus. Cet emplâtré nous a vus.

Il sentit le premier coup de seringue dans le dos, sous l'omoplate, cherchant le cœur ; il se lança en avant, comme pour fuir cette mort, et sa poitrine s'empala sur une autre mort et il resta cloué au couteau que l'homme maintenait enfoncé, soucieux de ne pas laisser tomber sa victime, comme s'il voulait vraiment la soutenir. Quand la lame se retira, Palacín tomba par terre, les mains molles, impuissantes à contenir le sang. Les pieds, les échos des voix l'ignoraient maintenant et se multipliaient à hauteur de ses yeux.

— Tu as bien garni les armoires ?

— Tu l'as bien vu, non ? Allez, filons. Nous avons juste dix minutes.

Il avait l'impression de nager dans son propre sang et d'avoir de la fièvre. Il ne voulait pas s'endormir et il ouvrit les yeux, cherchant les limites de son regard ; une vitre grise de moins en moins transparente s'interposa entre lui et le plafond maculé d'humidité et de toiles d'araignées et il se demanda à qui appartenait ce visage de femme penché sur lui et qui l'appelait. Non. Ce n'était pas Inma. Ni la voix de l'enfant. Comment était la voix de l'enfant ? De toute façon, c'était une voix de femme. Mais qui ?

— Elle est sortie.

C'était une constatation, et aussi un ordre et une approbation qu'elle adressait à elle-même et à son compagnon.

— Réfléchis une seconde. Tu m'entends, une seconde de réflexion. Tout repose sur la voiture. Mémorise l'emplacement exact de l'auto dans le parking. Prépare les clés. Pas question de perdre du temps à faire des gestes en trop. La retraite est bien couverte ?

— En effet.

Il avait une voix traînante et elle le poussa doucement pour l'obliger à démarrer. Elle ferma la fenêtre et sortit sur le palier, l'homme sur ses talons. Elle dévala les escaliers en courant et déboucha dans la rue San Rafael pour reprendre soudain l'attitude conventionnelle d'une grue sans illusions. Il la suivit à quelques pas, la laissa entrer sous le portail de la pension, se retourna, regarda à droite et à gauche. La rue était vide, comme tous les jours à cette heure-ci, et le vendeur de billets de loterie du passage Martorell était presque une ombre. Marta l'avait devancé d'un demi-étage ; il l'appela doucement pour qu'elle courre moins vite ; il sentait ses jambes solides mais sa poitrine oppressée. Elle l'attendait devant la porte de la pension et lançait des regards féroces, à titre préventif. La clé tremblait légèrement dans sa main et elle dut s'y reprendre à deux fois pour l'introduire dans la serrure qui rendit une sonorité de métal blessé.

— Doña Concha, vous êtes là ?

Dans la maison, le réfrigérateur était apparemment le seul être vivant ; il émettait des gémissements internes et son moteur couvrait les efforts du vieil invalide qui l'avait entendue et voulait révéler sa présence, dans la chambre du fond du couloir.

— Il y a quelqu'un.

— C'est le vieux, ne t'inquiète pas.

Marta fit irruption dans la cuisine et entreprit de vider tous les pots, quel qu'en soit le contenu. Elle décolla le papier multicolore tapissant les étagères, renversa les tiroirs, et la pièce fut transformée en quelques minutes en capharnaüm.

— Allez, les matelas.

Elle prit le plus grand coutelas qu'elle put trouver et, montrant l'exemple, elle déchira les housses des matelas et mit à nu leur âme d'écume. Elle retourna les tapis, vida les armoires, laissant à son compagnon le soin d'inventorier ce qu'elle avait mis à sac. Chambre par chambre, aucun meuble n'échappa à sa perspicacité, le moindre contrevent, le plus modeste papier peint suspect reçurent sa visite. En pure perte. Elle avait les mains et le visage en sueur et son compagnon transpirait à grosses gouttes. A quoi bon, il n'y a rien, essayait-il de lui dire.

— Le four ! Nous n'avons pas regardé dans le four !

Ils coururent à la cuisine et l'ouvrirent en grand ; il utilisa le couteau comme un levier pour soulever le fond rouillé sous lequel était ménagé un espace vide.

— Rien.

— Merde. Où cette sorcière a-t-elle bien pu planquer son pognon ?

Le réfrigérateur se mit soudain en paix avec lui-même et dans ce silence subit, on distingua nettement l'invalide qui essayait de parler.

— Le vieux.

— Je l'entends.

— Ce n'est pas ce que je veux dire. Si ça se trouve, cette salope a planqué le pognon dans la chambre du vieux.

— Mais si nous entrons, il va nous voir.

— Quelle importance ?

— Et si on ne trouve rien, qu'est-ce qu'on fera de la voiture ? Où aller sans argent ?

— De toute façon, on se tire. Pas question de faire marche arrière. Allons chez le vieux.

Le regard affolé jailli du fond des deux orbites profondes de ce mort-vivant les retint un instant, mais ils détournèrent les yeux et la chambre, un espace sans fenêtre éclairé par une simple ampoule centrale, devint un entassement hétéroclite d'objets honteux de leur propre misère.

— Le bassin. Regarde dans le bassin.

— Quel bassin ?

— Où il pisse, imbécile. Sous son lit.

Il sortit le bassin d'une main tremblante et une partie de l'urine qu'il contenait l'éclaboussa et tomba par terre. Il faillit vomir, retint un cri de dégoût et l'urinoir lui glissa des mains.

— Dans les draps !

Il poussa l'invalide au bord du matelas, se colleta avec ce corps inerte et chaud, et souleva les draps. Puis il passa les bras sous le matelas, tâtonnant à la recherche du volume prometteur.

— Il n'y a rien, Marta.

— Tais-toi et cherche, imbécile. Fouille le vieux.

Mais les mains du garçon, telles des corbeaux paralysés, se contentèrent de survoler le maigre corps qu'elles n'osaient pas toucher.

— Qu'est-ce que tu attends ?

— Il me regarde.

— Bon à rien.

Elle déboutonna elle-même l'ensemble en feutre sale qui recouvrait ce squelette et introduisit même la main dans sa braguette, partout où aurait pu se trouver ce qu'elle cherchait.

— Merde, c'est sûrement là.

Et elle examinait le mur et le sol du regard, quêtant une révélation.

— Mais où ? Si on s'y prend bien, on va peut-être découvrir un creux. Moi, je cherche par terre et toi, tu sondes les murs.

Elle sortit dans le couloir sans cesser de marteler le sol du bout du pied. Son obsession ne l'empêcha pas de percevoir nettement le bruit de la clé dans la serrure de la porte et, presque sans transition, la présence volumineuse de doña Concha parlant toute seule jusqu'à ce que la présence de Marta lui cloue le bec et la déconcerte.

— Qu'est-ce que tu fais là ?

La réponse à sa deuxième question était si évidente qu'elle ne se donna pas la peine de la poser. D'un coup d'œil, elle découvrit les désordres qui envahissaient le couloir desservant les chambres, et elle vit de l'entrée un angle de la cuisine où s'entassaient les reliefs de la fouille. Le *comment es-tu entrée ?* maintenait un pont logique de silence entre les deux femmes mais l'évidence se frayait un chemin dans l'épaisseur du corps de doña Concha qui ne savait pas si elle devait se jeter sur Marta ou reculer jusqu'à la porte et appeler au secours. Toutefois, la voyant au fond de ce couloir si menue, si fragile, telle une souris coupable et acculée, si dépendante de sa générosité déçue, elle reprit courage et s'avança vers elle, langue de vipère en avant.

— Tu es venue voler ! Je vais t'arracher les yeux !

Marta recula. Elle n'arrivait pas à se rappeler où elle avait laissé le coutelas et reculait moins vite que l'autre n'avançait. Elle n'avait plus le temps de penser car la bonne femme lui arrivait dessus, si furieuse qu'elle ne remarqua pas l'arrivée de l'homme, dans son dos, une bouteille d'eau à la main. Doña Concha put s'emparer d'une mèche de cheveux de Marta et lui planter les ongles dans la figure, mais la bouteille éclata sur son crâne et eau, verre et sang servirent d'auréole à ce fruit trop mûr qui s'affaissa, entraînant dans sa chute le corps tout entier. Par terre, elle essaya de protéger son visage derrière une main et planta l'autre dans le maigre mollet de la fille. De rage et de peur, l'homme lança des coups de pied à l'aveuglette dans cet amas de chair jusqu'à ce que Marta se dégage et enjambe le corps. Le couple s'élança vers la porte et se retourna pour voir la réaction de la femme étendue.

— Elle ne bouge pas. Je l'ai tuée.

— Ne dis pas de conneries. A la voiture.

En descendant quatre à quatre, il essayait de

trouver assez d'air pour lui dire qu'ils n'avaient pas d'argent et auraient juste assez d'essence pour sortir de la ville. Mais à peine arrivés sur le trottoir, elle l'obligea à ralentir sa course et décida qu'ils iraient séparément vers le passage Martorell et le parking de La Garduña. Heureusement, pas de doña Concha au balcon, derrière son pot de lierre qu'elle soignait tant, et ils atteignirent la rue de l'Hospital avec la sensation d'arriver à la frontière d'un pays qui par bonheur ne les connaissait pas. Là, incapables de maîtriser davantage leur irrésistible désir de fuite, ils prirent leurs jambes tremblantes à leur cou jusqu'au parking de La Garduña. Il s'assit au volant du véhicule volé une heure auparavant dans les hauteurs de la ville, sur le Paseo de la Bonanova, tout près du domicile de ses parents, curieusement, et il se souvint qu'il avait failli abandonner, frapper à cette porte, se laisser traiter derechef en fils prodigue. Mais le voyage projeté avait un air plus cohérent car Marta était la seule chose cohérente qui lui restait.

— Partons vers le sud.

— Non. Prends la route de la côte en direction de Pueblo Nuevo. Après, on verra.

— Qu'est-ce qu'on a perdu là-bas ?

— Nous ne partirons pas sans argent. Je te l'ai promis et maintenant, je te le jure.

Après avoir démarré, il n'osa pas dire tout de suite qu'il l'avait tuée, qu'il était sûr de l'avoir tuée. Il avait besoin que Marta lui soutienne le contraire mais elle se taisait, songeuse, ou ravie de son tourment.

— Descends vers la mer et arrête-toi, je vais demander mon chemin.

Marta se pencha à la fenêtre pour demander à des ouvriers où se trouvait le stade du Centellas. Lui, il se cacha derrière son volant, persuadé qu'on pouvait lire sur son visage le forfait qu'il avait commis. Ils durent redemander trois fois, se perdre au milieu d'usines à l'abandon, dans des ruelles délabrées qui les desservaient autrefois, avant de déboucher sur un vaste paysage d'immeubles entassés, de constructions modernes d'où émergeait la clôture du stade du Centellas, un mur immense et ocre sur lequel s'étaient acharnés fléaux et pluies en tout genre.

— Mais qu'est-ce qu'on vient foutre là ? La nuit va tomber.

— On va lui piquer son pognon, à ce camé. Quoi qu'il arrive. Un jour, il m'a dit qu'il était facile d'entrer dans le vestiaire, que pas une porte ne fermait. Qu'est-ce qu'il y a, dans un vestiaire, à ton avis ? Des pantalons, des vestes et des portefeuilles pleins de fric. Pas autant que nous l'espérions, mais nous pourrons sortir de la ville et gagner du temps.

— Je l'ai tuée. On va nous chercher comme des fous.

— Si tu l'as tuée, ils ne sont pas près de nous mettre la main dessus. On risque davantage si tu ne l'as pas tuée. Gare la voiture de façon à pouvoir démarrer sur les chapeaux de roue.

On aurait dit qu'on avait voulu leur faciliter les choses car une pancarte délavée subsistait : « ACCÈS AUX VESTIAIRES. PASSAGE INTERDIT. » Marta poussa la porte et ils découvrirent une petite cour intérieure envahie d'herbes folles, de briques cassées ou tombées ; à l'autre bout, la porte promise qui permettait d'accéder au vestiaire. Au loin, le choc des pieds contre un ballon de football, des éclats de voix, un coup de sifflet, des appels ou des cris de joie. Résolument, elle s'enfonça dans la pénombre du vestiaire et embrassa d'un regard les casiers béants ; quand elle se fut familiarisée avec l'obscurité, elle baissa la tête et découvrit le corps gisant à terre dans la flaque sombre de son sang. Il était tournée vers le plafond et Marta se pencha sur ce regard, croyant déceler un fond de vie et une volonté de bouger les lèvres. Son compagnon s'était figé comme une statue, à contre-jour, sur le seuil. Elle avança la main pour constater ou retenir la vie de Palacín et attendit que la bouche se fige et que les yeux deviennent deux billes de pacotille. On entendit alors des voitures freiner avec fracas, des portières claquer. L'homme et la femme essayaient de se ressaisir quand la porte du vestiaire rebondit contre le mur, menaçant sa fragilité au bord de la rupture, et une meute de policiers leur sauta dessus, brandissant des matraques et des pistolets comme des haches. Ils sentirent les coups et un silence intérieur absolu.

La veste d'intérieur était en soie et le tube de somnifères avait une couleur innocente, bleu ciel, songea Carvalho en le retournant entre ses doigts ; pendant ce temps, Camps O'Shea hoquetait dans les toilettes et Basté de Linyola fronçait le nez pour souligner son mécontentement, au cas où ses pas impatients à travers le *living*-chambre de l'appartement de son directeur des Relations publiques n'auraient pas été assez éloquents. La veste d'intérieur avait l'air impeccable et attendait que son maître ait fini de vomir le tube de cachets absorbé peu après avoir écrit une lettre à Carvalho et une autre à Basté de Linyola. Carvalho n'avait pas ouvert la sienne. La tentative de suicide ayant échoué, il attendait l'autorisation de Camps pour la lire. Il entendait dans les toilettes la voix du médecin qui dirigeait les opérations de nettoyage intérieur du semi-suicidé. Le médecin réapparut le premier, en manches de chemise, aussi fatigué qu'après un accouchement. Pourtant il ne fit aucune déclaration du genre : « La mère et l'enfant se portent bien », « Au moins elle vivra », ou « La vie continue ». Il était bien trop jeune et devait s'imposer : « J'ai la situation en main », prononça-t-il avec un aplomb de fin de guerre mondiale. Il enfila sa veste et rédigea une ordonnance qu'il déposa sur la veste en soie.

— Nous vous devons quelque chose ?

— Je m'arrangerai avec monsieur Dosrius.

Et comme il était décidé à partir sans plus attendre, Basté le retint doucement, tendu.

— Un moment. C'est fini ?

— Une simple alerte. Avec ce qu'il a avalé, il aurait à la rigueur dormi toute la journée. Je l'ai fait vomir par sécurité. Il a voulu vous inquiéter. C'est fini.

Basté ne manifestait plus la moindre inquiétude. Il se carra dans un fauteuil devant les toilettes et prit l'aspect de Dieu le père attendant l'apparition du fils le plus ingrat et insupportable. Plus aucun son ne venait des cabinets et l'apparition de Camps se déroula au ralenti, comme s'il se poussait lui-même. Il se présenta devant eux en pyjama, tête basse, les orbites et les lèvres noires, le visage affaissé sous le coup de la honte, avec l'impression d'être tout nu. Basté s'offrit un petit silence pour donner à ses premières paroles le plus d'emphase possible.

— Eh bien, Sito ? Tu nous dois une explication. Surtout à moi.

— Je regrette, Carlos.

— Sito, tu es devenu un homme et je t'y ai aidé au nom de l'amitié qui m'unit à ton père. Mais de tels enfantillages sont inadmissibles ; tu n'as pas le droit de faire peur aux amis. J'insiste. Tu me dois une explication.

— Dans ma lettre...

— Ta lettre est un galimatias, Sito. Je n'y comprends rien. De quoi es-tu coupable ? Qui as-tu tué ? Pourquoi diable te rends-tu responsable de je ne sais quel assassinat et de je ne sais quels messages anonymes ? Qu'est-ce que c'est que ces fantaisies ?

Il devait se couvrir ! Il enfila sa veste d'intérieur en soie et s'y blottit comme dans une patrie. Il reprit contenance mais la perdit aussitôt dans les profondeurs d'un fauteuil en cuir qui l'accueillit amicalement, comme un gant.

— Eh bien ?

— Eh mal ! Ne me pose pas des questions insultantes ! Je ne suis pas un de tes esclaves, Carlos ! Putain de merde !

De deux choses l'une : ou bien Camps O'Shea disait putain de merde pour la première fois de sa vie, ou bien Basté de Linyola s'entendait dire une chose pareille pour la première fois de sa vie.

— Ne te mets pas dans cet état, Sito.

— Tu peux m'en trouver un autre ? Je suis honteux, humilié, mal dans ma peau. Tu dois le comprendre. Vous le comprenez, Carvalho ?

— Je ne sais rien de rien. Je n'ai pas ouvert ma lettre, mais je me doute de son contenu. Vous êtes l'auteur des lettres anonymes.

— Oui. C'est horrible.

— Très bien, Sito. Tu es l'auteur de ces lettres anonymes, un point c'est tout. Et c'est la raison de ton suicide ou de toute cette comédie ? Tu t'es comporté en parfait imbécile et je ne m'attendais pas à cela de la part d'une personne aussi équilibrée. Un point c'est tout. Pourquoi te compliques-tu la vie en compliquant du même coup celle des autres ?

— Ça c'est passé hier soir. Je ne savais rien quand j'ai ouvert la radio avant de me coucher. J'ai appris l'assassinat à ce moment-là.

— Quel assassinat ?

— Tu n'es donc pas au courant ? Vous non plus ?

Carvalho ne pouvait répondre que de sa propre ignorance. Basté y associa la sienne, vraie ou fausse, avec tout le poids de sa gravité retrouvée.

— Vraiment, vous ne savez rien ? Hier, on a trouvé un joueur de football assassiné, d'une modeste équipe de banlieue, mais le nom vous dira quelque chose. Palacín, cet avant-centre qui avait l'air si accroché. Je me souviens de lui quand j'étais presque un enfant, et il me fascinait. Tu te souviens de Palacín, Carlos ?

Carlos restait muet.

— Il y a quelques semaines, il a signé au Centellas, une équipe de promotion de deuxième division, et hier la police l'a trouvé mort. Les deux assassins présumés étaient près de lui. On a trouvé de la drogue dans quatre armoires des joueurs du Centellas.

— Eh bien ?

— Tu ne sais pas dire autre chose ?

— Non. En vérité, Sito, je commence vraiment à en avoir assez. Quel rapport entre ce meurtre et les lettres anonymes que tu as écrites ? C'est toi qui as tué cet homme ?

— Grands dieux, non ! Pour moi, ce n'était qu'un jeu, un jeu dangereux, mais un jeu. Je ne savais même pas que Palacín était à Barcelone, qu'il jouait encore. Je te le jure.

— Alors, reconnais que j'ai raison. Quelle idée stupide t'a poussé à endosser la responsabilité de ce meurtre et à nous tirer du lit à quatre heures du matin ?

— Rappelle-toi, Carlos : « Parce que vous avez usurpé la fonction des dieux qui en d'autres temps guidèrent la conduite des hommes, apportant la thérapie du cri le plus irrationnel sans le réconfort du surnaturel : l'avant-centre sera assassiné en fin de journée. » Il a été assassiné en fin de journée. Tu comprends ? Vous me comprenez, Carvalho ?

— Je comprends. Vous êtes une âme sensible. Un poète.

— Un imbécile.

Basté s'était levé et boutonnait sa veste en velours presque noir. Elle était d'une netteté insultante, vu l'heure matinale.

— Je me moque éperdument des imbécilités dont tu es l'auteur. Aussi bien des lettres anonymes que de la farce de ton suicide. Maintenant, débrouille-toi pour que la police n'établisse aucune relation entre les deux. Elles n'ont rien à voir et je n'ai aucune envie de mêler le nom du club à ces histoires sordides. Pas pour moi. Pour le prestige de ce que je représente. Arrange-toi avec la police. Je te couvre si les choses en restent là. J'ai fait mon devoir. Quand l'orage aura passé, j'attends ta démission. Vous, vous toucherez votre dû et vous n'aurez pas à vous plaindre. Vous n'avez pas eu beaucoup de travail. Vous recevrez un chèque et ne m'envoyez pas de reçu.

— J'économiserai la T.V.A.

— Un chèque assez généreux pour vous inciter à vous taire. Toute cette affaire était un déplorable enfantillage. Je vais te dire quelque chose avant de partir, Sito. Tu te sentais à l'étroit dans cet emploi, je le comprends, et tu as voulu le rendre plus littéraire. Vivre littérairement est très dangereux, même d'excellents écrivains n'y ont pas résisté. Tu ne m'impressionnes pas du tout. Je suis président d'un club de football comme je pourrais être président de l'O.N.U. Je ne me sens pas évincé d'un destin plus élevé, sans doute parce que j'ai fait des choses ou essayé de les faire. Ton acte est digne d'un enfant gâté qui revient sans être allé nulle part. Tu ne peux même pas être acteur. Encore un conseil : pour ton prochain suicide, ne dérange pas les amis.

Camps était pétrifié de stupéfaction. Quand la porte en claquant eut définitivement éloigné Basté, il se lança dans un monologue sur la cruauté de l'homme qui venait de partir, dénonçant la froideur des triomphateurs, encore plus implacable s'ils avaient le sentiment d'une victoire trop modeste.

— Une seule chose l'intéresse, cacher la merde.

— Contreras va nous appeler.

— Il l'a déjà fait. Et c'est ce qui m'a poussé à bout. Il nous attend ce matin à dix heures, convaincu que tout est éclairci. A côté du cadavre, ils ont trouvé un couple de pauvres types. Elle avait été en vague relation, je ne sais pas très bien laquelle, avec le mort. C'est une vengeance ou un règlement de comptes. La cocaïne découverte dans le vestiaire implique d'autres joueurs du Centellas. C'est une coïncidence magique, Carvalho, magique. Vous croyez en la magie ? Non. Je m'en doutais. Comment l'expliquer autrement ?

— La mort, on la cherche. Le hasard aussi. Mais c'est parfois si compliqué de dénouer les fils qu'on s'y perd. Un avant-centre a été menacé et un autre est mort.

— Toute ressemblance est pure coïncidence, Carvalho. C'est le côté étonnant de cette affaire.

— En la circonstance, tout le monde tombera

d'accord pour parler de coïncidence. Contreras en tête, surtout si l'affaire est déjà résolue.

— Il faut le laisser parler.

Oui, il fallait le laisser parler, il fallait lui laisser rédiger la déposition et la signer ensuite. Les meilleures dépositions sont écrites par la police quand elle est d'accord avec toi ou quand tu as besoin d'être d'accord avec elle. Carvalho sortit et alla au premier kiosque à journaux. Dans la partie haute de Barcelone, les kiosques sont rares et il dut marcher jusqu'à la place de Sarriá pour en trouver un. L'information s'étalait en première page, mais pas sur quatre colonnes : « Avertie par un informateur, la police s'est présentée dans les locaux du Centellas F.C. où pouvait se trouver un stock de drogue. L'opération fut montée en tenant compte du facteur surprise et au moment de faire irruption dans les vestiaires de ce club historique, elle a découvert un couple et le corps d'un homme sans vie qui s'avéra être Alberto Palacín, joueur vétéran du Centellas F.C. Les deux personnes arrêtées sur les lieux sont Marta Becerra Gozalo et M. Ll., sans profession ni domicile fixe. La femme a toutefois été identifiée comme une prostituée professionnelle et une trafiquante de drogue. Après une fouille en règle opérée dans les casiers du vestiaire, il a été procédé à l'arrestation de quatre titulaires du Centellas qui détenaient des quantités de cocaïne dépassant apparemment celles d'une consommation strictement personnelle. S'il est encore prématuré de lever le voile sur ces événements, les hypothèses les plus vraisemblables tendent à montrer qu'Alberto Palacín était un agent important de la mafia américaine ; Marta Becerra Gozalo et M. Ll. étaient des dealers à son service. Tout semble indiquer que le footballeur a été assassiné par le couple au cours d'une dispute concernant la vente de la drogue ; le Centellas F. C. servait de couverture et la police essaye en ce moment de remonter la filière. Le président du club, l'industriel Juan Sánchez Zapico, a déploré ces faits qui peuvent remettre en question l'existence de ce club historique et sympathique, menacé de fermeture après une longue agonie sportive, suivant en cela sa non moins longue et décisive agonie économique. Sánchez Zapico, partisan farouche du maintien du club, nous a exprimé sa désolation et a utilisé une phrase historique pour illustrer son désarroi : " Je n'ai pas envoyé mes navires pour lutter contre ces éléments. " » Pourquoi mentionnait-on les noms et le prénom de la femme, et juste les initiales de son ami ? Carvalho avait le choix entre deux réponses : l'influence de la famille ou bien c'était lui l'indic. L'article ne disait rien des preuves relevées sur place, de l'arme du crime, du mal mystérieux qui avait emporté cet avant-centre dont Carvalho lut le bref *curriculum vitæ* avec un intérêt qui le surprit lui-même. Certains naissent sous une bonne étoile et d'autres pas, concluait l'article après avoir décrit la maigre vie et les non moins maigres exploits de Palacín ; la rétine secrète de sa mémoire releva l'information selon laquelle on recherchait son ex-femme et son fils pour leur communiquer la nouvelle. Carvalho avait une trop longue journée devant lui. Quand Basté l'avait appelé, il se remettait des effets d'un vin rouge de Cacavelos : il avait bu la bouteille à sa propre santé, désirant soudain que la nuit devienne le plus vite possible somnolence et oubli.

— Bromure sera hospitalisé demain. On lui a enfin trouvé un lit — lui avaient appris Biscuter et Charo, par ordre d'apparition téléphonique.

Il but toute la bouteille. Et s'endormit. Camps O'Shea essayait de se suicider. Il avait été l'entendre vomir, tout vomir, et maintenant, il sentait la mort autour de lui, et le malheur. L'avant-centre avait été assassiné en fin de journée. Si le destin existait, pensa-t-il, il faudrait se suicider. Vite. Et beaucoup.

— Tu es debout depuis combien d'heures ?

Marta haussa les épaules mais ce geste anodin lui provoqua des élancements à travers le corps. Elle avait l'impression d'être un câble d'acier tendu et douloureux, de la pointe de ses pieds enflés jusqu'à sa tête qui tombait de fatigue, accablée par une surprise qui la rongeait comme une tumeur car elle revoyait l'absurdité des derniers épisodes qu'ils venaient de vivre.

— Tu aimerais t'asseoir ?

Comment s'appelait ce flic aussi salaud que les autres qui jouait au gentleman bien élevé cédant sa place à une dame dans l'autobus ?

— Je vais te raconter ce qui s'est passé. Après, si tu me racontes la même version, tu signes, tu t'assois et tu dors. Aussi longtemps que tu voudras, Marta. Tu m'entends, ma petite ? Tu te sentiras soulagée. Tu étais en cheville avec le footballeur. Il trafiquait en grand et toi en petit, et tu avais mis l'autre paumé dans le coup. Mais Palacín t'a fait une entourloupe. Tu es allée lui demander des explications, il ne te les a pas données, et vous lui avez troué la peau.

— Avec quoi ? Nous n'avions pas d'armes.

— Ton copain avait un couteau.

— Pour se curer les ongles.

Penser lui faisait mal. Comme les gifles reçues dès

la première minute, et elle gémissait par tous les pores de sa peau. Son corps n'avait pas pu s'isoler depuis des heures, pas même s'asseoir sur la cuvette des W.-C. Je vais pisser. Vas-y, pisse-toi dessus. Elle s'était exécutée, alors on lui avait balancé deux coups de poing dans le dos et pour un peu on lui faisait boire son urine. Où est mon copain ? Lui, ça y est, il s'est mis à table. Il va verser une caution et hop, dehors.

— Vous avez fait ça parce que vous étiez camés. Camés, c'est une circonstance atténuante. Vous étiez camés. Tu le sais, sinon, vous n'auriez pas agi pareil.

— On en voulait juste à leurs portefeuilles.

— Et la bagnole volée ?

— Pour voyager. Nous voulions voyager.

— Allons Marta, ma fille, ce n'est pas tout. N'hésite pas à me parler, moi je te considère comme une jeune fille. Mais si je te laisse entre leurs mains, c'est des jeunes, Dieu sait de quoi ils sont capables ! On voit de tout dans ce boulot, comme dans les autres, d'ailleurs. Tu sais que ce n'est pas tout, loin de là, et en échange je te ménage si tu craches le morceau. Tu piges ? Je ne peux pas aller trouver mes supérieurs ni ces bâtards de la presse et leur balancer du vent. Aide-moi, et je t'aiderai. Tu étais complice de Palacín, avoue. C'est un trafiquant et il te doublait.

— Non, c'était pas un trafiquant, juste un paumé comme moi.

— Dix-huit heures sans dormir et sans t'asseoir, petite. Bientôt vingt, trente, quarante... et j'applique la loi antiterroriste parce que je peux vous soupçonner d'avoir préparé un hold-up, tu comprends, Martita ? Ecoute, ton copain a été plus malin que toi. Il a déjà signé et entre nous il ne t'a pas arrangée.

— Qu'il vienne me le dire en face.

— Une face, il ne va pas t'en rester beaucoup quand tu seras passée entre les mains de ces sauvages. D'où viennent ces balafres ? Nous, on ne griffe pas. J'en suis sûr. De Palacín, avant de mourir ?

— Il était déjà mort quand nous sommes entrés dans le vestiaire.

— C'est pas croyable, une fille cultivée comme toi. Nous avons parlé avec ta sœur et ton beau-frère. Des gens respectables. Et ton copain, du beau monde. Ecoute. Il a un père influent, on n'est pas nés de la dernière pluie, toi et moi. Sa famille a de l'argent et c'est plus facile pour lui, la tienne n'a pas l'air de rouler sur l'or. Il vaudrait mieux être raisonnable, non ? Quand et comment Palacín te refilait-il la drogue ? Qu'est-ce qu'il vous a fait pour que vous le liquidiez ?

Elle avait perdu la notion du temps et ne savait même pas où était Marçal. Où est Marçal ? Comment va-t-il ?

— Mieux que toi. Il a déjà signé. Il va bientôt passer devant le juge, verser une caution et rentrer à la maison. Il va dormir, se reposer, se balader. Arrête de déconner. Tu finiras par signer tout ce qu'on voudra. Même ce que tu n'as pas fait. C'est une question de temps et de taloches. Personne n'aura l'idée de te sauter, tu es assez pourrie pour aimer ça, fillette, et tu ne nous auras pas comme ça. Mais le plus sympa va te refiler deux beignes et une paire de tatanes dans la gueule. Alors imagine le moins sympa. Fais-moi confiance. Tu n'entendras jamais dire de mal du commissaire Contreras. Presque quarante ans de service, Marta. Un professionnel reste un professionnel. Tu as tué Palacín ?

— Non.

— Tu vas crever. Ta gueule pourrie va éclater sous les coups de latte. On a vu défiler des mecs qui en avaient, et ils ont tous fini par se mettre à table et on ne va pas se laisser emmerder par une pute de troisième ordre dans ton genre.

Un de ces hommes égaux à eux-mêmes et aux autres entra pour annoncer à Contreras qu'on l'attendait.

— Surveille cette fille, qu'elle ne bronche pas. Qu'elle n'essaie même pas d'appuyer son cul contre le mur.

Camps O'Shea et Carvalho l'attendaient derrière la porte en verre dépoli. Le policier adressa un grognement au détective et accorda à l'autre une poignée de main d'anciens combattants d'une guerre dont ils étaient les seuls à se souvenir.

— Vous tombez bien. Les commissariats, c'est ça. Des journées entières de routine et soudain une affaire qui passionne l'opinion publique. Dommage que ce type ait joué dans une équipe foireuse, autrefois, c'était quelqu'un, on ne peut pas dire le contraire. Je voulais avoir un entretien sérieux avec vous. Pas avec vous, Carvalho, contentez-vous d'écouter et de vous instruire, ça suffira.

Il les introduisit dans un bureau, s'assit et attendit qu'ils s'installent. Carvalho l'imita mais Camps resta debout jusqu'à ce que Contreras lui offre un siège.

— Voilà. Je ne vous aurais sans doute pas dérangé s'il n'y avait pas eu cette curieuse coïncidence. « L'avant-centre sera assassiné en fin de journée. » En effet, il a été assassiné en fin de journée, mais ce n'était pas le même. Y a-t-il un lien ? A vous de me le dire.

Carvalho et Camps se regardèrent et se bornèrent

à partager l'expectative où les avait mis l'inspecteur, ravi de jouir du vedettariat escompté.

— Vous en voyez un ?

— Les astres, émit Carvalho.

— Pardon ?

— Les conjonctions astrales.

— Je ne comprends pas pourquoi je vous adresse la parole, et encore moins comment on peut gaspiller son argent en vous donnant du boulot. Non. Il n'y a aucun lien. C'est impossible. Les lettres anonymes visent à semer la zizanie dans un club puissant et dans le secteur social qu'il représente. En revanche, ce crime est un assassinat crapuleux, comme tant d'autres commis par des rats. Le hasard a voulu que le mort ait été aussi avant-centre. Mais il était prédestiné. Quelque chose pousse les hommes vers un destin de gagnant ou de perdant. Cette conclusion établie, nous devons arriver à un accord. Maintenant, plus que jamais, nous avons intérêt à garder le secret sur ces lettres anonymes. Personne ne doit être au courant, même s'il en vient d'autres, car elles sont sûrement l'œuvre d'un plaisantin qui ne saurait même pas faire un carton dans les foires. Imaginez qu'on apprenne l'existence de ces lettres anonymes : aussitôt les petits génies de la presse vont pisser de la copie pour la simple raison que ce Palacín était aussi avant-centre. Ce n'est ni votre intérêt ni le mien car j'ai déjà mis le grappin sur la meurtrière qui en plus poussait au crime un pauvre diable, un fils de bonne famille qui la suivait pas à pas. Ces lettres anonymes doivent le rester. Vu ?

Camps acquiesça et enchaîna sur le mouvement amorcé par le commissaire pour conclure la réunion.

— A qui fourguaient-ils le hasch ?

— Ça ne vous regarde pas, Carvalho. Tout est ficelé. La presse a publié un communiqué.

— Je peux voir le couple que vous avez arrêté ?

— Ce sont vos clients ? Monsieur Camps vous paie pour vous occuper d'eux ?

— Ils ont peut-être un lien avec les lettres anonymes. Si ça se trouve, je les ai vus rôder dans le stade.

— Ne nous compliquez pas l'existence, Carvalho. Qu'en pensez-vous, monsieur Camps ?

— Monsieur Carvalho est un excellent professionnel.

— Je les ai séparés. Je ne veux pas déjà les confronter. Lui d'abord.

Il était assis à côté d'un avocat envoyé par la famille et dictait la déposition que lui soufflait préalablement l'inspecteur qui la copiait en même temps à la machine. Il était rasé de frais et malgré un regard plus circonspect que fuyant, ses yeux prenaient la poudre d'escampette dès qu'on essayait d'y lire quelque chose. La femme, elle, était debout, le corps croulant sous une fatigue insupportable qui dénonçait toute une vie de mauvais traitements, anciens et nouveaux ; Carvalho reconnut la petite putain qui lui avait proposé de tirer un coup littéraire, mais elle ne le reconnut pas et lui envoya un regard désespéré, plein de peur et de haine.

— On t'a bien traitée, petite ?

— Ne posez pas des questions idiotes, Carvalho.

Contreras venait de surgir derrière son dos et essayait de le retenir de la voix, pour commencer.

— Qu'est-ce que vous croyez ? Ce sont des flics de merde.

— J'ai bonne mémoire. Je me souviendrai de tes

paroles. Tu verras, quand ces messieurs seront partis, tu vas rester dix jours sans pouvoir t'asseoir. Vu ?

Une fois dans le couloir, Contreras sauta sur Carvalho et le saisit par les revers de sa veste. Ivre de rage, à quelques centimètres de sa figure, il avait l'air de lui bouffer le nez.

— Tu te crois très malin, fouille-braguette ?

Camps tenta de s'interposer et fut refoulé par une bordée de jurons, vous, mêlez-vous de ce qui vous regarde.

— Qu'est-ce qu'il cherche à prouver, ce minable ?

Le sémiologue Lifante s'approchait avec arrogance de Carvalho.

— Il veut nous casser les couilles. Comme d'habitude.

— Vous avez extorqué à ce blanc-bec tout ce que vous avez voulu, mais avec la fille, vous aurez plus de mal.

— Ce blanc-bec, si tu veux savoir, a déjà signé qu'elle a tout monté, et ça n'a pas commencé au stade : ils ont attaqué la patronne d'une pension du Barrio Chino, dans la rue San Rafael. A qui crois-tu qu'on a affaire ? A des ordures, et le mieux à faire avec les gens de cette espèce, c'est de les enterrer. Ici, tu es en visite. Nous, on est des nettoyeurs de merde. On passe nos journées dans les ordures, on risque notre peau pour pas un rond et en plus on est mal vus des mecs qui pensent qu'un flic est aussi merdeux qu'un truand. Fiche le camp, sinon, tes droits constitutionnels, je te les fous au cul.

Quand il se retrouva dans la rue à côté d'un Camps O'Shea livide, il essaya d'analyser la raison de cette réaction et il remonta jusqu'à sa lecture de la presse du matin, à cette séparation entre le bien et le mal qui avait réduit le nom du complice à des initiales tandis que celui de la fille s'étalait à jamais aux quatre vents. Il en parla à Camps, se demandant s'il comprendrait, mais Camps était plongé dans un autre discours intérieur où se mêlaient obsession et compassion.

— C'est injuste, fondamentalement injuste.

— On dirait que vous venez de découvrir l'existence de l'inégalité. De quelle éprouvette sortez-vous, mon cher ? Le mec va s'en sortir dans des délais plus ou moins brefs. Elle, elle va en prendre pour son grade, même si l'épisode du vestiaire m'a l'air d'une arnaque. Ils débarquent, ils assassinent, et on les agrafe. On dirait une série B.

— C'est injuste. Ce qu'on me fait est injuste.

C'était lui, la victime de l'injustice. Carvalho s'arrêta net, attendit que l'autre s'arrête aussi pour le regarder en face, mais Camps continuait son chemin en égrenant toutes les variantes du mot justice.

— De quelle justice parlez-vous ? Qui a été injuste avec vous ?

— J'ai créé une petite merveille. Une expectative. Et avec ce dénouement grotesque, oui, grotesque, écœurant, et cet horrible commissaire qui veut tout enterrer, l'histoire finit entre les mains de truands sinistres, sordides... C'est d'un vulgaire...

Il cracha le mot *vulgaire* comme s'il lui brûlait les lèvres.

— Ils ne savent pas distinguer le crime en tant qu'œuvre d'art des magouilles de deux pauvres types. Ces policiers s'en moquent. Basté s'en moque. Vous avez vu comment il me traitait, ce matin ? Vous vous rappelez ses paroles ? Carvalho, quand vous aurez un moment, relisez les lettres anonymes. A mon avis, la première est la meilleure. Mais les deux autres ont aussi leur charme, leur force, et elles ont été conçues selon un crescendo. Un crescendo poétique, naturellement. La première est peut-être celle qui me ressemble le plus et exprime le mieux un désir d'expression assez ancien, celle qui me traduit le mieux. Mais les deux autres n'ont pas démérité, malgré l'influence évidente d'Espriu dans la première et de Borges dans la seconde.

Ça y est, Carvalho l'avait percé à jour. Plus qu'un poète raté, c'était un critique littéraire qui n'avait rien à se mettre sous la dent, même pas un écrivain.

Il dormit mal et eut un cauchemar. *Bleda. Bleda* était revenue à la maison. La chienne avait été tuée et il l'avait enterrée de ses propres mains, il en était sûr, et pourtant *Bleda* était revenue à la maison, aussi joueuse que lorsqu'elle était un chiot, mais plus savante, comme si, pendant ces dix années d'absence, quelqu'un l'avait dressée comme chien de cirque. La petite chienne faisait la belle sur ses pattes de derrière et marchait comme une fille maniérée, avec un sourire de *cover girl*, les oreilles en pointe, se pourléchant de l'enthousiasme du public ; à la fin du spectacle, la chienne lui expliqua qu'elle aurait voulu revenir plus tôt, mais qu'Amaro l'en avait empêchée : Amaro était son entraîneur et ils avaient l'air amoureux, mais Amaro était sans doute le plus accroché des deux car dès que Carvalho l'eut invitée à rentrer à la maison, *Bleda* accepta avec empressement et Amaro reconnut sa défaite. Regarde, Biscuter, *Bleda* est revenue. Elle a maigri, chef. Charo, *Bleda* est revenue, et Charo pleurait, dix ans de larmes contenues dans l'attente du retour de *Bleda*. Et quand il s'éveilla, il tendit la main pour retrouver la caresse du dos de l'animal, comme dans un acte réflexe figé pendant dix années, depuis qu'on avait tué *Bleda* et qu'il l'avait enterrée. Elle n'était pas là. Seule la réalité demeurait à côté du lit, la réalité obscène qui imposait à sa vie un programme invariable : paye tes dettes et enterre tes morts. Il se résigna à la seconde mort de *Bleda* et constata que des situations et des visages de ces années-là avaient envahi le décor de son imagination : l'affaire du chef d'entreprise déclassé, les bâtisseurs de la cité pour immigrés, cette sensation que tout avait changé pour que presque rien ne change. Stuart Pedrell lui-même, ce milliardaire mal dans sa peau qui, en 1978, avait voulu entreprendre un voyage sur l'autre face de la ville, sur de sarcastiques *mers du Sud*, ressemblait avec dix ans de recul à un adolescent immature et imbécile. La race des riches mal dans leur peau s'était éteinte, condamnée sans doute par celle des gens qui ont mauvaise conscience de ne pas être riches. Basté de Linyola ou Camps O'Shea étaient les personnes intelligentes les plus dangereuses qu'il eût jamais connues : elles sortaient du bien pour entrer dans le mal et vice versa, sans autre obligation que celle de changer de langage ou de silence. Basté utilisait la philosophie, Camps la poésie, mais c'étaient deux arnaqueurs, deux arnaqueurs fondamentaux et caucasiens qui se mêlaient à tous les arnaqueurs fondamentaux et caucasiens, plus difficiles à identifier dans les commissariats que les nègres et les bougnouls. C'était si difficile que personne ne se donnait cette peine. Et sur le marbre de la morgue où s'était retrouvé le corps décapité de *Bleda*, reposait aussi l'avant-centre poignardé, un corps déguisé en footballeur et entrelardé de coups de couteau, incohérence visuelle qui ne prédisposait pas à la tragédie, pantin qui ne devait son identité qu'aux rugissements du public. Personne ne paraissait réclamer ce cadavre. Il n'appartenait à personne même si on essayait de le raccrocher au couple de junkies, surtout à elle dont le père n'avait pas la chance d'appartenir aux forces vives de la ville, de n'importe quelle ville, comme toujours et à jamais. Palacín, pour Carvalho, était l'ombre d'un souvenir, dont il se souciait moins que de l'actualité de cette présence, de ce jouet brisé ; il se pencha un peu sur sa dernière obsession, après avoir essayé de s'en débarrasser. Je te connais, Pepe, on ne t'a pas sonné. Ils n'ont qu'à se débrouiller. Mais quand il sortit sous la lumière automnale de son jardin à l'abandon, à Vallvidrera, un simple regard dans l'angle où il avait enterré *Bleda* suffit pour que devant ses yeux s'interpose le corps de Palacín, footballeur ensanglanté flottant dans un espace sans gravité. Alors, il s'habilla en vitesse, avala quelque chose de chaud et se précipita en voiture sur la place de Vallvidrera pour y acheter la presse du matin. L'affaire Palacín n'était plus en première page, elle figurait dans les informations locales et il n'était plus question que du couple. Ils devaient être mis incessamment à la disposition de la justice, mais tout semblait prouver que la femme était l'instigatrice et l'auteur du crime ; quant à l'homme, il était présenté comme un pantin sans volonté. Sánchez Zapico avait enfin acquis une certaine notoriété et on le voyait en photo, exprimant une fois de plus sa surprise et la grave menace planant sur l'existence du club.

« Ceux qui critiquent mon fanatisme pour le Centellas ont peut-être raison, et en ce cas il ne me reste plus qu'à passer l'éponge. Je veux retrouver le temps de me consacrer à mes affaires et à ma famille. Etre président d'un club est très absorbant, surtout d'un club modeste où le président doit être tout à la fois le comptable, le technicien suprême et le père de tous les joueurs. »

Palacín avait donné entière satisfaction et était très apprécié de ses camarades, il ne pouvait rien dire d'autre ; quant à la cocaïne découverte dans les casiers des trois autres joueurs, sa réponse surprit Carvalho.

« Je ne peux me porter garant de la vie privée de mes joueurs. Ils sont majeurs. J'assume la catastrophe et j'agirai en conséquence. »

Selon Carvalho, on aurait pu attendre une autre réaction d'un homme désirant sauver son équipe avant tout. Il passait trop d'éponges et trop précipitamment, comme s'il voulait abréger le combat. *El Periódico* publiait une chronique de la vie de Palacín rédigée par un certain Martí Gómez qui manifestait une nette sympathie à l'égard du personnage. « Le dernier match de sa vie, il l'a perdu par trois coups de poignard à zéro, et les responsables de la Fédération espagnole de football sont à la recherche d'un membre de sa famille qui puisse enterrer ce mort. Dans sa modeste pension de la rue San Rafael, madame Concha s'est refusée à toute déclaration ; elle s'est contentée de dire : “ Palacín empestait le liniment. Il avait une odeur d'homme battu. ” Et elle a ajouté : “ La vie est comme l'échelle d'un poulailler. Courte et pleine de merde. ” »

Il conduisit sa voiture jusqu'au parking des Ramblas et se laissa porter par ses jambes jusqu'à la rue San Rafael, pour faire des repérages, se dit-il, comme les réalisateurs de cinéma, mais il hésita à peine quand le porche caverneux de la pension Conchi s'ouvrit devant lui ; il monta, découvrit la petite pancarte sur une porte qui avait l'air neuve, impression sans doute due à l'aspect vétuste et confiné de l'escalier. La porte s'entrouvrit à peine, l'œil araignée de madame Concha se glissa dans l'interstice et se mit à papillonner quand il découvrit un homme à l'aspect sévère et au regard plein d'autorité. Au mot d'enquêteur, elle retira la chaîne et se lissa des cheveux à la robe, comme si ses mains apportaient l'ultime retouche à une statue. Madame Concha portait un bandage au sommet du crâne et des marques sur un visage plus maquillé que la moyenne indiquée par les statistiques, mais l'inconnu avait du chien et elle se comporta comme une *madame* [1] dans un lupanar de La Nouvelle-Orléans devant un client énigmatique et auréolé d'un certain mystère, comme s'il existait, entre elle et Carvalho, une complicité aussi longue, large, profonde et fugitive que le Mississippi.

— Excusez le désordre, mais à cette heure de la matinée, avec tout ce qui s'est passé...

Carvalho regarda son visage et l'interpella, comme pour l'obliger à renoncer à ce rôle d'amphitryonne exquise :

— Qui vous a fait cela ?

— C'est un secret entre le commissaire Contreras et moi. Qui voulez-vous que ce soit ? Des mauvaises graines. Une mauvaise graine.

— Il y a un rapport avec Palacín ?

Elle tira un mouchoir froissé de sa ceinture et le porta à ses yeux. Elle pleurait vraiment.

— J'ai encore le cœur si tendre... Quel grand homme ! Quels criminels ! On devrait faire comme Khomeiny, qui coupe la main des criminels.

— Que savez-vous de Palacín ? Il recevait des visites ? Il était bavard ? Il vous racontait des détails de sa vie passée ou de ses projets ?

1. En français dans le texte. *(N.d.T.)*

Bavard ? A ce mot, doña Concha se sentit provoquée comme une diva sollicitée par l'orchestre. Bavard ? Un vrai mort, et que le pauvre garçon me pardonne s'il est bel et bien mort, mais c'était un mort, qu'il repose en paix. Elle l'avait accepté dans la pension sur sa bonne mine ; il avait payé quatre mois d'avance, mais il était arrivé sans recommandation et lui paraissait toujours aussi suspect car le football, cet enfantillage indigne d'un adulte ou d'un homme accompli, ne lui disait rien qui vaille. Quant à ses relations, elle avait fermé les yeux, non sans avoir remarqué cette petite grue qui lui courait après, avec sa manie de tirer un coup littéraire, sa langue pâteuse de flippée et ses sales yeux de rat, oui, de rat, je me demande même comment je ne m'en suis pas aperçue plus tôt ; je l'avais prise en pitié et vous voyez ce qu'elle m'a fait.

— Qu'est-ce qu'elle vous a fait ?

— Comment, qu'est-ce qu'elle m'a fait ?

C'était évident. Son visage en témoignait et elle réalisa que sans rien dire elle avait déjà tout avoué. Elle porta la main à sa bouche, mais non, aucun mot n'était sorti par là. C'étaient les yeux, les yeux de Carvalho qui étaient en train de lire les coups sur sa figure.

— Si le commissaire Contreras l'apprend, il me tuera. Il m'a dit : Madame Concha, ce sera un secret entre vous et moi.

— Donc, les coups, c'est la fille et son copain.

— Contreras va me tuer, il veut garder ça pour je ne sais quoi.

— Maintenant, ce sera un secret entre vous et moi. Vous et moi, nous savons que la vie est comme une échelle de poulailler, courte et pleine de merde.

— Vous aussi, vous aimez cette phrase ? C'était le

mot favori de mon père. Et il avait bien raison. Cette salope m'a payée d'une drôle de monnaie. Je venais de faire un petit tour et je la trouve chez moi, la maison sens dessus dessous ; j'ai tout de suite compris la situation ! Après l'avoir nourrie, parfaitement, nourrie, parce qu'elle me faisait pitié, elle vient me cambrioler ! Elle me prend pour une idiote si elle s'imagine que j'étale mon argent au nez et à la barbe de tout le monde.

— Ils sont venus voler et ils n'ont rien trouvé.

— Pas un centime, et pourtant ils m'ont presque démoli l'invalide de la chambre du fond du couloir ; on a même été obligé de l'emmener en réanimation, et il s'est retrouvé dans un hospice car il n'est pas encore remis de sa frayeur. Un hospice est un endroit où on emmène les vieux en mauvais état.

— Et ils n'ont rien trouvé ?

Une succession d'images fixes défilait dans la tête de Carvalho : un couple de voleurs maladroits et lettrés court à perdre haleine au-devant de la catastrophe, ignorant ses échecs avec un entêtement suicidaire.

— Et donc ils sont allés cambrioler le vestiaire. Il n'y a pas d'autre explication.

— C'est aussi mon point de vue, mais monsieur Contreras, le commissaire, quoi, m'a demandé de ne pas penser, ça, c'est mon boulot, il m'a dit ; le trafic de drogue était prouvé et il voulait faire un exemple. Je veux bien admettre qu'elle ait fait tout ça camée jusqu'aux yeux, avec son paumé accroché à ses basques comme un infirme, mais ils cherchaient du fric, rien d'autre.

— Il vous est arrivé de voir Palacín drogué ?

— Jamais. Pourtant, j'ai fini par m'interroger sur l'odeur dans sa chambre, vous comprenez, de nos jours, ils sniffent de la colle Imedio ou de la peinture. Mais non, la chambre sentait le liniment. Il prenait soin de lui. Je ne l'ai jamais vu planer mais quand je me suis aperçue que cette traînée lui courait après et l'emmenait chez elle, je me suis dit : il va mal finir. Peu de choses m'échappent, du haut de ce balcon. Ce balcon, c'est ma vie, ma seule distraction, avec la télé, l'émission « Filiprim », et cet homme si sérieux et si drôle, le professeur Perich. Vous connaissez ?

— Je ne regarde presque jamais la télévision. Ça m'endort.

— Moi, je ne sais pas ce que je deviendrais sans mon balcon et sans ma télévision — à peine avait-elle prononcé ces mots que son visage se figea et elle scruta celui de Carvalho pour voir l'effet produit par ses paroles.

Carvalho détourna le regard et prit congé, pressé d'emporter l'intuition d'avoir dévoilé un secret. Doña Concha avait caché son argent sur le balcon ou dans le téléviseur.

Doña Concha se maudit jusqu'à la vingtième génération. Je ne sais pas tenir ma langue, je suis une pie-jacasse. Elle attendit que Carvalho ait disparu en haut de la rue Robadors pour caresser distraitement le pot où elle dissimulait son argent. D'un pot à double fond pendait un lierre en plastique qui faisait l'admiration de la laitière.

— Vu de la rue, il est magnifique, si beau qu'on dirait du plastique.

Mais il ne lui restait pas beaucoup de temps pour l'autoflagellation et elle courut dans sa chambre pour se faire une beauté, se dit-elle, une beauté, et ce n'était pas du luxe car à cause de ces voyous elle avait une tête plutôt polychrome. Une beauté de commissariat. Une beauté discrète et qui cherchait la guerre car au fond les policiers sont plutôt des viveurs et ils aiment les femmes belliqueuses. Une robe en tissu imprimé dans les tons mauves, des bas noirs à couture, une ceinture plus en argent que nature et à chaque main trois bagues en vrai qui en imposaient. Si on ne peut même pas mettre ses bijoux pour aller au commissariat, à quoi bon en posséder ? Elle pouvait se rendre au commissariat à pied en passant par la rue de l'Hospital, les Ramblas et la rue Puertaferrisa, mais avec tous ces bijoux, elle n'osait pas, et elle monta dans un taxi comme une souveraine qui s'est vu interdire par le chambellan de faire un demi-pas à pied. Avec un port de reine, elle demanda le commissaire Contreras et fut très peinée que l'inspecteur la remarque à peine et lui ordonne seulement :

— Vous, attendez-moi ici.

Elle attendit, assise dans le couloir de la Direction, sur une chaise vétuste et dure, entourée de bureaux cantonnés derrière des carreaux dépolis, au milieu d'un trafic pas croyable, enfin si, il faut dire que tout le monde allait à son travail sans lui accorder le moindre regard. Au bout d'une demi-heure, Contreras revint, absorbé ; il ne la regardait même pas.

— Je voulais vous parler, commissaire.

— J'avais cru l'inverse, mais je vous écoute.

— Vous comprenez, un drôle de type est venu ce matin à la pension, il s'est présenté comme un enquêteur.

— Cette merde de Carvalho, c'est comme si je le voyais.

— Et je te dégoise par-ci, et je te cause par-là...

— Vous lui avez parlé de notre affaire ?

— Moi ? Que je tombe raide morte à l'instant si j'ai prononcé un mot.

— Ce type, pas la peine de lui dire quoi que ce soit, c'est un fouineur de première. Bon. Assez parlé de ce fouille-braguette.

Doña Concha éclata de rire.

— Fouille-braguette, quelle trouvaille ! Cet homme est pédé ?

— Tous les fouilleurs de braguette ne sont pas des pédés, ma chère. Vous avez consacré une bonne partie de votre vie à ça et vous n'en êtes pas un. Venons-en au fait. Je vous ai convoquée car le moment est arrivé. Je vais vous confronter avec la fille. Elle ne sait pas que je sais qu'elle vous a d'abord agressée. Compris ? Je veux la surprendre.

— Elle va avoir ce qu'elle mérite.

— Vous, du calme. Contentez-vous de parler. Vu ?

Doña Concha suivait le commissaire, perchée sur ses hauts talons, le cœur serré qui faillit jaillir de sa poitrine quand, derrière une de ces portes en verre, elle aperçut Marta près d'un mur, le corps oscillant sur ses jambes, plus échevelée que d'habitude, les vêtements qui désertaient, le visage enflé et griffé, en sueur, les yeux bouffis de sommeil ; doña Concha eut pitié et resta muette quand le commissaire lui demanda si elle la connaissait.

— Vous la connaissez, oui ou merde. Vous êtes sourde ?

— Bien sûr que je la connais.

— C'est elle qui a essayé de vous cambrioler ; vous lui donniez à manger et vous l'invitiez chez vous, et c'est elle qui rentre, tente de vous dévaliser et vous laisse à moitié morte, n'est-ce pas ?

— C'est la vérité, toute la vérité, monsieur le commissaire.

Mais sa voix tremblait de pitié, car elle voyait surtout que la gamine était une chiffe de plus en plus froissée.

— Vous êtes prête à signer ?

— Bien sûr, monsieur le commissaire.

— Alors, allons-y. Et toi, tâche de réfléchir. Tu vois, il ne te manquait plus que ça.

Doña Concha voulait dire quelque chose, un mot important avant de sortir, un mot qui exprime en même temps son amertume et sa grandeur d'âme ; au moment de franchir la porte, elle releva la tête en direction de Marta et lui lança :

— Pour moi tu es morte, mais je te pardonne.

Et elle s'en alla ; dans sa tête résonnait un paso doble qu'elle seule pouvait entendre ; le commissaire marchait sur ses talons, en proie à une hâte secrète et subite. Il la confia à un blanc-bec assis devant une machine à écrire et se rendit dans son bureau où l'attendait Lifante et deux autre jeunes inspecteurs.

— Bon. Si ça ne marche pas cette fois-ci, il n'y a plus qu'à la découper en morceaux ou à laisser tomber.

— Nous approchons des soixante-douze heures et nous ne pouvons pas lui appliquer la loi antiterroriste.

— Hein ! Lui appliquer la loi antiterroriste après tout le bordel qu'il y a eu autour de *El Nani* [1] ? Vous n'y pensez pas, Lifante ? Arrêtez vos analyses de contenu. Amenez-moi le gamin. Il est présentable ?

— Il sort de la douche.

1. Allusion à une bavure récente où la police a fait disparaître un détenu. *(N.d.T.)*

— Avec la déposition signée et prêt à partir ? Attention, pas de blague.

Pendant qu'on exécutait ses instructions, il retourna dans la pièce où se trouvait Marta.

— Assieds-toi, dit-il sans la regarder.

Elle lui lança un regard incrédule.

— Assieds-toi, bon Dieu. Tu m'entends. Inutile de résister. Tout est clair.

Marta s'assit. Elle ressentit un soulagement et en même temps une douleur terrible au milieu de dos. La porte s'ouvrit et Marçal apparut, suivi de deux inspecteurs. Il tenait un sac en plastique à la main. Il avait l'air frais et une lueur de drogué brillait dans ses yeux.

— Bon. Tout le monde est là. Ce garçon s'en va. Il est en règle et il s'en va. Donne-lui sa déposition, Lifante. Tiens, voilà la déposition de ton collègue. Lis-la.

Elle la lut sans la lire. Elle acceptait tout, tout ce que Contreras voulait. Lui, il se retrouvait dans la peau d'un petit agneau passif qui l'avait suivie sans se rendre vraiment compte de ses actes. Elle reposa le document sur le bureau et voulut penser, mais elle n'y arrivait pas. Elle n'était que fatigue.

— Lui, il va au tribunal. Là-bas, son papa va payer une caution et ce soir ou demain, retour au bercail, tout pimpant, guilleret, innocent... et toi tu restes comme une conne. Tu vois, petite, nous savons tout. Même le coup de la patronne de la pension. Qu'il s'en aille.

On l'emmena. Elle attendait qu'il dise un mot, qu'il résume d'une phrase dix ans de vie commune, dix ans de fuite en avant. Elle savoura l'expression, comme si elle savourait un relent de culture qui lui remontait à la bouche, mal digéré par un estomac malade. Fuite en avant. Contreras paraissait détendu.

— Je ne l'ai pas tué.

Contreras lui montra la déposition de Marçal.

— Ça, c'est aux avocats d'en décider. Tu signes et tu dégages. Tu seras en règle et moi aussi. Tout le reste, c'est l'affaire des avocats et des juges. Tu verras, tu t'en sortiras. Une fois hors d'ici, tu te sentiras mieux. Le commissariat fatigue plus que la prison, crois-moi, je passe mes journées dans un commissariat. Tu signes ?

— Allons-y.

— Tu veux quelque chose ? Un café au lait ? Du solide ? On te monte un sandwich de la cafétéria ? Un croissant ?

— Un croissant.

Contreras lui posa la main sur l'épaule en passant à côté d'elle. Elle resta seule, jouissant de la chaise comme si elle était dans un lit douillet et chaud, à l'abri du froid qui la pénétrait jusqu'aux os. Elle était restée dix ans sans dormir. Debout, attendant sa propre destruction, sans dormir, et maintenant elle était là, sa destruction, elle l'enveloppait, et Marçal était parti pour toujours. Il rentrerait chez lui, tenterait une nouvelle désintoxication et ça marcherait peut-être, cette fois, car ce petit salaud, grandi sous sa peau comme un parasite, ne pourrait plus la rejoindre. Et la vieille ordure lui avait donné le coup de grâce ! Il ne faut pas se fier aux gens qui ont pitié de vous. Quand elle serait moins fatiguée, elle fondrait en larmes, mais elle avait besoin d'un coin, ne serait-ce que le coin d'une cellule. Sa sœur finirait par l'aider, sa mère aussi, et ce parent qui avait toujours été une référence de pouvoir, depuis qu'elle était toute petite, elle avait toujours su que le pouvoir était ce cousin je ne sais qui, bien vu, bien vu avant, bien vu maintenant. Et le capitaine Crochet l'aiderait, en échange d'un sermon. Les gens aiment étaler leur générosité pour dissimuler leurs misères. Elle dormait quand Contreras revint avec ses paperasses ; le commissaire ne la réveilla pas mais la mit sous surveillance.

— Tu la réveilles dans une demi-heure.

— Son café au lait va refroidir.

— Il n'y aura qu'à le lui réchauffer.

Lifante s'assit sur la chaise, bascula sur les deux pieds de derrière et posa ses jambes sur le bureau après avoir ôté ses chaussures. La fille dormait assise, étrangement raide, et respirait paisiblement. Où peut vous mener la fatigue ? songea Lifante, et de l'examen aseptique, il passa à l'examen analytique. La fille était une intéressante proposition d'étude de l'expression corporelle. Un lecteur ne sachant pas l'historique, c'est-à-dire ignorant l'histoire générale et particulière qui l'avait conduite jusqu'à cette chaise, pouvait-il le reconstituer à partir d'un examen du corps tel qu'il était, du corps comme donnée unique ? Il ferma les yeux et déshistorifia son propre savoir. Voyons. Je ne sais pas que cette fille est restée presque trois jours debout, sans dormir, qu'elle est accusée de tentative de vol, d'agression, de trafic de drogue et d'assassinat. Je sais seulement que je suis entré dans cette pièce et que je l'ai vue telle qu'elle est. Je suis en présence d'un système de messages passifs et je dois appliquer le principe de Moles et Zelteman : toute information stricte est doublée d'une série d'informations interprétées par le récepteur. Un corps apparemment maltraité qui repose en tension, habillement originellement négligé, et de surcroît détérioré par une négligence sans doute due à une circonstance ayant entraîné cette négligence. Corps maltraité — signe de violence, repos —, tension et attitude sur la défensive, éléments de survivance avide, élément support (chaise) inadéquat pour la fatigue profonde exprimée par ce même corps. Tous ces éléments peuvent m'amener à une conclusion, mais pas à une conclusion innocente car ma mémoire visuelle, c'est-à-dire ma culture visuelle, m'oblige à associer ce système de signes à des scènes similaires que j'ai vues au cinéma, à la télévision ou que j'ai lues dans des livres. Autrement dit, il n'y a pas seulement, comme auraient dit Moles et Zelteman, une information stricte et dans ce cas objectuelle, et des informations interprétées par moi, mais aussi des références qui aident à trouver la signification de la situation : de deux choses l'une, ou cette fille est dans un repaire de gangsters qui l'ont maltraitée, ou elle vient d'être interrogée dans un commissariat de police. C'est curieux comme tout tend à avoir une histoire, comme la moindre analyse mène à l'historique des choses, même si cela diminue le plaisir de l'analyse.

— Lifante.

— Oui, commissaire.

— Réveillez-la.

Il se chaussa et se mit debout avant de s'approcher d'elle. Il posa une main sur son épaule et nota sa faiblesse physique. Ce contact lui répugnait, mais était-ce à cause du corps comme donnée, ou à cause de l'historique ? La fille se réveilla brusquement et voulut se mettre debout.

— Tout doux. Un café au lait ? Il est froid parce qu'on vous a laissée dormir un peu.

Elle haussa les épaules et but le café au lait à petites gorgées puis avec avidité. Pourquoi boit-elle le café au lait de cette façon ? Est-ce un modèle culturel ?

Une *manière de*, comme dirait Princeton, à moins que cette *manière* soit une simple réponse réflexe à une nécessité élémentaire voulue par les circonstances ? Et le croissant, elle le dévorait. Au fond, cette fille est en excellente santé, songea Lifante, et il s'en réjouit pour elle.

Sánchez Zapico décréta qu'entre lui et Carvalho se dressait une muraille d'obstacles insurmontables, mais sa secrétaire lui répéta deux mots qui avaient franchi les lèvres du visiteur ; il les rumina et décida finalement de le recevoir. Contreras, enquête ; surtout Contreras. Néanmoins, il s'arrangea pour le recevoir comme un homme occupé attendant des appels de Tokyo, Singapour ou San Francisco, réellement soucieux de ses multiples intérêts dans la ferraille, les dragées et la construction, dont l'écho — coups de téléphone et cris dispensés à ses deux secrétaires — rebondissait sur les murs d'un bureau ordinaire. Résumons, résumons. Il devait résumer, et Carvalho aussi : ayant besoin d'un joueur de haut niveau, pas trop cher, car le Centellas ne pouvait se permettre des contrats mirobolants, il avait eu recours à un agent autrefois très connu : Raurell. Ça ne lui disait rien ? Aucune importance, mais dans les années soixante, quand on ne pouvait plus engager de Latino-Américains, Raurell avait rempli l'Espagne de descendants d'Espagnols, presque tous des faux. Il était maintenant un agent sur le déclin, presque à la retraite, et son catalogue ne valait guère mieux. Carvalho lui demanda quelles références il avait obtenues sur Palacín. Ses souvenirs uniquement, répliqua Sánchez Zapico. Palacín n'existait plus comme footballeur, et les finances du Centellas ne lui permettent pas de s'offrir une vidéo. Il avait vu des photos et des coupures de presse mexicaines qui disaient que Palacín avait laissé un souvenir de chevalier, je répète, un souvenir de chevalier, chez les supporters d'Oaxaca.

— Vous espériez surmonter la crise de votre équipe avec un joueur fini ?

— Je ne savais pas qu'il était fini. Palacín était un nom, très capable de remplir un stade comme le Centellas, et il a effectivement joué de très bons matchs. Il n'avait pas tout perdu.

— Comment expliquez-vous cette affaire de drogue qui concerne quatre joueurs ?

— Je ne me l'explique pas. Vous le pouvez, vous ? Moi, non. Maintenant, je vais être obliger de *plier*, on a été sur le point de *plier* quand les footballeurs ont fait la *vaga* [1], du temps des anciens dirigeants. Depuis que je suis président, je les paie ric-rac tous les mois... J'ai parfois quinze jours de retard mais les professionnels touchent leur dû.

— Il est curieux que trois des joueurs impliqués dans cette affaire de drogue soient précisément des *amateurs* [2] sans problèmes financiers. Par contre, les professionnels vétérans sans le sou ne sont pas mêlés à ce trafic.

— Ce n'est que le début, vous savez. L'enquête se poursuit et nul ne peut savoir ce qui va en sortir, mais moi, je *plie*. Je rentre chez moi, je coupe les vivres et nous serons obligés de vendre le terrain. Le temps de don Quichotte est révolu et j'en ai marre d'être un don Quichotte.

1. Catalan : la grève. *(Note de l'auteur.)*
2. En français dans le texte. *(N.d.T.)*

Ce n'était pas la première fois que Carvalho voyait un homme se leurrer sur lui-même et, à ses yeux, Sánchez Zapico tenait plus du fantôme de l'Opéra ou de Napoléon Bonaparte que de don Quichotte. Il y avait trop d'amertume dans ses propos, comme si la vie n'avait pas été à la hauteur de ses espérances, et surtout de ses mérites.

— Tout ce temps consacré au club, c'est autant d'heures prises sur la famille. Vous comprenez ?

Il s'imaginait la famille de ce geignard, horrifiée d'avoir à le supporter davantage.

— Tous les dimanches j'étais esclave des matchs et ma pauvre femme ne pouvait pas sortir ; impossible d'aller *escampar la boira* [1], comme les autres couples.

Il parlait un castillan de paysan de zarzuela natif de n'importe quelle province de l'Espagne intérieure, parsemé de phrases toutes faites en catalan de tous les jours. On aurait dit un agent de propagande du bilinguisme sur le retour, un cas intéressant pour l'inspecteur *polynésien* qui lui avait été présenté par Contreras. Plus il protestait de sa volonté de sacrifice et de loyauté impossible envers son club bien aimé, moins elle était crédible.

— Je dois tout à ce quartier, à cette ville, à la Catalogne. Je me suis fait ici et pour moi le Centellas était l'âme du quartier. Mais aujourd'hui, les quartiers ont perdu leur âme, vous comprenez ? Les gens ne vivent plus dans la rue. De la maison au travail, du travail à la voiture et hop ! en route pour un bol de santé chaque week-end. Le football, ils le regardent à la télé. Maradona au minimum. Que peut faire un modeste club comme le nôtre ? Je *plie*.

1. En catalan, passer le temps. *(Note de l'auteur.)*

Carvalho essaya de le convaincre de ne pas abandonner la présidence du Centellas, de ne pas laisser orpheline toute une meute de supporters qui avait confiance dans l'esprit de sacrifice d'un immigrant reconnaissant.

— On va beaucoup vous regretter.

— Ils se débrouilleront. Personne n'est indispensable, paraît-il. C'est ce que disent les feignants et les bons à rien, mais ils vont me regretter, c'est sûr.

— Ce sera une perte irréparable.

— Et alors ? Tout a un début et une fin. C'est ce que dit ma femme : tu prends les choses trop à cœur et un jour il va t'arriver quelque chose.

— Mais vous ne pouvez pas partir. Je ne peux pas imaginer cette ville sans vous à la présidence du Centellas.

— Personne ne va s'en rendre compte ! se plaignit Sánchez Zapico, en proie à l'amertume la plus noire, et un peu intrigué par l'intérêt manifeste de Carvalho. Je ne savais pas mon sort si lié à la ville.

— Ce matin, on ne parlait pas d'autre chose.

— Où ?

— Partout. Contreras lui-même se fait du souci.

— Contreras ? Quel rapport entre la police et ma démission ?

— Ça peut devenir un problème d'ordre public. Vous imaginez la réaction de tout Barcelone face à la disparition du Centellas ?

Sánchez Zapico tordait le nez : il avait cru percevoir un accent d'ironie dans un repli de la conversation, mais il ne savait pas où. Carvalho se leva et se prépara à battre en retraite avant qu'il l'ait trouvé.

— Pourquoi m'avez-vous rapporté la réaction de Contreras ?

— Ne vous inquiétez pas. C'était un commentaire sans importance.

— Non, non. Je veux le savoir. Mon nom n'a pas à circuler dans un commissariat.

— Parlez-en à Contreras. Il se fait du souci. C'est tout.

Il laissait un Sánchez Zapico mal à l'aise et gêné aux entournures. En sortant, il reconnut l'homme qui attendait à la réception. Il ressemblait à un bibelot hors de prix et était si bien habillé qu'il détonnait dans le décor vulgaire de ce bureau de troisième ordre. Le dandy lui lança un regard en coin marqué d'un certain intérêt et lui tourna le dos pour entrer dans le bureau de Sánchez Zapico ; Carvalho se rappela alors où il l'avait vu. C'était lui qui avait présenté Basté de Linyola lors de la conférence sur l'avenir de l'urbanisme de la ville.

— Qui est ce monsieur qui vient d'entrer chez votre patron ?

— L'avocat Dosrius, répondit la secrétaire.

— C'est l'avocat de monsieur Sánchez Zapico ?

— Parfois.

— Monsieur Sánchez Zapico m'a prié de vous demander l'adresse de l'agent qui vous fournit des joueurs pour le Centellas. Raurell. Il s'appelle Raurell.

Au lieu d'ouvrir un vieux carnet recouvert de plastique usé contenant toute les informations et la comptabilité d'une équipe aussi misérable que celle du Centellas, elle pivota sur son siège et se retrouva en face d'un ordinateur qu'elle entreprit d'interroger ; l'écran vira au bleu et composa ses réponses avec une précision linéaire implacable ; la femme traquait les lettres de son regard perçant, comme si elle se méfiait des vérités ou des mensonges fournis par cette lucarne savante. Quand elle fut satisfaite de la réponse, elle pressa un bouton et l'homme invisible se mit à écrire sur une machine placée à côté du robot. La secrétaire déchira la feuille de papier qui dépassait de l'imprimante et la tendit à Carvalho. Il put lire d'une écriture pasteurisée : « FREDERIC RAURELL CASAROLA. RÉSIDENCE GÉRIATRIQUE MARE DE DÉU DE NÚRIA. »

— Il ne mourra pas avant que j'arrive ?

La secrétaire n'était pas douée pour l'humour ou ne savait pas ce qu'était une résidence gériatrique ; en plus, un sandwich au thon à l'escabèche entamé l'attendait dans le tiroir où elle rangeait les disquettes de l'ordinateur. Carvalho partit à la recherche d'une cabine téléphonique. La première était occupée par une énorme femme qui appelait sa mère et poussait des cris d'orfraie car la mère habitait dans un village perdu de l'Andalousie. Dans la deuxième, quelqu'un avait emporté tout ce que contenait l'écouteur. La troisième était une cabine déprimée qui voulait se suicider : elle refusait les pièces, même celles de cent pesetas, même neuves. Enfin, à la quatrième, Carvalho put appeler Fuster.

— Tu t'es enfin décidé à payer.

— Je n'ai pas encore fait la demande de crédit.

— Qu'est-ce que tu attends ?

— Il paraît qu'il suffit d'aller dans une banque et de le demander : non seulement on te l'accorde, mais en plus on t'offre un voyage aux Caraïbes.

— Tu prends les banquiers pour des cons ? Quelles sont tes garanties ?

— Tu connais un avocat nommé Dosrius ? Sûrement un homme à plusieurs facettes, je l'ai vu fricoter avec Basté de Linyola et maintenant je viens de le voir avec un richard du demi-monde. C'est son avocat.

— Si tu me parles du Dosrius que je connais, si c'est la même personne, c'est un jeune, enfin il a mon âge, plus ou moins de ma promotion. Il était rouge à ses débuts et il gagne maintenant de l'argent à la pelle. Bonnes relations. Il a porte ouverte dans toutes les mairies de gauche et celles de droite lui rendent les honneurs. En plus, il est avocat des marchands de bien.

— C'est quel genre ?

— Tous les genres. Si tu veux des informations plus sérieuses, je te les déposerai dans ta boîte ce soir.

— Au cas où.

La résidence gériatrique Mare de Déu de Núria était du côté de San José de la Montaña. Extérieurement, on aurait dit une villa transformée en maison de retraite pour vieillards aux rentes solides, à en juger par les deux palmiers du jardin et un bassin sans eau dans lequel un Hercule jadis pisseur paraissait affligé d'une prostate incurable. Mais une fois le seuil franchi, on ne trouvait pas un marbre en bon état, on y voyait clair comme dans un souterrain, on était pris par une odeur de ragoût, de purée faite avec les restes de la veille, et les vieux jouant aux cartes ou lisant le journal n'avaient pas l'air d'attendre d'autre visite que celle de la mort. La mauvaise humeur de la chef de service empira quand Carvalho lui annonça qu'il voulait voir Raurell.

— Vous avez demandé une audience ? C'est obligatoire avec les gens importants.

— Les gens importants comme moi ne demandent jamais d'audience.

Elle avait dans les quarante-neuf ans mais elle en faisait cinquante. Les personnes qui faisaient un an de plus que leur âge réel étaient en général les plus aigries, avait remarqué Carvalho.

— Quelqu'un a-t-il vu Raurell ?

Les vieux ne daignèrent même pas lui répondre.

— Ils ne me le diraient pas plus s'ils l'avaient vu. Tentez votre chance. S'il est là, vous le trouverez dans sa chambre. La vingt-deux, au premier étage. Frappez avant d'entrer. Monsieur Raurell est très attaché aux formes.

Carvalho suivit l'odeur de ragoût à la trace et devant la porte de la cuisine il ne put s'empêcher de passer la tête. Un vieux avait introduit la main dans une marmite et prélevait un morceau de viande qu'il enveloppait dans un papier d'argent. Il tournait le cou dans tous les sens, craignant d'être découvert, et resta comme paralysé quand il aperçut Carvalho.

— Ce n'est pas pour moi mais pour un chien qui m'attend tous les matins.

— Prenez un autre morceau. Les chiens aiment beaucoup les morceaux de ragoût.

— Sûrement pas celui que je connais.

— Je fais le guet. Prenez un autre morceau.

Il avait vidé la moitié de la marmite et le paquet graisseux débordait de sa poche. Le vieux maudissait les taches de gras qu'il allait faire à sa veste mais garda son paquet et passa devant Carvalho, en direction de la sortie, sans le remercier. Le détective poursuivit son chemin, gravit un escalier en marbre dont la rampe était sculptée et surmontée d'un ange moderniste ; à l'étage supérieur, au bout du couloir, il vit le numéro vingt-deux sur une plaque en porcelaine ébréchée et de guingois. Il frappa à la porte du bout des doigts et il entendit lui répondre une de ces voix qui vont de haut en bas, une de ces voix importantes qui traduisent une manière de regarder les autres : Qui est-ce ? Raurell ? Monsieur Raurell ? La porte restait fermée et il entendit derechef une voix dure.

— Je suis très occupé. Que voulez-vous ?

— C'est Sánchez Zapico qui m'envoie.

— Entrez.

Raurell portait un chapeau en feutre sale sur un visage de chef indien d'une tribu quelconque, un costume bleu marine croisé, une cravate ornée d'une épingle en or, un mouchoir de soie en pochette, des bottines bicolores et une canne en jonc dans ses mains noueuses. Il écoutait une émission de radio et sur un vieux bureau était posé un fichier en carton et une machine à écrire Underwood dérobée dans une exposition sur la première révolution industrielle.

— Je ferai une exception pour vous ; je ne travaille pas avant le déjeuner. Le matin, je prépare mes coups.

Carvalho chercha vainement une chaise où s'asseoir. La seule chaise de la chambre était occupée par Raurell.

— La femme qui a sûrement essayé de vous empêcher de me parler m'a pris l'autre chaise. Elle prétend m'accorder déjà une faveur en m'autorisant à avoir un bureau pour moi tout seul. Je ne discute pas avec elle. Je ne lui ai même jamais donné la gifle qu'elle mérite — le vieil Indien fit une pause et cracha : Le docteur m'a interdit de toucher la merde.

— Palacín est un de mes derniers succès, mais il n'est pas le seul. Je suis sur des coups importants et ne vous étonnez pas si un de ces jours les journaux sportifs se remettent à parler de Raurell. Fut un temps où chaque équipe avait au moins un joueur à moi. J'allais en Amérique et quand je voyais un jeune joueur, mais blanc, qui se détachait du lot, je lui arrangeais ses papiers et hop, il se retrouvait en Espagne, avec un prétendu père ou grand-père d'Estrémadure. Et ni vu ni connu, je t'embrouille. Les nationalistes ont mis leur nez dans le football et les équipes ont périclité. On ne remplit pas les stades avec des joueurs du cru. Ceux du Nord, si, parce qu'ils sont racistes et ne veulent que des gens de chez eux. De cette chambre, je contrôle de nombreux clubs d'Espagne ; en ce moment, plus d'un président pense à moi. Il faut en parler à Raurell. Raurell a sûrement ce dont nous avons besoin. Et j'ai. J'ai la collection complète des joueurs vétérans les plus importants du pays. De toutes les tailles et à tous les prix. Avant, j'avais des automobiles d'importation, maintenant, des voitures de cinquième main. C'est comme ça et je n'y peux rien si les dirigeants chient dans leur froc dès que le public les regarde avec de gros yeux, ou quand un joueur dépense tout ce qu'il gagne ou gagne moins qu'on ne le croit. Les gens parlent uniquement des contrats qui brassent des millions et ignorent ou prétendent ignorer le tout-venant. Il y a des retards de six mois dans la paie de certaines équipes de première division et d'un an en seconde division ; les joueurs touchent des avances. Et pourtant, aujourd'hui ils sont plus protégés et mieux préparés ; il y a vingt ou trente ans, les joueurs étaient de la chair à canon, ils ne savaient pas défendre leurs droits et s'imaginaient qu'en mettant deux pesetas de côté, on pouvait s'acheter un bar et vivre de ses rentes. J'ai connu personnellement plus d'une centaine de joueurs de première division et à peine une vingtaine ont connu la prospérité. Les autres vivent sur leur passé, et plutôt mal. Vous les voyez dans le premier boulot venu, feuilletant leur album rempli de photos et de coupures de journaux ? Si j'avais voulu, j'aurais pu les presser comme des citrons et les choses auraient mieux tourné pour moi, mais je les ai toujours traités comme mes propres fils et si on en trouve de moins en moins dans le pays qui veuillent passer professionnels, ça ne m'étonne pas. Vous vous souvenez de Vick Bukingham ? Un entraîneur du Barça. Il a dit une grande vérité : il y a de moins en moins de joueurs parce que les jeunes préfèrent les sciences économiques, et ils ont bien raison. Avant, chaque ville avait un millier de terrains vagues où des gamins jouaient au ballon. Maintenant, il n'y a plus de terrain et les gens ont la tête sur les épaules. Le football dure dix ans, quinze si on ne force pas sur les blessures. Et après ? Palacín est le cas typique ; il était dans mon fichier parce qu'un jour ou l'autre je le verrais venir à moi. Il avait un nom, oublié, mais facilement récupérable. Il était passé de l'autre côté, au football américain, et ici, les gens sont plutôt primaires, dès qu'un type a fait quelque chose à l'étranger, on le prend pour un dieu. Si vous consultez mes archives, vous verrez qu'elles sont à jour et que je travaille pour l'avenir. En ce moment, je suis en train d'archiver les joueurs en pointe qui ont entre vingt-cinq et trente ans. D'ici cinq à dix ans, beaucoup viendront me trouver et je suis patient. Je les attends de pied ferme. Raurell aura alors une équipe pour eux comme j'en ai eu une pour Palacín. Ce sont mes enfants, et aujourd'hui plus que jamais parce que les miens m'ont envoyé promener et que ma femme est morte. En sortant d'ici, achetez la presse sportive et je vous propose un pari. Notez les noms des joueurs dont on parle, je ne parle pas des supermillionnaires — ils sont à l'abri des coups du sort —, mais des joueurs moyens. Notez les noms et je vous parie ce que vous voudrez que dans cinq ou dix ans ils seront clients de Raurell. J'ai gagné beaucoup d'argent, mais ce que je gagnais d'une main, je le dépensais de l'autre et je sais maintenant que lorsqu'un président de club vient me voir, ça ne présage rien de bon. Il vient me proposer une magouille de commission à deux ou de les tirer d'un mauvais pas, dans le genre de Sánchez Zapico. Me croirez-vous si je vous dis qu'il est venu me demander un joueur d'occasion ? Non, ça ne s'est pas exactement passé comme ça, mais presque. Il arrive et me dit : Raurell, j'ai besoin d'un type pas cher, de l'allure mais qui ne casse pas des briques. J'en suis resté sur le cul. C'était la première fois qu'on me demandait une chèvre avec un nom, mais avant tout une chèvre, et je le lui ai dit : Raurell ne trafique pas avec des chèvres, il trafique avec des ruines mais pas avec des chèvres. Le type m'a accusé d'être soupçonneux, méfiant, et m'a expliqué qu'il cherchait un mec pas trop en forme pour ne pas complexer l'équipe. Parfois, un *crack*, ça stimule, et parfois ça décourage. Pendant que le président du Centellas me parlait, j'avais déjà Palacín en tête. Attendez un moment. Attendez que je prenne mon dossier. Voilà. Des coupures et des coupures ; rien de ce qui était sorti sur Palacín ne m'échappait et pourtant, depuis son départ de Los Angeles, il n'y a pas eu grand-chose. Mais tenez, lisez, regardez... Je savais où il en était, l'idéal pour ce que voulait Sánchez Zapico. Palacín, voilà ton homme, et j'ai dû lui rappeler qui était Palacín. On lui a payé le voyage courant juillet et il est venu ici directement. J'ai été surpris de le voir aussi bien conservé ; alors, j'ai essayé de faire monter les enchères mais le président du Centellas est plus radin que mon fils aîné qui ne met pas le sel sur la table de peur qu'on en rajoute dans son assiette. Le corps avait l'air sain et bien conservé, mais il était rongé de l'intérieur. Il fait partie de ces joueurs qui ne se résignent pas à vieillir et qui ont en plus des problèmes de famille à la pelle, sa femme l'avait quitté, ils avaient un fils, quel désastre, alors je me suis dit : ce garçon est de la graine de désastre ! J'ai averti Sánchez Zapico : ce garçon peut se briser si on ne l'aide pas psychologiquement, parce qu'il a la tête ailleurs, ça se voit. Mais le Centellas s'en foutait et il a signé. J'ai empoché la moitié de ma commission et hop, au suivant, on n'est plus à l'époque où on vous dorlote. Palacín ressemblait à un paysan perdu en ville, et pourtant il avait vécu à Barcelone quand il était au mieux de sa forme. Il ne savait pas où aller. Je lui ai recommandé la pension d'une ancienne amie, une créature de rêve qui avait été choriste de Gemma del Río au Molino dans les années quarante et au début des années cinquante. Je ne l'ai pas revue depuis des années mais nous sommes restés bons amis car nous nous sommes connus dans un moment difficile : elle était une artiste ratée et moi un homme qui essayait de refaire sa vie. Et voyez comme c'est drôle, le football m'a enrichi mille fois et mille fois j'ai tout perdu, et vous savez de quoi je vis, maintenant ? Quand je le dis, personne ne veut le croire. J'ai travaillé pendant trente belles années comme agent de footballeurs, j'ai même été forain et camelot au porte à porte. Mais ça ne me faisait pas vivre. En revanche, j'ai été policier de la République, un boulot qui m'a valu bien des misères après la guerre, et on me verse une retraite qui me permet de subsister et de payer cet asile, et j'appelle ça un asile parce que c'en est un, même si on a écrit résidence gériatrique au-dessus de la porte. Trois ans flic républicain et la vieillesse assurée. Cinquante ans à faire tous les boulots et pas un sou de côté. Naturellement, après la guerre, on m'a collé en prison, mais là j'ai rencontré des copains qui m'ont servi au fil des années, surtout les trafiquants de marché noir, les rares trafiquants qu'on mettait en cabane. Ici, je vis comme un roi et je me fais respecter, et quand je vois cette employée horrible débarquer avec ses sermons et ses récriminations, je lui montre mes fichiers et le reste, et je l'oblige à repartir la queue entre les jambes. Vous ne parlez pas à un retraité, madame. Je suis un professionnel en activité ; ma carte m'ouvre tous les bureaux qui comptent dans le football espagnol, d'ailleurs je prépare des Mémoires qui vont en scandaliser plus d'un. Vous écoutez l'émission de José María García sur Antenne 3 ? Ne la ratez pas. C'est comme la foire aux monstres et aux vanités. Les dirigeants, les arbitres, les entraîneurs se laissent dire de tout parce qu'ils ont peur de ce García, un type bien renseigné qui les tient par les couilles. Eh bien moi, si je me mettais à parler, l'émission de García serait de la rigolade à côté, « Supergarcía » je crois qu'elle s'appelle. Je lui ai déjà écrit deux ou trois fois, à ce José María García, pour lui proposer ma collaboration. Je lui ai suggéré une rubrique que nous pourrions intituler : « Un regard indiscret en arrière. » Je les connais, je connais tout ce monde et croyez-moi, heureusement qu'il y a les joueurs, les dirigeants sont de belles fripouilles, et les agents aussi, car ils n'ont pas tous ma réputation ; j'ai séché des larmes plus souvent qu'à mon tour car ces garçons sur le terrain ont une allure qui en impose à tout le monde. Mais en fait ils sont en argile et se brisent au premier choc. Un cri du public peut leur foutre en l'air la saison, ou une blessure, ou une dispute avec leur femme ou leur belle-mère. Vous vous souvenez du cas de *Rata* Pérez ? Non ? La belle-mère s'est enfuie avec le second entraîneur de l'équipe et la femme a eu une dépression ; elle passait ses nuits à pleurer, impossible de récupérer et il arrivait sur le terrain mort de sommeil. Personne n'a jamais su pourquoi *Rata* Pérez s'endormait même quand il devait tirer un corner, mais Raurell le sait parce que j'étais son agent et que j'ai dû le solder en fin de saison à une équipe de seconde division. Deux coups de pied mal encaissés et une belle-mère un peu garce ont fait de *Rata* Pérez une vraie ruine. Ah, si je parlais... ! Je suis à même d'enfoncer beaucoup de prestiges car je règne encore sur la vie et les actes de ceux qui sont en vue. Dans cinq ans, ce sera autre chose, j'aurai quatre-vingts ans et tout cela sera loin. Savez-vous quel âge j'aurai en 1992 ? Presque quatre-vingts ans. Et en l'an deux mille, je préfère ne pas y penser, et pourtant, le football va en brasser, des affaires, dans les quinze années qui viennent. L'avenir de l'agent est dans le football en salle. Imaginez que le football en salle prospère, comme le basket-ball, le hockey ou le volley-ball. Qui seront les joueurs ? C'est très simple, des personnalités de second ou troisième ordre du vrai football. Et ça, c'est mon domaine, ma spécialité depuis quelque temps. Un jour, je me suis dit : Raurell, il y a des agents qui travaillent avec des ordinateurs et qui voyagent en avion privé. Tu n'y arriveras jamais. Tu connais tes limites, sois le premier dans ta spécialité. Et je le suis. Regardez ce tas d'enveloppes. Je les garde pour récupérer les timbres, mais c'est une correspondance de toute l'Espagne, tout le monde s'adresse à Raurell, sollicitant un conseil ou un joueur dans le genre de Palacín. Et ce n'est pas bien de dire du mal d'un mort, mais après tout ce que j'ai fait pour lui, il n'est même pas venu me voir, même pas pour me dire s'il appréciait la pension, peut-être parce que je lui avais conseillé de ne pas parler de moi à Conchita qui m'en veut un peu, justement à cause de la pension : quand elle a voulu se retirer du métier, vous voyez ce que je veux dire, elle a lancé un appel à ses amants les plus fidèles pour qu'on l'aide à s'établir à son compte. Mais avec moi, elle tombait au mauvais moment. Ma femme était très malade et me coûtait des sommes folles, j'avais moins de contrats et j'ai été franc avec elle : Écoute, Conchita, tu m'as plu et tu me plais beaucoup, si tu avais dix ans de moins et moi vingt, je demanderais un crédit et j'apporterais ma part de capital à ton entreprise. Mais tu n'as pas dix ans de moins, ni moi vingt, et je ne demande pas un crédit. A quoi bon se leurrer ? Elle voulait m'arracher les yeux parce qu'elle a du tempérament mais au fond c'est une brave femme, un cœur d'or, et quand j'ai conseillé à Palacín d'aller à sa pension, je savais que je le mettais entre les mains d'une mère. Pauvre garçon. Quelle poisse ! Mais si Conchita est une bonne pâte, on ne peut en dire autant de Sánchez Zapico : je l'appelle tous les jours parce qu'il n'a pas fini de me payer ma commission... Si Palacín a passé l'arme à gauche, ce n'est pas une raison pour laisser traîner les choses. Est-ce ma faute s'il a fini comme ça? Je lui ai apporté sur un plateau l'occasion rêvée de gagner les derniers sous de sa vie. C'est mon métier. A la belle époque, j'avais une phrase que je disais toujours à mes protégés pour qu'ils ne se montent pas le bourrichon : j'apporte le bonhomme, à vous de rajouter la tête et les jambes quand vous signerez. Mais attention, que personne ne se monte le bourrichon. J'ai apporté et j'apporterai le bonhomme chaque fois qu'il le faudra, mais pas le cul, hein ? Le cul, jamais.

Si Biscuter n'était pas au bureau, son absence était largement compensée par la présence de trois Arabes, dont Mohammed. Carvalho n'en était pas à sa première raclée et il s'ausculta le corps, sollicitant son concours, mais le corps ne répondit pas. Il ne voulait pas la bagarre. Ayant évalué la distance qui le séparait de la porte pour une fuite éventuelle, et du tiroir où était rangé son pistolet, il conclut que le sort en était jeté ; par ailleurs, les palabres ne serviraient à rien avec un individu aussi pauvre en vocabulaire que Mohammed. En outre, les trois hommes se disposèrent soudain en triangle, avec Carvalho au milieu qui essayait de se détendre pour que les coups fassent moins mal. Ils ne cognaient pas, ne disaient rien. Le visage de Mohammed était impénétrable, on aurait plutôt dit un Asiatique qu'un Africain, et quand il parla, Carvalho perçut dans le ton de sa voix une normalité inquiétante.

— Du calme. Nous sommes venus te parler.

Carvalho alla jusqu'à la chaise de son bureau et s'assit. Le triangle se reforma. Deux bougnouls se placèrent dans son dos et Mohammed n'eut qu'à pivoter sur ses talons pour continuer d'en être le sommet.

— Tu en sais trop, mais tu ne sais peut-être pas tout. Quand on sait des choses mais pas tout, on peut dire beaucoup d'idioties.

Toujours aussi attaché à ses idiots et à ses idioties.

— On s'en fout de toi, mais surveille tes paroles, et pour que tu ne dises pas d'idioties, nous allons te donner une information. Qu'as-tu pensé l'autre jour quand tu m'as vu près du stade ?

— Il me semble qu'on en a déjà longuement discuté.

— Je discutais, comme tu dis. Tu as fait le malin, une belle idiotie parce qu'on pourrait te punir, maintenant. Tu mériterais une punition. Mais l'année a beaucoup de jours et la journée beaucoup d'heures. Pour le moment, l'essentiel, c'est que tu écoutes. On a tué un footballeur et tu m'as dit qu'un footballeur avait été menacé. Moi, je sais que ce n'est pas le même mais c'est vrai, il y a eu un mort. Je veux que tu saches que nous n'y sommes pour rien.

— Et vous, qui êtes-vous ?

— Nous, c'est nous. Tu le sais bien, idiot. Vous êtes tous des racistes et tu sais très bien de quoi je parle quand je dis nous. Nous savions que quelqu'un avait passé contrat avec un groupe pour placer de la came, faire un coup monté et pincer des mecs. On a engagé des gens plutôt idiots, pas des professionnels, des drogués qui font n'importe quoi en échange d'une dose. Ils s'y sont mal pris et il y a eu un mort, mais nous n'avons rien à voir là-dedans et nous voulons que tu le saches, que tu le saches, toi et ta langue. Surveille ce que dit ta langue, sinon nous la couperons.

Et derrière la nuque de Carvalho retentit le claquement sec d'un couteau qui s'ouvrait.

— Montre-lui.

Sous les yeux de Carvalho apparut une main basanée qui lui présenta l'image d'un splendide poignard capable de lui couper la langue sans laisser le morceau tomber par terre.

— Seuls les idiots sortent de leurs limites et seuls les idiots sortent de leur territoire. Pour nous, survivre, c'est ne pas sortir de nos territoires. A l'intérieur, pas de problème, mais à l'extérieur, nous serions comme un poisson hors de l'eau, ou comme toi qu'on balancerait avec une pierre aux pieds dans l'eau du port. Si on nettoyait un jour le fond du port de Barcelone, on trouverait beaucoup d'idiots dans ton genre.

— Qui a commandité ce coup foireux ?

— Ce quoi ?

— Cette idiotie. Cette idiotie de la came et de l'assassinat.

— Je n'en sais rien. Et nous ne voulons pas le savoir. Ces affaires sont commanditées hors de notre territoire. Toi, tu peux le savoir. Tant pis pour toi. Il n'y a rien de plus idiot que de savoir pour rien, si ça ne sert à rien. Nous venons d'un pays pauvre où nous avons appris à vivre avec rien, en ne sachant que le nécessaire. Vous, vous avez trop de tout. Vous en savez même trop. Seuls les idiots en savent trop. Nous avons assez perdu de temps, mais surveille ta langue.

— Vous devez au moins savoir qui sont les auteurs du coup.

— C'est inutile de le savoir parce qu'ils ne sont plus ici. Il faudrait les chercher dans toutes les poubelles d'Europe ou d'Amérique. Qui voudrait le faire ?

Il fit un mouvement de la tête et le triangle se décomposa. Les trois Arabes gagnèrent la porte sans le perdre de vue et, avant de s'en aller, Mohammed lui montra quelque chose, sur la table.

— Ton serviteur t'a laissé un mot. L'homme des chaussures est très malade.

Ils n'étaient pas encore complètement partis que la pièce où se trouvait Carvalho s'était remplie de responsabilités différées : Charo, Bromure, Biscuter... Biscuter avait écrit avec son écriture d'enfant : « Bromure va très mal et Charo et moi, nous sommes allés le voir. Il est à la clinique El Amparo, dans la rue Ponterolas. Dépêchez-vous, chef. Dépêchez-vous, chef. »

Mais il resta cloué sur sa chaise pour assimiler le présage, la poitrine douloureusement oppressée, comme gonflée d'air vicié. Il ouvrit un tiroir, prit le guide de Barcelone et localisa la rue Ponterolas dans un des replis cachés de la ville, une rue oubliée pour une clinique probablement oubliable. Le tiroir ouvert lui envoyait un signal d'alarme. Le pistolet. Le pistolet manquait. Les bougnouls l'avaient emporté. Il descendit les escaliers quatre à quatre et sauta dans sa voiture avec une telle hâte qu'il se trompa dans les vitesses et rentra dans le véhicule garé devant lui en démarrant. En chemin, tourmenté par ses propres pensées, il brancha la radio. On annonçait une conférence de presse imminente de Basté de Linyola et le commentateur soulignait que l'événement était peut-être exceptionnel car le président intervenait en personne, au lieu du porte-parole du club, Camps O'Shea, absent ce matin-là des bureaux de l'organisation. La communication devait être importante, vu que Basté était accompagné du premier vice-président, de Mortimer et du capitaine de l'équipe ; il pouvait très bien s'agir d'une nouvelle institutionnelle de la plus haute importance. En revanche, l'absence de Camps O'Shea était étonnante et aucune explication officielle n'avait été donnée.

« Mais en ce moment même, messieurs Basté de

Linyola, Riutort, Mortimer et Palacios, le capitaine, font leur entrée dans la grande salle et la conférence de presse va commencer. »

On entendait le bruit des flashes et la rumeur s'éteignit pour laisser place à la voix de Basté de Linyola :

« Mesdames et messieurs, chers amis. Un événement a secoué ces jours-ci la conscience des bons citoyens de cette ville, je veux parler de la mort d'Alberto Palacín, joueur remarquable de notre club il y a quelques années et qui fut autrefois une des valeurs les plus prometteuses du football espagnol. Même si cette tragédie n'a rien à voir avec la vie normale d'un club transparent et glorieux comme le nôtre, nous ne pouvons rester insensibles aux événements et aux personnes qui appartiennent à la mémoire de notre institution. Un grand chanteur catalan, Raimón, a écrit : Qui perd ses origines perd son identité. En le paraphrasant, nous pourrions conclure qu'en perdant sa mémoire on perd aussi son identité. Nous aimerions donc faire un geste qui démontre la bonne mémoire de notre club, surtout dans cette lamentable histoire qui, indépendamment des erreurs commises, a coûté la vie à un homme du football, à un des nôtres. Le club veut faire un geste pour Alberto Palacín et sa famille, et quand je dis " le club ", je ne parle pas seulement du comité directeur, je pense à l'ensemble du personnel et à tous les supporters. Nous sommes en train d'organiser un match d'hommage à Alberto Palacín avec notre équipe et une sélection de joueurs étrangers présents dans la Ligue espagnole. Par ailleurs, sachez que nous avons entamé des démarches pour retrouver la famille de Palacín et qu'à l'heure où je vous parle, un avion en provenance de Bogotá transportant Inmaculada Sánchez, l'épouse de Palacín, et son fils, est sur le point d'atterrir. Nous aimerions qu'en ces moments douloureux notre grande famille, au nombre de laquelle nous vous comptons tous, assume cette douleur, se l'approprie, et que Palacín, où qu'il soit, puisse lancer ce soupir définitif de soulagement que les héros, tombés ou non, poussent après les victoires décisives. Ce sera tout. »

Une salve d'applaudissements s'ajouta à l'insistance des flashes et la voix du speaker s'imposa au-dessus du vacarme:

« L'émotion nous a noué la gorge mais l'information avant tout. Nous devons interrompre cette retransmission et nous rendre à l'aéroport del Prat où on nous annonce l'arrivée imminente de ces deux êtres qui furent tout ou presque dans la vie d'un infortuné triomphateur, Alberto Palacín. Le devoir d'informer nous contraint à couper les mots émouvants de ce grand dirigeant qu'est Basté de Linyola, à étouffer notre propre émotion et à interrompre la retransmission pour nous rendre au plus vite à l'aéroport. A vous le studio. »

Par un réflexe de sa conscience, il donna un coup de volant et tourna le dos à l'hôpital où était Bromure, poussé par un instinct de chercheur de finales jamais parfaites. Carvalho demanda mentalement pardon à Bromure et l'imagina accompagné de meilleures présences que la sienne. Plus que jamais, la ville avait l'air de vouloir s'échapper d'elle-même, la file de voitures roulant vers l'aéroport avait une densité exceptionnelle et, à peine arrivé, Carvalho aperçut devant l'accès des vols internationaux un rassemblement plus vaste que ne pourrait jamais en contenir le stade du Centellas. Il suffisait de se réfugier au sein de la foule pour entendre chanter la gloire de Palacín sur tous les registres de la conversation, avec une richesse de vocabulaire prodigieuse. « Depuis César, personne n'avait conclu de la tête comme lui. » On aurait dit un vers de Shakespeare, mais c'était un simple exercice de mémoire footballistique comparée. On s'était mobilisé contre lui et on avait détruit celui qui serait devenu le meilleur footballeur espagnol de tous les temps. Quand il arriva devant la porte coulissante donnant sur la douane, Palacín était déjà le premier joueur du monde et chacun l'avait vu jouer et triompher, au mépris de son âge et de l'âge de Palacín. Photographes et caméras de télévision convergeaient, l'obsession au fond des regards et au bout des coudes. La garde civile dut frayer un passage au comité de réception conduit par Basté pour lui permettre de s'approcher de la douane. Camps O'Shea était toujours invisible et Mortimer souriait bien que l'événement ait toutes les apparences d'un second enterrement. La tête rousse était obnubilée par les buts du dimanche à venir, ou peut-être revoyait-il ceux du dimanche précédent, et il aurait trouvé cette cérémonie un peu anthropologique s'il avait connu le sens de cet adjectif qui renvoyait aux coutumes, espagnoles ou latines, comme la paella et le pain frotté à la tomate... Des lettres vertes clignotèrent sur un écran pour annoncer l'arrivée du vol ; on se bouscula afin d'occuper la meilleure position quand les portes s'ouvriraient et que les seuls vestiges de la vie et des œuvres d'Alberto Palacín seraient à la portée de chacun, comme une appétissante bouchée de spiritualité collective. Les plus impatients essayaient d'inoculer à la masse, qui n'avait pas l'air de les connaître, les vers de l'hymne du club, quand soudain les portes s'ouvrirent et derrière les deux gardes civils apparurent deux autres gardes civils, et encore deux autres... La foule frémit, les caméras aussi, devant le forcing déployé par les agents pour ouvrir un passage au cœur sensible de la fête. Basté de Linyola poussait, étreignait presque une femme en deuil, corps et regard en deuil derrière des lunettes de soleil, seule la fleur splendide de sa bouche grande et rose semblait survivre sur le dénuement d'un triste corps. A côté d'elle, un enfant, grand pour son âge auraient décrété les experts en grandeur et en âge d'enfants, regardait par terre, honteux du sourire triomphant qu'il laissait échapper parce que son père lui offrait à titre posthume le rôle du héros. Les applaudissements paraissaient légitimer la tristesse de la famille et la mort proprement triomphale d'un footballeur assassiné et victime des plus noirs soupçons. Un sens du ridicule euphonique s'opposa aux tentatives de crier : vive Palacín ! La majorité préféra scander le nom du club plutôt que d'entonner l'hymne. Carvalho arriva à grand-peine au bord du passage ménagé par la garde civile, il voulait lire sur le visage de Basté de Linyola l'expression de son véritable état d'âme, mais Basté de Linyola était déguisé en Basté de Linyola, et de même qu'il avait pu souhaiter, quelques heures auparavant, au moment opportun, qu'on « assume cette douleur, se l'approprie, et que Palacín, où qu'il soit, puisse lancer ce soupir définitif de soulagement que les héros, tombés ou non, poussent après les victoires décisives », une phrase complexe qu'il avait rédigée en prenant son petit déjeuner, maintenant il savait prendre les traits d'une institution à la mémoire douloureuse, devenue le soutien de ces deux êtres qui avaient tout perdu en perdant Palacín. Basté avait même les yeux humides. L'enfant souriait, la femme pleurait derrière les verres de ses lunettes de soleil. Puis Carvalho dut s'introduire dans la queue des voitures qui rentraient en ville et il recueillit les dernières miettes de l'information radiophonique. Le match d'hommage aurait lieu dans les quinze jours et le coup d'envoi serait donné par le fils de Palacín. D'autre part, on apprenait que la meurtrière présumée du joueur avait avoué et qu'elle serait mise à la disposition de la justice dans quelques heures. Carvalho ferma les yeux au remords mais pas à la route. Les files de voitures étaient un sujet collectif revenant d'un enterrement comme d'un banquet d'anthropophages, ivre d'émotion, et les véhicules jouaient presque des coudes. Et il y avait Bromure. Bromure à l'horizon du soir tombant.

La réception de la clinique était déserte et sentait le désinfectant. On venait de passer une couche de peinture grise faite pour durer toute une vie, une de ces peintures longue durée qui se désintéressent de ce qu'elles recouvrent. Pour trouver Bromure, Carvalho dut ouvrir et refermer des chambres à quatre lits séparés par des paravents où étaient dissimulés les hommes les plus âgés du monde. On aurait dit une ruche de vieux, une ruche pleine de crânes baveux aux yeux atterrés, clos ou résignés. Il aperçut d'abord Charo sur une chaise, sa jupe bien tendue sur ses genoux et son sac dans son giron, puis Biscuter assis à côté d'elle, appuyé contre le mur enduit de peinture longue durée, savante inversion contemplée par d'innombrables promotions de malades en fin de parcours, pieux euphémisme. Avant d'arriver dans le renfoncement où se trouvait Bromure, Carvalho passa devant trois lits, trois vieux, trois regards avides, trois urinaux au pied de tables de nuit métalliques, recouvertes aussi de peinture longue durée. Bromure était là, ronflant, les yeux fermés, sa bouche édentée grande ouverte, ses mèches de cheveux gris tournées vers les quatre points cardinaux, comme des irradiations de cette calvitie pleine de rides et de points noirs. Il s'adossa au mur, près de Biscuter, et ne voulut pas soutenir son regard car Biscuter était en larmes. Il finit par sentir dans son dos le froid du mur couvert de peinture longue durée, et la chaleur d'une main de Charo s'insinua dans la sienne, quémandant ou communiquant un peu de tendresse. Cette main se présentait ou lui présentait ses condoléances. Ils ne parlaient pas, aucun des trois ne disait rien ; enfin, Bromure pencha la tête et ouvrit les yeux, mais c'est Carvalho qu'il eut le plus de mal à reconnaître.

— Merde, Pepe.

Charo se leva, se pencha sur le cireur de bottes, arrangea son oreiller, lui fit boire un peu d'eau et lui passa ensuite un linge humide sur le visage.

— Il n'y avait même pas une serviette, chef. J'ai été obligé d'aller en chercher au bureau. Ni de papier hygiénique, Charo est descendue en acheter à la droguerie. Et l'eau minérale, c'est à toi de la fournir. Drôle de clinique.

Bromure cherchait Carvalho du regard et quand Charo eut fini de s'occuper de lui, ils se retrouvèrent de nouveau face à face.

— Merde, Pepe, répéta le vieux.

Il avait mal car son visage se crispa et il montra ses parties.

— Je veux pisser.

Charo passa l'urinal en plastique sous les draps et introduisit le pénis dans le col pendant que Bromure mobilisait tout ce qui lui restait de muscles pour émettre quelques gouttes de pipi.

— Il est urémique jusqu'aux yeux, chef, lui souffla Biscuter dans l'oreille.

Charo lui fit signe de la suivre dans le couloir où elle éclata en sanglots, d'abord tassée sur elle-même, puis sur la poitrine de Carvalho. Il ne passera pas la nuit. Ils ne savent pas dire autre chose, et si c'était leur père ils le laisseraient mourir parce qu'il n'y a rien à faire, Pepe, rien. Mais cet endroit est dégoûtant, Pepe, il vaudrait mieux le ramener à la maison.

— Quelle maison ? Dans cette pension qui ressemble à un trou ?

— Ne m'en parle pas, quand je suis allé chercher les affaires de Bromure, je me suis coltinée la patronne. Il lui devait je ne sais combien de mois et pas question que j'emporte un seul mouchoir. Comme s'il avait des mouchoirs. J'ai dû lui verser les mois en retard. Sortons-le d'ici. C'est un mouroir, un pourrissoir.

— Mais il y a des médecins, ici ?

— A quoi veux-tu qu'ils lui servent ? Ils nous diront ce qu'il faut lui donner. Je l'emmène chez moi.

Carvalho trouva le médecin de garde, le seul homme jeune dans ce terminus de vies. Il écouta sa résolution d'emmener Bromure avec une perplexité scientifico-biologique.

— Il va mourir. Quelle importance qu'il meure ici ou chez un particulier ? C'est vrai, nous ne pouvons rien pour lui, il suffit de lui administrer des calmants, mais cette situation peut se prolonger. Des heures. Deux jours à la rigueur, il a le cœur solide.

— Je l'emmène.

— Je décline toute responsabilité et la personne qui répondait de lui lors de l'admission doit me signer une décharge, c'était une femme, il me semble. Je vous préviens, les gens se battent pour avoir une place dans ce genre d'endroit.

— Je n'en doute pas.

— Et comment l'emmènerez-vous ? Nous n'avons pas d'ambulance pour le moment.

— On peut l'asseoir dans la voiture ou l'étendre sur la banquette arrière, non ?

— S'il est assis, vous devrez le soutenir à deux. Il n'a pas mangé depuis des heures. Je ne lui ai même pas fait de perfusion, ça n'en vaut plus la peine.

— On pourrait quand même avoir un brancard pour le descendre ?

— Un brancard, oui, un brancardier, je ne sais pas.

— Nous sommes tous brancardiers. J'ai toujours été un excellent brancardier.

Quand il revint dans la chambre, Charo essayait de passer un pull par la tête tombante de Bromure soutenu par Biscuter.

— On rentre à la maison, Bromure.

Les yeux du cireur demandaient quelle maison.

— La mienne. Vallvidrera.

Déconcerté, Bromure regarda Charo et Biscuter, comme si Pepe était devenu fou.

— Merde, Pepe.

Dans la voiture, les moments de somnolence alternaient avec de brusques réveils et la volonté de reconnaître les rues qu'ils traversaient.

— Avenue Virgen de Montserrat... Place de Sanllehy...

— Rien ne t'échappe, Bromure, le plaisantait Biscuter.

Dans la côte du Tibidado, il eut un vomissement et une odeur de basse-fosse se répandit dans la voiture. Quand ils arrivèrent à la maison de Vallvidrera, il avait perdu connaissance mais respirait paisiblement. Carvalho le prit dans ses bras et le porta dans son lit, le seul qui était fait dans toute la maison. Charo disposa autour de lui tout le matériel nécessaire, urinal, serviettes, seringues et sortit de son sac une médaille de la Vierge des Miracles qu'elle agrafa au caleçon de Bromure sans le moindre regard de protestation de Carvalho. Biscuter s'endormit le premier, dans un petit fauteuil du *living*. Puis Charo succomba, après avoir murmuré à Carvalho les deux journées passées avec Bromure, à le traîner d'un endroit à l'autre, de diagnostic en diagnostic, d'échec en échec, jusqu'au moment où un ami leur avait décroché une place dans cette clinique.

— Je ne m'attendais pas à ça, mais elles sont toutes pareilles. J'ai parlé avec les familles des autres vieux qui étaient dans la chambre. Toutes ces cliniques sont pareilles. Il suffit d'y coller les vieux pour qu'ils s'y laissent mourir.

Quand Charo s'endormit sur le canapé, Carvalho alla veiller Bromure. Il dut poser une main sur sa poitrine pour repérer sa respiration. Il ronflait légèrement et son corps à l'abri sous les couvertures vit passer toutes les gammes de clartés annonciatrices d'un jour nouveau ; les oiseaux chantèrent, Carvalho s'étira pour se dégourdir et sortit dans le jardin pour contempler le lever du jour sur la ville, cherchant des yeux la croûte urbaine du Vieux Barcelone, ce labyrinthe où Bromure ne retournerait sans doute jamais. Non. Il n'y retournerait jamais. Quand Carvalho revint dans la chambre, la poitrine tatouée de Bromure était devenue une petite boîte d'os froids et de peau glacée. Sa main ferma les yeux entrouverts et effleura aussi les lèvres par où s'était échappé le dernier souffle. Il voulut prononcer mentalement le nom de Bromure mais n'y arriva pas. Il décida de faire un geste symbolique qui aurait plu au vieux cireur et l'aurait consolé, il alla chercher cinq roses dans le jardin, ces cinq roses si souvent chantées par Bromure dans sa jeunesse phalangiste. Fasciste de merde, Bromure, fasciste de merde. Mais il n'y avait pas de roses dans le jardin et il éprouva le besoin urgent de sortir de chez lui, de descendre en ville, d'aller frapper chez la fleuriste pour lui en acheter. Les premières voitures passaient et escaladaient l'obstacle du Tibidado, étrennant le travail du jour nouveau ; un motocycliste lançait des journaux par-dessus les portails des jardins. Il se souvint alors que le rapport Dosrius promis par Fuster l'attendait peut-être dans sa boîte aux lettres et un vague sourire transforma Carvalho en acteur de son propre scepticisme. Il déboucha sur la place de Vallvidrera où tout était fermé sauf un bar et le kiosque à journaux d'où partaient les livreurs motorisés. Il avait mal aux yeux et commençait à réfléchir au paysage qu'il avait laissé, l'angoisse de Biscuter et de Charo quand ils se réveilleraient et découvriraient en même temps son absence et la mort de Bromure. Il n'y avait pas de fleurs. Pas avant des heures. Mais il y avait des journaux, et un gros titre de *El Periódico* attira son attention avec ses lettres gigantesques et sa suprise : « Rebondissement inattendu dans l'affaire Palacín. Une lettre anonyme menace de mort un avant-centre. » Il acheta le journal, fit demi-tour et remonta la côte en portant la fatigue d'une nuit blanche. Le chroniqueur avait tenté d'être concis, de donner une information où sa propre éloquence s'effacerait devant l'éloquence des faits. L'affaire Palacín en était presque au verdict quand les principaux journaux de la ville avaient reçu une lettre anonyme, lettre étrange annonçant la mort prochaine d'un avant-centre, rédigée dans des termes inhabituels pour ce genre de communiqué :

« Parce que vous constituez des pyramides transparentes pour votre égolâtrie de dieux insuffisants et qu'aux portes se bousculent des sociétés eunuques et des guerriers de plastique, je vous ai averti que l'avant-centre serait assassiné en fin de journée.

« Et il a été assassiné en fin de journée.

« Parce que vous vous êtes contentés d'orner les pyramides de crêpe, continuant de l'intérieur à réclamer l'attention des eunuques, laissant les guerriers vous offrir le loisir des dieux, tandis que les poètes se détournent du soir et se suicident aux élixirs de perplexité.

« Je vous assigne.

« Parce que vous êtes les usurpateurs de la liberté et de l'espérance, de la poésie et de la victoire, l'avant-centre sera assassiné en fin de journée. »

Message sémantique ? Message polysémique ? Carvalho se promit d'en parler à l'inspecteur Lifante à leur prochaine rencontre.

ACHEVÉ D'IMPRIMER SUR LES PRESSES
DE COX & WYMAN LTD. (ANGLETERRE)

Dépôt légal : mai 1992
N° d'éditeur : 2177
Nouveau tirage : novembre 1992
Imprimé en Angleterre